EXCALIBUR

Herausgegeben von
Melissa Andersson
und
Gerd Rottenecker

Kara Dalkey

DAS ELIXIER DER NACHT 1

Die Kerker von Goa

Ins Deutsche übertragen
von Michael Nagula

Knaur

Die amerikanische Originalausgabe erschien 1996
unter dem Titel »Blood of the Goddess 1:
Goa« bei Tor Books, New York

Deutsche Erstveröffentlichung August 1998

Umschlagkonzept: Melissa Andersson
Umschlaggestaltung: Agentur Zero, München
Umschlagillustration: Darrell K. Sweet
Lektorat: Cornelia Köhler
Satz: Ventura Publisher im Verlag
Druck und Bindung: Clausen & Bosse, Leck
Printed in Germany
ISBN 3-426-70102-2

2 4 5 3 1

PROLOG

Ich beneide Dich nicht, o Sucher der Wahrheit. Dein Ziel ist unerreichbar. Die Berge, die Du zu erklimmen suchst, sind aus Glas gemacht.
Du sagst, ich muß ein Zyniker oder Flegel sein; doch nein. Ich bin nur ein bescheidener vina-Spieler. Mein dharma ist es, das Ohr zu betören, nicht, es zu beleidigen.
Was ist mit den Mystikern, führst Du an, die ihren Geist verlassen und ihres Leibs entsagen? Empfangen sie nicht die Wahrheit? Ich sage nein; ein Mystiker sieht nicht die Wahrheit, er versucht die Wahrheit zu sein oder wenigstens ein kleiner Teil davon.
Nun, sagst Du, bin ich spitzfindig wie ein Bronzehändler auf dem Basar. Doch meine Worte verfolgen eine Absicht. Kennst Du die Geschichte von den sieben Blinden und dem Elefanten? Das ist eine Geschichte, die mir sehr teuer ist, wie Du aufgrund meiner eigenen trüben Augäpfel vielleicht schon erraten hast. Jedenfalls hörte ich von einem buddhistischen Mönch, der durch Bijapur kam, einmal eine interessante Version derselben. Wenn Du nicht in Eile bist, so setze Dich, und ich will sie Dir erzählen.
Also. Es waren einmal sieben Blinde, von denen sich ein jeder für weise hielt, die zu einem Elefanten gebracht wurden. Man stellte jeden neben einen anderen Teil des Wesens und bat ihn, durch bloße Berührung zu sagen, um was für ein Tier es sich handele.

Der erste Blinde strich mit den Händen über den Schwanz und sagte: »Ah, dieses Tier muß eine kleine Schlange sein.« Der nächste, der den Rüssel des Elefanten berührte, sagte: »Nein, es ist eine sehr große Schlange.« Der dritte betastete das dicke Bein und sagte: »Ihr irrt euch beide. Dieses Wesen muß einem Baum ähnlich sein.« Der vierte hatte ein Ohr erfaßt und sagte: »Nein, nein, es hat Flügel wie eine riesige Fledermaus!« Der fünfte Weise versuchte, mit seinen Armen den Bauch zu umfassen, und rief: »Es muß ein ungemein großes Pferd sein!« Der sechste hatte seine Hand auf die breite Stirn des Elefanten gelegt und sagte: »Nein, Brüder, man hat uns getäuscht. Dies ist gar kein Tier, sondern eine Wand!« Dem siebten Blinden gab man die Hoden des Tiers in die Hand, und er sagte: »Ihr irrt euch alle. Es sind nur zwei Kürbisse in einem Lederbeutel.«

Manche Versionen dieser Geschichte enden damit, daß die Blinden sich wegen der Unvereinbarkeit ihrer Ansichten zu Tode prügeln. Doch der buddhistische Mönch wählte ein anderes Ende: Er sagte, die Blinden wären so verdutzt über ihre unterschiedlichen Antworten gewesen, daß sie nicht glauben konnten, es mit ein und demselben Tier zu tun zu haben. Also behielt ein jeder seine Hand auf dem Teil, den er zuerst berührt hatte, und glitt mit der anderen Hand über den Leib des Elefanten, bis er auf die Hand seines Nachbarn traf. Indem die Blinden das taten, stellten sie fest, daß zwar jeder Teil anders war, alle zusammen jedoch ein Ganzes bildeten. Und obwohl es ihnen auch jetzt noch nicht möglich war, die vollständige Gestalt des Wesens zu ergründen, so kamen die Blinden doch darin überein, daß es sich um ein wahrhaft wunderbares Tier handeln müsse.

Ich spreche hier nicht, bloß um die Luft mit meinem Atem zu erfüllen oder Dir zu helfen, deine Zeit mit angenehmem Müßiggang zu verbringen. Ich möchte, daß Du diese Geschichte auf Deinen weiteren Reisen im Gedächtnis behältst. Man kann einen Berg stets nur von einer Seite betrachten. Erkenne alles, was Du kannst, doch wisse, daß es niemals alles ist. Mögest Du im Schatten des Heiligen Willens wandeln, Fremder.

Gandharva
Musiker am Hofe von
Sultan Ibrahim 'Adilshah II.

1

EICHE:

Der mächtigste aller Bäume, äußerst prächtig und heilig. Die Alten hielten ihn für den Ersten unter den Bäumen. Noch heute gibt es welche, die das Blut geopferter Tiere auf Eichenwurzeln gießen, um Segen zu erbitten. Eichenholz wird als Inbegriff von Stärke und Beständigkeit angesehen und oft bei heiligen Feuern verbrannt. Eichenzweige verwendet man beim Sammeln von Heilkräutern. Ein Schiff, das aus dem Bluteiche genannten Baum gemacht ist, erwartet jedoch übles Geschick und wird der Katastrophe anheimfallen …

September 1597, die Amindiven,
Lakkadivisches Meer

Als er das Geräusch fernen Donnergrollens hörte, sah Thomas Chinnery auf. Keine Wolke verdunkelte den schwülen saphirblauen Himmel über den Masten des *Welpen.* Er blies auf die nasse Tinte des Briefs, den er gerade geschrieben hatte, und erhob sich. Von der Reling des Schiffes aus konnte er das palmengesäumte Ufer der kleinen Insel sehen, vor der sie ankerten. Er entdeckte niemanden, der eine Pistole trug. Ihr Begleitschiff *Bär* war im Westen vertäut, doch das Geräusch war aus Nordosten gekommen.

»Habt Ihr wieder ein Sendschreiben an Eure Liebste verfaßt, Tom?« hörte er eine Stimme hinter sich sagen und zuckte zusammen. Der Schotte Andrew Lockheart war genau wie Master Bathwick Wollhändler und angeblich ein erfahrener Reisender, obwohl Gerüchte umgingen, die besagten, daß er auch ein übler Schurke sei. Außerdem schien er seltsam erpicht darauf zu sein, Thomas seine Freundschaft aufzudrängen.

»Seid versichert, das habe ich nicht, Sir. Es ist ein Bericht an meinen Herrn, den Apotheker Geoffrey Coulter in London. Woher kam dieses Getöse?«

Lockhearts von einem schwarzen Bart eingerahmte Lippen verzogen sich zu einem schelmischen Lächeln. »Mich dünkt, es war eine wohlhabende Lady, die schrie: ›Nehmt mich, auf daß ich Euch gehöre.‹«

»Ihr sprecht in Rätseln, Sir.«

»Findet Ihr? Schaut dort zu den Baumwipfeln hinüber, Tom, wo sie mit dem Taschentuch wedelt, um Eure Aufmerksamkeit zu erregen.«

Thomas starrte in die Richtung, die ihm der Schotte wies, und sah eine Mastspitze, an der ein Wimpel in den Farben Portugals wehte; sie bewegte sich langsam südwärts auf das Ende der Insel zu. »Bei Eurer Lady«, flüsterte er. »Nicht schon wieder.«

Ein Seemann in der Takelage des *Welpen* schrie: »Eine Galeone! Nein, zwei! In voller Fahrt!«

Schon rannten die Männer auf das Ufer zu, hatten jegliche Vorräte, die sie vielleicht gesammelt hatten, wieder fallen gelassen. Sie sprangen in die auf den Strand gezogenen Skiffe und ruderten damit wie von Furien gehetzt zu den Schiffen zurück. Captain Benjamin Wood erschien auf dem Vordeck, sein rotes Haar wehte im Wind. »An die Segel, Männer! Der Herr im Himmel schickt uns unverhoffte Beute. Wenn wir genug Fahrt machen können, ist das lusitanische Wild unser. Anker lichten! An die Segel!«

»Unsere Männer haben sich noch nicht richtig von der letzten Begegnung erholt«, seufzte Thomas.

»Habgier ist eine mächtige Arznei, mein Junge, und erweckt die Glieder so manchen Mannes wieder zum Leben. Wenn ich's recht bedenke, solltet Ihr vielleicht schon mal unter Deck gehen. Eure Tränklein und Kräuter werden zweifellos bald von Nutzen sein.«

»Nein, wir haben nur noch wenige kampffähige Männer.

Ich will den Bootsmann um ein Schwert bitten und mich am Gefecht beteiligen.«

Lockheart runzelte die Stirn. »Tapfer gesprochen, mein Junge. Aber solltet Ihr Euch nicht besser für die Arbeit Eures Herrn aufsparen?«

»Wenn wir aus Mangel an Männern besiegt werden«, sagte Thomas, »werde ich wenig Gelegenheit haben, mich für meinen Herrn zu verdingen.«

»Wahrhaftig. Aber das Glück ist uns hold. Diese Schiffe sind kaum geeignet, uns zu begegnen. Und Captain Wood hat einen ausgefuchsten Plan.«

»Woher wißt Ihr das?«

»Weil er ihn von mir hat.« Mit einem Zwinkern ging er über Deck davon, um an den Seilen zu helfen. Thomas begab sich zu einer Luke zwischen den Masten, wo ein Junge gerade Schwerter aus dem Schiffsraum holte. Selbst die Seeleute, die von Skorbut geschwächt darniederlagen, rappelten sich auf, um die Waffen und Becher mit Ale zu verteilen.

Der Navigator postierte sich am Ruder und drehte es hart backbord. Mit wütendem Geknatter entfaltete sich das Großsegel, als der Nordwind sich darin verfing. Langsam pullte der *Welpe* in offenes Gewässer hinaus. Der *Bär* löste sich einige Schiffslängen hinter ihnen in einem etwas südlicheren Winkel von der Insel.

Thomas stürzte den ganzen ihm zugeteilten Becher voll bitterem Ale auf einmal hinunter. *Diese Arznei ist* vor *der Verwundung zu geben. Eine Methode, die Sinne gegenüber dem, was folgen muß, zu betäuben.* Er hörte, wie der Kommandant unter Deck Anweisungen brüllte, dann das

Rumpeln und Poltern von Feldschlangen, die einsatzbereit gemacht wurden. Die kleineren Langobarden und Geschütze für die Reling auf dem Hauptdeck wurden mit den wenigen Schuß geladen, die noch übrigblieben. Thomas vertauschte den Alebecher gegen ein Entermesser und eine große, verbeulte Radschloßpistole und stellte sich an die Reling.

Die Herren Allen und Bromefield, die beiden Kaufleute, unter deren Aufsicht die Reise stand, schritten mit wutentbrannter Miene an Thomas vorbei. Er hörte sie mit Captain Wood streiten, der aber nicht einen Deut nachgab.

Sackerment, dachte Thomas, *ich hätte nie gedacht, daß ich einmal mehr Pirat als Apotheker sein würde. Wenn ich mir durch Plündern den Lebensunterhalt verdienen wollte, hätte ich mich in Admiral Raleighs Dienste gestellt.*

Als der *Welpe* hinter der Insel hervorkam, konnte Thomas zum ersten Mal einen Blick auf ihr Opfer werfen. Eine prunkvoll vergoldete kleine Galeone von höchstens dreißig Tonnen fuhr unter vollen Segeln dahin, das perfekte Ziel für eine Breitseite. Hinter ihr tauchte jedoch die größte portugiesische Carrack auf, die Thomas jemals gesehen hatte; über hundert Fuß lang und tausend Tonnen Verdrängung, mit einem Großmast, höher als jeder natürlich gewachsene Baum, und ihre Flanken strotzten nur so von Geschützen.

Wir sind erledigt, dachte Thomas.

Auf einen Ruf von unten hin begrüßten die vier Backbordgeschütze des *Welpen* die Neuankömmlinge mit lautem Gebrüll. Durch den beißenden Rauch hindurch sah Thomas, wie sich im Sparsegel der Galeone ein klaffender Riß auftat und am Bug gleich über der Wasserlinie Holz zersplitterte. Die Besatzung der Galeone war über das Auftauchen des *Welpen* erstaunt und huschte wie verängstigte Ameisen über die Decks.

»Sie haben geschlafen«, sagte Nathan, der Geselle des Schiffszimmermanns.

»Scheint so«, stimmte Thomas zu. »Und möglicherweise ist das unsere Rettung.« Der *Welpe* strich in östlicher Richtung an der Galeone vorbei, und auch die gewaltige Carrack wandte sich nach Osten, als wollte sie sich zwischen die Galeone und den *Welpen* stellen.

»Ziemlich reich«, sagte Nathan und hielt den Blick weiter auf die Galeone gerichtet. »Ein privater Kaufmann, vielleicht mit Rubinen und Smaragden für seine Ladies in Lissabon unterwegs.«

»Aye«, grummelte Thomas, »und eine mächtige Eskorte zu seiner Begleitung.« Er konnte sehen, daß die Hälfte der sechzehn Backbordgeschütze der Carrack einsatzbereit und bemannt waren, und noch während er hinsah, öffneten sich weitere Geschützluken.

Die Hecklangobarde des *Welpen* gab eine Abschiedssalve auf die vorbeiziehende Galeone ab. Die Besatzung machte die Segel klar, um den Feldschlangen an Backbord noch einmal Gelegenheit zum Schuß zu geben. Wie ein Gebirge im Wasser näherte sich die Carrack und ragte immer höher über ihnen auf.

Erneut feuerten die Geschütze des *Welpen,* und durch gutes Zielen oder schieres Glück zersplitterte der Topmast des Focksegels der Carrack, so daß Leinwand und Tau auf

das Deck herabprasselten. Jubel brandete unter den englischen Seeleuten auf.
Doch als die Carrack achtern vorbeizog, antworteten ihre Feldschlangen. Es hagelte Geschützfeuer, und Thomas warf sich auf das Deck. Das Schiff erbebte, und beißender Rauch wirbelte ringsum auf.
»Ich bin verwundet!« stöhnte Nathan.
»Verdammt sollt Ihr sein, Captain Wood«, knurrte Thomas, während er an Nathans Seite kroch. Das Hemd des Jungen verhieß blutigen Zins. »Rühr dich nicht, Nate, sonst reißt du die Wunde auf.«
»Mir geht's noch gut genug, um zu kämpfen.« Der Junge zuckte zusammen, als er sich aufsetzte. »Ich gebe meinen Anteil an der Beute nicht preis.«
»Es gibt Dinge, die sind mehr wert als Gold und Rubine«, sagte Thomas und riß das Hemd des Jungen in Streifen, um ihn damit zu verbinden.
Eine weitere Salve erklang, aber weder von der Carrack noch vom *Welpen.* Thomas lugte über die Reling und begriff sofort Lockhearts »ausgefuchsten Plan«. Der *Bär* südlich hinter ihnen befand sich jetzt in der richtigen Position für eine Breitseite auf die Carrack.
Die Besatzung des *Welpen* kämpfte mit den Segelschnüren, um das Schiff wieder herumzubringen. Carrack und Galeone wären dann zwischen den beiden kleineren und schnelleren Schiffen aus England gefangen. *Wirklich eine hübsche Falle,* dachte Thomas, *wenn man uns nicht vorher versenkt.*
Eine Salve vom Vordeck der Carrack beraubte den *Bären* des Bugspriets und eines Teils der Back. Zwei elegante

kleine Bronzegeschütze auf dem Achterdeck der Galeone spien Feuer ... und die portugiesische Carrack verlor ihren Besanmast.

»Sie schießen auf die eigene Eskorte!« sagte Nathan und hielt sich krampfhaft die Seite. »Sind die denn verrückt geworden?«

»Vielleicht haben wir mißverstanden, wie sie zueinander stehen?« sinnierte Thomas. »Ich weiß nicht.« Lockheart tauchte an Thomas' rechtem Ellenbogen auf und starrte auf die Szene. »Erzählt mir nicht, Sir«, sagte Thomas zu ihm, »daß das wahnsinnige Treiben dieser Galeone ebenfalls Teil Eures ausgefuchsten Planes war.«

Der Mund des Schotten zuckte und verzog sich zu einem bedauernden Lächeln. »Es heißt, der Herr hilft denen, die sich selber helfen.«

Jenseits des Wassers brüllten die Besatzungen der Galeone und der Carrack aufeinander ein. Die Carrack straffte die Segel und ging an den Wind, worauf sie am Bug des dümpelnden *Bären* vorbeistrich.

»Sie flieht!« sagte Nathan.

»Und läßt ihren Schutzbefohlenen, so es denn einer war, zurück«, meinte Thomas. »Welch wundersame Feigheit.«

»Ich möchte wetten«, sagte Lockheart, »daß diese Carrack kein Beschützer, sondern ein Verfolger war. Seht Ihr die Narben auf dem Filigran der Galeone? Mir will scheinen, die Carrack hat schon vor uns ein oder zwei Schuß auf sie abgegeben.«

»Meint Ihr, Sir«, fragte Nathan, »daß wir jemanden gerettet haben?«

Erneut brüllte das elegante Bronzegeschütz der Galeone

auf, und die Kugeln brachen ganz in der Nähe der Stelle, an der sie kauerten, einen Teil der Reling heraus.
»Aye«, knurrte Lockheart und wagte es, seinen Kopf wieder zu heben. »Und er ist so dankbar wie ein aus der Falle befreiter Tiger.«
Der *Welpe* und der *Bär* feuerten gemeinsam auf die Galeone und verwandelten Masten, Takelage und Segel in ein wirres Durcheinander. Keines der beiden englischen Schiffe befand sich in einem Zustand, in dem es Jagd auf die fliehende Carrack hätte machen können, und so näherten sie sich der glücklosen Galeone. Die Besatzung des *Welpen* warf Enterhaken hinüber und zog sich heran. Die Besatzung der Galeone, viele davon turbantragende Araber und dunkelhäutige Hindu, starrte ihnen aus einem Gewirr aus Leinwand, Holz und Tauen schweigend entgegen.
»Meinst du, du kannst unter diesen Umständen kämpfen, Nathan?« wollte Lockheart wissen.
»Gegen die besten von denen«, sagte der Junge.
»Tapferer Bursche«, lobte Lockheart. »Wie steht's mit Euch, Tom?«
Die Jahre, die er in Master Coulters Laden damit zugebracht hatte, übelriechende Salben und Tränklein zusammenzubrauen, hatten Thomas nicht auf ein Gemetzel Mann gegen Mann vorbereitet. Doch sie hatten ihn gelehrt, eine unangenehme Aufgabe auch zu Ende zu bringen. »Wenn es sein muß.«
Lockheart legte ihm derb eine Hand auf die Schulter. »So möge Euch das Schicksal denn wohlgesonnen sein.«
»Ergebt Ihr Euch?« rief Captain Wood zur geenterten

Galeone hinüber, »oder müssen wir erst an Bord kommen und Euch gewaltsam nehmen?«
Ein schauriges Geheul erhob sich seitens der Araber und Hindu. Die portugiesischen Seeleute säbelten mit Messern an den Leinen der Enterhaken herum.
Planken wurden vom *Welpen* zur Reling der Galeone geworfen, und die englischen Seeleute eilten hinüber. Thomas murmelte atemlos Stoßgebete und folgte ihnen, die Pistole in der Linken, sein Entermesser in der Rechten. Als er sich unter einem umgefallenen Segelsparren hindurchduckte, wurde ein Krummdolch auf seine Kehle zugestoßen. Er schlug ihn mit dem Entermesser beiseite und sprang nach vorn, doch der Feind war bereits verschwunden. Thomas fand sich in einem gewaltigen Wirrwarr wieder, das einem nebelverhangenen Wald glich. Masten standen schräg wie umgestürzte Bäume, und Taue schlangen sich wie Schlingpflanzen um seine Knöchel. In seinen Augen brannte Pulverrauch. Die Schatten der Männer in den Segeln irritierten sein Sehvermögen. Gebrüll und Geschrei umgab ihn. Hin und wieder summte eine Pistolenkugel vorbei wie eine zornige Biene.
Ein Araber sprang vor ihn, das Schwert erhoben, und seine Augen funkelten. Thomas machte einen Schritt zurück und hob sein Entermesser, als der Gegner auf ihn einhieb. Es wehrte den Schlag des Arabers ab, doch Thomas stolperte und stürzte rückwärts in ein Knäuel aus Takelage und Segel. Der Araber grinste und sprang näher, um einen Vorteil aus Thomas' Sturz zu ziehen. Thomas hob die Pistole.
Ein Schrei durchbrach den Kampflärm. Ihm folgte eine

lange Erklärung in einer Sprache, die Thomas nicht verstand. Dann herrschte Stille. Mit finsterem Blick senkte der Araber das Schwert und trat zur Seite.

Irgendwo hinter ihm rief Captain Wood: »Haltet ein, Männer! Sie haben sich ergeben!«

Thomas seufzte vor Erleichterung tief auf und lugte durch einen Riß im Segel neben ihm.

Die portugiesischen und arabischen Seeleute legten ihre Schwerter auf dem Deck nieder und starrten zur Back des Schiffes. Die Hindu preßten im Gebet die Stirn auf die Planken. Thomas verrenkte sich weiter den Hals und sah eine hochgewachsene, schlanke Frau auf der Back stehen. Sie trug einen Sari aus blutroter Seide, der mit Goldfäden durchwirkt war. Sie hatte hellbraune Haut, doch ihre Augen waren erstaunlich blau.

Welch seltenes Wunder. Ist das hier ihr *Schiff, daß sie diesen Männern Befehle gibt? Ist sie vielleicht die Tochter eines wohlhabenden Kaufmanns? Und weshalb hat die Carrack sie verfolgt?*

Die Frau verbeugte sich vor Captain Wood und sprach zu ihm, wobei einer der Hindu-Seeleute als Dolmetscher diente. Der Captain nickte zwar und hielt sich das Kinn, schien jedoch Schwierigkeiten mit dem Verständnis zu haben. Nach einigen Minuten winkte der Captain den Dolmetscher fort und geleitete die Lady persönlich auf den *Welpen.*

Ihr Verschwinden brach einen unsichtbaren Bann an Deck der Galeone, und die Männer begannen, sich wieder zu bewegen und zu reden. Mit hängenden Schultern teilte die Besatzung der Galeone sich auf; manche versuchten ihr

Glück, indem sie sich der Sicherheit der zwei kleinen Skiffe der Galeone anvertrauten (besonders die stolzen Portugiesen und Araber), andere entschieden sich dafür, mit dem *Welpen* und dem *Bären* zu segeln. Inzwischen öffneten die englischen Seeleute die Luken zu den Schiffsräumen der Galeone und begannen mit der Plünderung.
Thomas befreite sich aus dem Dickicht der Takelage und begab sich zum Achterdeck. *Ich kann ebensogut meinen gerechten Anteil fordern. Master Coulter wird einen Gewinn aus dieser unheilvollen Reise ziehen wollen.* Wenigstens wäre er keine große Konkurrenz für die anderen Seeleute, weil es ihn nicht nach Gold und Seide verlangte.
Als Thomas zum Achterdeck ging, spürte er, wie jemand an seiner Hose zupfte. Ein Hindu mit schwarzem Zopf kniete neben ihm und flehte ihn mit weicher, wohltönender Stimme an. Mehrere Besatzungsmitglieder des *Welpen* erschienen in der Tür des Achterdecks und trugen Holztruhen und Krüge, die nach aromatischen Harzen und Gewürzen rochen. Der Hindu deutete beim Sprechen darauf.
»Was willst du, Mann?« fragte Thomas. »Ich kann sie nicht aufhalten.«
Lockheart trat mit einem Arm voll bunter Seide und Kattunstoff durch die Tür.
»Versteht Ihr, was dieser Wicht sagt, Sir?« fragte Thomas.
Ohne stehenzubleiben, rief Lockheart ihm über die Schulter zu: »Er sagt, nehmt von der verfluchten Fracht da unten, was Ihr wollt. Wenn sie das Zeug los sind, sind sie besser dran.«
Thomas starrte dem breiten Kreuz des Schotten hinter-

her. *Manchmal wünschte ich, er würde nicht solche Scherze treiben. Aber es ist gut möglich, daß der Hindu seinem Herrn keine große Zuneigung entgegenbrachte.* Thomas sagte einige Worte, von denen er hoffte, daß sie den Mann beruhigten, und trat durch die Tür. Er tastete sich einen Weg die enge Stiege zu den dunklen unteren Decks hinab. Er bog seitlich ab und gelangte in einen Durchgang, der nur so von Seeleuten wimmelte, die sich mit voll bepackten Armen und Taschen an ihm vorbeidrängten. In der Dunkelheit sah Thomas einen leeren Durchgang, der weiter nach achtern führte, und wollte gerade hineingehen.

»Ihr braucht Euch nicht die Mühe zu machen«, rief einer der Seeleute. »Wir haben ihn schon durchsucht. Da ist nichts zu holen.«

Thomas nickte, ging jedoch trotzdem hinein, weil er den stillen Gang dem räuberischen Gedränge im Hauptkorridor vorzog. Er schritt am Ruderschacht vorbei und stellte fest, daß der Gang im Heck an einer rautenförmigen Fensterscheibe endete. Unmittelbar über ihm mußte sich die Kapitänskajüte oder die Kabine des Schiffseigners befinden. Die Mannschaftsquartiere befanden sich wohl ein wenig voraus und der Laderaum ein Deck tiefer. Thomas lehnte am Fenster und starrte den Weg zurück, den er gekommen war.

Als seine Augen sich an das Licht angepaßt hatten, bemerkte er rechts von sich eine Tür, die Jagdmotive aufwies und deren Rahmen mit achtblättrigen Rosen verziert war. Thomas drückte die Elfenbeinklinke hinunter und öffnete die Tür. Sie führte in ein Zimmer, das einen langen Tisch und mehrere schwere Stühle aus geschnitzter Eiche mit Lederbezug enthielt. Auf dem Tisch standen einige Keramikschüsseln, aber es war niemand im Zimmer.

Thomas trat ein, zog die Tür hinter sich zu und genoß eine Zeitlang den Frieden. Erschöpft sank er auf einen der Stühle und schloß die Augen.

Er hörte das Scharren eines anderen Stuhls auf dem Boden und richtete sich ruckartig, mit schreckensweiten Augen auf. Sonst befand sich keiner im Raum. *Kann es sein, daß es im Schiff bereits von den Gestalten spukt, die gerade erst erschlagen wurden?* Wieder erklang das Scharren, doch jetzt wurde ihm klar, daß es von einer Wand zu seiner Linken kam. *Aber dort müßte eigentlich der Ruderschacht sein.* Er schaute sich kurz um und stellte fest, daß das Zimmer ein Stück kürzer war als der Gang draußen.

Die Wand zu seiner Linken hatte eine leicht gewölbte Täfelung, auf der sich ebenfalls Jagdmotive befanden. Ihm fiel auf, daß ein geschnitzter Vogel anscheinend ein wenig mehr herausragte als die ihn umgebenden Bögen und Blätter. Thomas zog seine Pistole aus dem Wams und näherte sich lautlos der Wand. Er drehte den Vogel, als wäre er ein Knopf, und eine Tür schwang auf. Flugs trat er ein.

Es handelte sich um ein kleines Zimmer, in dem ein vornehm gekleideter Mann an einem Schreibtisch saß. Er trug ein schwarzes Wams aus Samt mit goldverzierten Schlitzärmeln und eine weite Halskrause aus feinem steifen Leinen, die mit Litzen besetzt war. Er hatte einen ordentlich geschnittenen schwarzen Spitzbart und dunkle

Augen, die aufmerksam, aber nicht ängstlich dreinsahen. In seiner Rechten hielt er einen Federkiel, und seine Linke verharrte über dem Deckel eines Holzkästchens.

»Laßt das bleiben«, sagte Thomas und wedelte mit seiner Pistole Richtung Kästchen. Er befürchtete, daß es eine Waffe enthalten könnte. Er hoffte, daß ihn der Fremde verstand.

Langsam zog der Bärtige seine Hand zurück und lächelte mit schmalen Lippen. Er sagte etwas auf portugiesisch, was vielleicht eine höfliche Erwiderung war. Thomas wünschte, Lockheart wäre in der Nähe; der Schotte schien jede Sprache auf Gottes weiter Welt zu kennen.

»Aufstehen. Langsam.« Er fuchtelte mit der Pistole.

Der Bärtige legte den Federkiel zur Seite und erhob sich. Er kam um den Schreibtisch herum auf Thomas zu. Thomas hob die Pistole in der Hoffnung, daß er keinen Unbewaffneten würde töten müssen.

»Hey, gute Arbeit, Tom!« Sully, der erste Maat, tauchte hinter ihm in der Tür auf. »Wie ich sehe, habt Ihr unseren Zauberer erwischt.«

»Zauberer?« Thomas' Erfahrung nach konnte dieses Wort alles bedeuten, von einem Mann, der den Teufel beschwor über den Astrologen Ihrer Majestät bis zu einem, der eine übermäßig große Vorliebe für Katzen hatte. Selbst Apotheker wie sein Herr Geoffrey Coulter wurden gelegentlich von Kunden und Klerikern der Zauberei bezichtigt.

»Aye, wir haben erfahren, daß er von den Inquisitoren in Goa gesucht wird. Deshalb hat ihn auch die Carrack verfolgt.«

Thomas konnte in dem kleinen Zimmer nichts entdecken,

was auf die Schwarzen Künste hingewiesen hätte. »Also ist das hier sein Schiff?«

»Aye, deshalb möchte Captain Wood auch, daß er mit Respekt behandelt wird.«

»Was ist mit der Lady, die den Kampf beendet hat?«

»Also, es gibt viele Fragen, die noch einer Antwort harren, nicht wahr? Habt Ihr ihm schon etwas Wertvolles abgeluchst? Karten oder vielleicht Lotsenbücher?«

»Wir sind uns gerade erst begegnet.«

»He, mag sein, daß er sie nicht rausrücken will. Soll ich Euch den Wicht abnehmen, oder wollt Ihr selbst den Ruhm einheimsen, ihn gestellt zu haben?«

»Kümmert Euch ruhig um ihn. Ich will mich hier noch ein wenig umschauen.«

»Dann wünsche ich gute Jagd. Kommt, Senhor, und erfreut Euch an Captain Woods Gastfreundschaft.«

Der portugiesische Zauberer starrte den ersten Maat an und stieß kalte, akzentuierte Worte aus.

»Eure Flüche werden bei mir nicht wirken, Sir«, sagte Sully. »Ich bin ein englischer Seemann und habe schon die schlimmsten Flüche vernommen, die es gibt. Kommt mit.«

Thomas trat zur Seite und gestattete dem Ersten Maat, den Gentleman mit fester Hand hinauszubegleiten. Sobald sie fort waren, ging Thomas zum Schreibtisch und überprüfte ihn sorgfältig. Neben dem fallengelassenen Federkiel lag ein Stück Pergament. Nur wenige Worte standen darauf, doch Thomas sagte das Manuskript nichts. Er wandte sich dem Holzkästchen zu.

Es hatte die Länge seiner Hand und die Breite seiner

Handfläche, und es war aus dunklem Holz gefertigt. Auf der Oberseite waren geometrische Muster eingeschnitzt. Thomas klappte das Messingplättchen des Schlosses nach oben und machte das Kästchen auf.

Auf einem Bett aus schwarz-goldener Seide lag dort eine flache, mit einem Stöpsel versehene Flasche aus schillerndem Glas. Innen am Deckel des Kästchens steckte ein gefaltetes Stück Papier. Als Thomas es herausnahm, sah er, daß darunter ein Stab eingeschnitzt war, um den sich zwei Schlangen wanden – ein Merkurstab. Thomas faltete das Papier auseinander und entdeckte mehrere handgeschriebene Zeilen. Die oberste war auf griechisch, und Thomas segnete seine Schule dafür, daß er sie lesen konnte. »Ein Schlangenbiß für den, der atmet. Für den, der nicht atmet, eine Schlangenhaut.«

Ein Rätsel, vielleicht auch ein Fluch, dachte Thomas. Die anderen handschriftlichen Zeilen konnte er nicht lesen, obwohl er die zweite als arabisch erkannte. Er faltete das Papier wieder zusammen und steckte es unter den Deckel des Kästchens zurück. *War das vielleicht ein Zaubertrank? Ein Rauschmittel? Heilsam oder giftig?* Thomas klappte das Kästchen zu und verstaute es in seinem Wams. *Wenn es eine Arznei ist, werde ich es herausfinden. Sollen die anderen sich doch ihren Anteil an der heutigen Beute nehmen. Das hier soll meiner sein.*

2

WEISSDORN:

Dieser kleine, dornige Strauch trägt im Spätsommer blasse Blüten und im Herbst rote Beeren. Es heißt, die Dornenkrone Unseres Herrn habe aus Zweigen dieses Strauchs bestanden, und deshalb schreibt man ihm große Macht gegen Hexenwerk zu. Hat man Weißdorn im Haus, so schützt einen das vor Gespenstern und Blitzschlag, doch es heißt auch, daß Weißdorn im Haus einem Unglück und Tod beschert …

September 1597,
portugiesische Kolonie Goa

Padre Antonio Gonsção, Sondergesandter des *Conselho Supremo* des Großinquisitors von Lissabon, stand am Fenster der Santa Casa. Zu seiner Erleichterung wogte die Szenerie vor ihm nicht wie die See.

Unter dem Fenster lag der Praça do Catedral, ein weitläufiger Platz wie überall in Europas Städten. Auf der anderen Seite des Platzes erhob sich die Kathedrale der Sancta Katharina, deren rechteckige Zwillingstürme sich bescheiden gen Himmel erhoben, die Fassade mit Skulpturen von Heiligen verziert. Zwillingsdelphine aus Stein spien im Springbrunnen der Plaza spielerisch Wasser. Auf der Westseite des Platzes befand sich das Misericordia, das von den Jesuiten geführte Spital. Zweistöckige Häuser mit Balkonen und rotgeziegelten Dächern säumten den Rest der Plaza. In der Ferne sprenkelten erhabene Anwesen mit Obstbäumen und Gärten die Berghänge. Dem Augenschein nach hätte es sich hierbei um jeden beliebigen wohlhabenden Hafen in Portugal handeln können. Bis auf gewisse Unterschiede; Unterschiede, die Gonsção störten. Auf der Plaza wimmelte es von Menschen, *mestiço fidalgos* in Samt und Spitze, die umherschlenderten, im Gefolge Burschen, von denen einer ein Schwert trug, ein anderer einen Parasol und wieder ein anderer ein Kissen.

Die Edlen verbeugten sich voreinander und lüpften mit großartigen, weit ausholenden Gesten die Hüte. Dabei hielten sich Wettstreit und Höflichkeit die Waage, denn wehe demjenigen, der sich nicht tief genug verbeugte oder sich Spott anmerken ließ. Damen zogen in vergoldeten Palankinen vorüber, von Sklaven getragen, deren Haut keine iberische Tönung aufwies. Araber, Juden, schlitzäugige Männer aus dem fernen Kathai, Perser, Hindus sowie alle Arten von Europäern flanierten unten vorbei, schritten die Rua Direita auf und ab, kamen und gingen unter dem schwarzen Stein Arco de Vicereis, der auf den Mandovi hinausblickte.

Die Luft war erfüllt vom Duft tropischer Blumen, bunte Vögel kreischten ihr unvertrautes Lied. Es war alles zu hell, zu bunt, zu lebendig; Gonsçãos Sinne glaubten sich unter ständigem Beschuß.

Er entsann sich einer Frau, der Tochter eines Nachbarn in der Straße, in der er in Lissabon gewohnt hatte. Als Knabe hatte er immer ihr dunkles Honighaar und ihr süßes Gesicht bewundert. Doch Jahre später hatte man sie ihm bei Gericht vorgeführt, angetan mit einem auffälligen purpurroten Seidenkleid, und der Prostitution und Hexerei beschuldigt. Goa erinnerte ihn an diese Frau; schön geschminkte Hurerei, und unter allem schwärte Verdorbenheit.

Man hatte die portugiesischen Siedler von Goa ermutigt, sich mit den Einheimischen zu vermählen, in der Hoffnung, daß es zu Massenbekehrungen käme. Doch statt dessen hatte der wahre Glaube die Seelen Goas nur oberflächlich in Besitz genommen, zu betörend waren

Umgebung und fremde Einflüsse. Stets brachen Ketzerei und Heidentum wieder wie Sirenen aus der Tiefe hervor. Lediglich die Santa Casa, die heilige Inquisition, widerstand als Bollwerk den Gezeiten, die den Gläubigen umspülten. Und selbst diese gesegnete Inquisition hatte, so schien es Gonsção, Risse bekommen. *Und mich hat man hergeschickt, um den Damm abzudichten. Ich bin wohl zu lange auf See gewesen,* sinnierte er mit einem heimlichen Lächeln. *Selbst meine Gedanken riechen schon nach Fisch.*

Er vernahm, wie sich Schritte näherten, und wandte sich vom Fenster ab. Es war Domine Rui Sadrinho, der Inquisitor maior. Er war hochgewachsen und sehr schlank, vielleicht um die Vierzig. Das Gesicht über dem ordentlich geschnittenen schwarzen Bart war fleckig und pockennarbig von einer vergangenen Pestilenz. Gonsção neigte den Kopf vor ihm. »Domine.«

»Guten Morgen, Padre. Ich hoffe, Ihr habt Euch von Eurer langen Reise erholt? Sind Euch die Unterkünfte angenehm?«

»Sie sind recht behaglich, habt Dank. Und es freut mich, Euch mitteilen zu können, daß der Boden beim Gehen nicht mehr unter mir schwankt. Doch sagt, Domine« – Gonsção zupfte am Kragen seines schweren weißen dominikanischen Habits – »ist es hier immer so heiß?«

»Fürwahr, Padre. Immer.«

»Selbst wenn es regnet?«

»Ganz besonders, wenn es regnet. Dann ist es heiß und feucht.«

»Und des Nachts?«

»Da ist es heiß und dunkel, Padre.«

»Und die Moskitos, Domine …«
»Sind desgleichen stets mit uns. Der Teufel ist in diesem Teil der Welt nimmermüde. Seuchen und Pestilenz gibt es hier zuhauf.«
Wie dir ins Gesicht geschrieben steht, dachte Gonsção und rief sich zur Ordnung. »So sagte man mir. Aber weshalb annehmen, es handele sich um Teufelswerk? Eine Seuche kann auch eine Gnade Gottes sein.«
Der Inquisitor maior schaute erst verdutzt, dann argwöhnisch drein. »Gewiß ist unser Herr gnädiger.«
Nein, ich versuche nicht, dich in Widersprüche zu verwickeln, dachte Gonsção, *noch nicht.* Er bemühte sich um ein entwaffnendes Lächeln. »Bloß eine eitle Betrachtung, Domine. Falls nötig, werde ich dieses Klima geduldig ertragen.«
»Ich meine, Ihr werdet feststellen, daß unsere Santa Casa verbesserten Komfort zu bieten hat, Padre. Vor der Ankunft unserer Leute handelte es sich bei diesem Gebäude, wie ich betonen möchte, um den Palast des 'Adilshah von Goa. Wir haben einige seiner Möbel gerettet – sie befinden sich im Residenzflügel. Diese Kammer hier war früher sein Thronsaal.«
Die *Mesa do Santo Officio* hatte sich tatsächlich noch etwas von ihrem einstigen Prunk bewahrt. Von der langen Halle mit der hohen Decke, die mit blau und zitronengelb gestreiften Wandteppichen behangen war, gingen mit feinen Arabesken verzierte falsche Bogengänge ab. Die Ostwand wurde von einem gewaltigen Holzkruzifix beherrscht. Ein Podium mit Stufen füllte die Mitte der Halle aus. Auf dem Podium stand ein langer Tisch, der von

Lehnstühlen mit einer Polsterung aus rotem Seidenbrokat umgeben war. An einem Ende des Tisches stand ein einfacher Klappstuhl.

»Wenn Ihr wünscht, kann ich für Euch eine Führung durch das Bauwerk arrangieren«, fuhr Sadrinho fort.

»Habt Dank, aber ich bin nicht zu meinem Vergnügen hergereist, Domine, und die mir hier auferlegte Pflicht wiegt schwer. Ich sollte mit meinen Untersuchungen so schnell wie möglich beginnen. Großinquisitor Albrecht sieht Eure Probleme hier mit großer Sorge. Euer Schreiben hat ihn tief bewegt.«

Sadrinho starrte zu Boden. »Wir sind angenehm berührt, daß der Großinquisitor einem so fernen Außenposten wie Santa Casa überhaupt Beachtung schenkt.«

»Es sind die Schafe am äußersten Rand der Herde, denen der Schäfer seine größte Aufmerksamkeit widmet, nicht wahr?«

Erneut schien Argwohn im Inquisitor maior aufzukommen. »Es erstaunte uns, daß er sich so großzügig zeigte, uns einen Sondergesandten zu schicken, der … uns hilft.«

Ah. Dann war dein Schreiben also eine Aneinanderreihung von Entschuldigungen und keine Bitte um Hilfe?

»Seit Governador Manuel Coutinho in Schande nach Lissabon zurückkehrte, hat der Großinquisitor die Beziehungen zwischen der Santa Casa und Goas Kolonialregierung mit größter Aufmerksamkeit verfolgt.«

Sadrinho seufzte. »In der Vergangenheit haben die Gouverneure uns eher nachlässig behandelt.«

Gonsção nickte teilnahmsvoll. »Wohlstand und Macht machen die Menschen blind gegenüber Glaubensfragen.«

»Zauberei und heidnische Riten sind mehr als Blindheit, Padre.«

»Wohl wahr. Zauberei ist ein ernster Vorwurf. Der Umstand, daß erst Coutinho und jetzt, dieses Jahr, auch noch Viceroy de Albuquerque mit entsprechenden Anschuldigungen nach Hause geschickt wurden, hat den Großinquisitor stark betrübt.«

»Es ist das Flair dieses Ortes, Padre. Es züchtet Ketzerei wie verderbendes Obst Fliegen. Doch Ihr trefft gerade zur rechten Zeit ein. Wir haben einige von denen enttarnt, die an der gottlosen Intrige, die Coutinho zu Fall brachte, beteiligt waren.«

»Ah, ausgezeichnet. Welche Art von Mensch denkt sich denn so eine Intrige aus?«

»Einer war ein arabischer Arzt namens Zalambur. Bedauerlicherweise wurde er tot aufgefunden, vergiftet, bevor wir ihn befragen konnten. Wir vermuten, daß er sich das Leben genommen hat. Doch wir haben seine Geliebte hier zu Gast. Wir werden sie heute abend noch einmal verhören, wenn Ihr also zuschauen möchtet …«

Er bietet es mir an, als wäre es bloße Unterhaltung. »Das könnte sich als einigermaßen … lehrreich herausstellen, Domine. Waren noch andere beteiligt?«

»Ja. Ein portugiesischer Alchimist und Zauberer namens Bernardo De Cartago. Er hat versucht, mit dem Schiff von Goa zu fliehen, aber ich glaube, wir werden ihn bald wieder zurückhaben. Und dann gibt es da noch jemanden, der mit ihm unterwegs sein könnte; eine Frau, die rätselhafteste Person des Kreises, aber vielleicht die einflußreichste. Wir kennen sie nur als Aditi, obwohl ich auch schon gehört habe, daß man sie *Manasadasa* nannte, was soviel wie Dienerin des Schlangengottes heißt.«

»Ein schlechtes Omen, dieser Titel.«

Sadrinho schüttelte den Kopf. »Nicht bei den Hindu. Für sie ist die Schlange ein Symbol der Weisheit und Unsterblichkeit.«

»Unser Herr sagte auch einmal: ›Seid weise wie die Schlangen‹, doch ich glaube nicht, daß er damit meinte, wir sollten sie verehren oder ihnen dienen.«

»Hat Er das gesagt?« fragte der Inquisitor mit völlig faszinierter Miene.

»Es steht in der Schrift, Domine. Das Buch Matthäus. Sicher entsinnt Ihr Euch noch Eurer religiösen Studien. Wie ich sehe, kennt Ihr Euch ein wenig im einheimischen Glauben aus.«

Der Inquisitor zuckte leicht mit den Achseln und sagte: »Bei unserer Arbeit erfährt man so einiges. Was die Frau angeht, gibt uns eher der Name Aditi Anlaß zur Sorge. Es ist der Name einer hinduistischen Himmelsgöttin, hat aber auch die Nebenbedeutung Befreiung. Es gibt Gerüchte, wonach diese Frau die Unterstützung der Marathas genießt.«

»Marathas? Wer ist das?«

Der Inquisitor bekam große Augen. »Ah. Ich habe vergessen, daß Ihr neu in der Gegend seid und die hiesige Politik nicht kennt. Die Marathas sind hier eine der wohlhabendsten und erlauchtesten Hindufamilien. Sie gehören einer hohen Kriegerkaste an, und ohne ihre Mitarbeit könnte Portugal seine Macht in Goa nicht lange aufrechterhalten. Allerdings weiß man, daß sie starke

Bande zu den herrschenden Familien von Bijapur unterhalten.«
»Verstehe. Also steckt wahrscheinlich mehr hinter diesen verderblichen Einflüssen als nur die Verbreitung heidnischer Praktiken.« Gonsção nickte. »Ihr habt in dieser Sache gute Fortschritte gemacht, Domine. Der Großinquisitor wird erfreut sein. Sagt, wie steht Ihr zu Eurem neuen Gouverneur Dom Francisco da Gama? Macht er dem Namen seines illustren Großvaters Ehre?«
»Er hat nichts getan, was ihn besudelt hätte. Und er steht der Santa Casa respektvoll gegenüber.«
»Freut mich, das zu hören.«
»Bitte entschuldigt, Senhores«, rief ein junger, dunkelhäutiger Knabe von der Tür in die Halle hinein, und sein Portugiesisch hatte einen melodischen Beiklang. »Seine Exzellenz der Erzbischof Alexio de Menezes und Captain Pedro Ortiz sind eingetroffen und bitten um Audienz.«
Sadrinho sagte zu dem Jungen: »Sehr gut. Wir lassen bitten.«
Der Knabe verbeugte sich tief und ging davon.
»Das kommt wahrhaftig zur rechten Zeit«, meinte Gonsção. »Ich hatte gehofft, mich bald mit Erzbischof de Menezes treffen zu können.«
»Und Captain Ortiz dürfte uns hinsichtlich des Themas, das wir gerade besprochen haben, gute Nachrichten bringen. Kommt, setzt Euch, während wir auf unsere Besucher warten.« Sadrinho machte eine höfliche Geste zu den roten Stühlen auf dem Podest.
Gonsção stieg auf die Plattform und ließ sich auf einem der Stühle nieder. Auf dem langen Tisch befanden sich

eine Silberglocke und zwei Bücher. Das eine war ein ledergebundenes Meßbuch, das andere ein kleiner, in Pergament eingeschlagener Schmöker.
Lässig nahm Gonsção das Büchlein und besah es sich. Er las den mit Tinte geschriebenen Titel auf dem Buchrücken und wandte sich dann an Inquisitor Sadrinho, wobei er sich ansatzweise erlaubte, seine Verblüffung zu zeigen.
»Dieses Buch, Domine. Warum liegt das hier?«
»Welches? Ah. *Os Lusiadas.* Das wird Bruder Timóteo liegengelassen haben. Er ist noch jung und manchmal etwas geistesabwesend.«
Gonsção schlug den Buchdeckel auf und warf einen Blick auf die erste Seite. Ihm fiel ein Datum auf, das dort in römischen Ziffern geschrieben stand. »Domine, dies ist die Erstausgabe von 1572.«
Sadrinho runzelte die Stirn. »Ja? Und?«
»Kennt Ihr dieses Werk denn nicht?«
Der Inquisitor wirkte wieder äußerst argwöhnisch. »Das ist ein Gedichtepos von Luis Vaz de Camoes. Ich dachte, es stünde in Lissabon in hohem Ansehen.«
»So ist es. Unter Gelehrten. Habt Ihr es gelesen?«
»Nein. Man sagte mir, es sei zum Teil hier in Goa verfaßt worden. Bruder Timóteo spricht in höchsten Tönen davon, weil sein Großvater, der berühmte Kräuterkundler Garcia des Orta, Camoes kannte. Tatsächlich lebte Camoes eine Zeitlang in seinem Haus und schrieb ein paar Zeilen für die Einleitung zu de Ortas Buch über orientalische Arzneien und Heilkräuter.«
»Ah. Interessant. Dann ist es verständlich, daß der Junge dieses Buch in Ehren hält. Doch das ist eine nicht gerei-

nigte Fassung, Domine, und enthält viele … gottlose Stellen. Wie alt ist Bruder Timóteo?«

»Dreizehn, Padre.«

»Erst dreizehn? Ein gefährliches Alter. Wißt Ihr, dieses Gedicht ist Geschichtsfälschung, Domine. Es beschreibt die Reisen da Gamas, als handele es sich um homerische Mythen. Es ist mit den Göttern und Dämonen des alten Griechenland und Rom bevölkert. Seht hier.« Gonsção schlug das Buch aufs Geratewohl auf. »Auf dieser Seite schreibt der Dichter über Mars und Jupiter auf dem Berg Olymp und hält es mit da Gama, der gegen den Weingott Bacchus antritt. Auf einer anderen Seite haben wir da Gama, wie er zu Prometheus und Apollo spricht, als wären sie wahre Mächte, die es anzubeten gilt. Und hier schreibt der Dichter einen langen Abschnitt über Venus und ihre Insel der Liebe.«

Sadrinho hob die Brauen. »Ich hatte ja keine Ahnung.«

»Ich bin nicht sicher, ob dieser Bruder Timóteo jetzt schon die Weisheit oder Bildung besitzen kann, dieses Werk in seinem eigentlichen Kontext zu … begreifen. Ich schlage nachdrücklich vor, Domine, daß man dieses Buch in ein Gewölbe sperrt, bis der Junge älter ist.«

Der Inquisitor nickte. »Ich verstehe. So soll es geschehen.« Gonsção schob das Buch auf dem Tisch zu ihm hinüber, und Sadrinhos lange Finger strichen mit etwas, was Bedauern hätte sein können, über den Pergamenteinband.

Es scheint, daß die Gerüchte, die Albrecht zu Ohren gekommen sind, stimmen. Dieser Santa Casa fehlt es an Disziplin. Sie interessieren sich mehr für ihr Wohlbefinden und ihre Habe als für ihr heiliges Werk.

»Bruder Timóteo wird enttäuscht sein«, sagte Sadrinho. »Sein Großvater war in Goa als Heiler sehr beliebt, und wir sind glücklich, daß Timóteo zu uns gekommen ist. Er ist einer unserer besten Meßgehilfen und fungiert sogar für einige unserer Gäste als Rechtsbeistand. Er hat eine Art, mit ihnen umzugehen, die besser ist als jede Geißel.«
»Bewundernswert. Ich möchte diesen Wunderknaben gern einmal kennenlernen. Wenn er eine Vorliebe für Poesie hat, kann ich ihm das Werk von Diego Bernardes empfehlen. Die Sammlung *Verschiedene Verse an den guten Jesus* habe ich oft inspirierend gefunden. Ich habe ein Exemplar dabei, das ich ihm leihen könnte.«
Mit bitterem Lächeln sagte Sadrinho: »Das wird ihn ganz gewiß freuen.«
»Ich versichere Euch, Domine, die Verse sind nicht so fad, wie der Titel vermuten läßt.«
»Wie Ihr meint, Padre – ah, da kommt ja schon unser Besuch.«
Die Türen am Ende der Halle standen offen. Der Page war eingetreten und verkündete jetzt: »Seine Exzellenz Erzbischof Alexio de Menezes und Captain Pedro Ortiz von der *Santa Rosa.*«
Der Erzbischof kam herein: ein grauhaariger Mann von sanfter Erscheinung, an dem die scharlachfarbenen Gewänder und die Mitra protzig wirkten. Ihm folgte Captain Ortiz, ein kleiner, sehniger Mann, der nach Knoblauch, Orangen und Fisch roch. Sein grünes Satinwams und die weite, geschlitzte Hose waren fleckig und mit Flicken besetzt. Die vergoldete Degenscheide an seiner Seite war

jedoch auf Hochglanz poliert, und seine tiefe Verbeugung war graziös.
Der Inquisitor begrüßte den Erzbischof und den Captain mit einem Nicken. Gonsção erhob sich von seinem Platz und stieg das Podest hinunter. Er verschränkte die Hände vor dem Erzbischof und sagte: »Es ist mir eine Ehre, Euer Exzellenz. Darf ich Euch zu Eurer Ernennung zum Ersten Primat des Ostens gratulieren. Diese Ehre ist wohlverdient.«
Der Erzbischof schien erstaunt zu sein. »Ich danke Euch, Padre. Von Euch habe ich ebenfalls Gutes gehört. Meine Ernennung war ein unerwarteter Segen. Ich hoffe, daß ich mich des Amtes würdig erweisen kann.«
»Daran zweifle ich nicht, Euer Exzellenz. Und auch Euch einen schönen guten Tag, Captain Ortiz. Ich bin Padre Antonio Gonsção. Überall in Lissabon lobpreist man den Namen der *Santa Rosa*. Ihr seid mir von Herzen willkommen.«
Der Captain sah von Gonsção zu Inquisitor Sadrinho und wieder zurück. »Ich danke Euch und entbiete Euch heiligen Vätern meinen Gruß«, sagte er schnarrend. »Möge der Herr Euch am heutigen Tag und immerdar segnen.« Die Hände, die seine Samtkappe umklammerten, waren blaß.
Besucher fühlen sich in der Santa Casa oft unbehaglich, dachte Gonsção, *doch ich nehme an, daß er keine guten Nachrichten hat.*
Er begleitete den Erzbischof und den Captain zum Tisch. De Menezes setzte sich in einiger Entfernung von Sadrinho, und der Captain blieb stehen. Gonsção ließ sich neben

dem Erzbischof nieder, was den Inquisitor maior zu ärgern schien.
Sadrinho wandte sich mit gerunzelter Stirn an den Captain. »Es ist unsere Hoffnung, Captain Ortiz, daß Ihr uns Beweise für einen solchen Segen bringt. Ich nehme an, Bernardo De Cartago wird jetzt im Aljouvar festgehalten.«
Erzbischof de Menezes seufzte und sah auf den Tisch hinab. Captain Ortiz zog die Schultern hoch und drehte die Kappe in den Händen. »Ich bedaure, Domines, das wird er nicht. Wir haben sein Schiff beschädigt, waren aber nicht in der Lage, es einzufangen.«
»Ihr habt ihn nicht gefangengenommen«, sagte Sadrinho langsam. »Wir hatten Besseres von Euch erwartet, Captain Ortiz.«
Mit trotzigem Blick entgegnete Ortiz: »Ich hatte nicht erwartet, daß der Zauberer aus dem Nichts heraus englische Schiffe zu seiner Verteidigung herbeihext, Domine!«
»Englische Schiffe?«
»Ich finde«, meinte der Erzbischof, »daß Ihr die Umstände hören solltet, bevor Ihr urteilt. Die Anwesenheit der Engländer ist auch von anderen Reisenden bestätigt worden, die nach Goa kamen.«
Sadrinho starrte den Erzbischof an, dann richtete er seinen Blick wieder auf den Captain. »Also. Erklärt.«
Captain Ortiz begann mit einer raschen Verbeugung. »Die *Santa Rosa* stieß in der Nähe des Bassas de Pedro auf die Galeone des Zauberers. Sie segelte nach Süden. Wie befohlen nahmen wir die Verfolgung auf. Als wir die Amindiven passierten, hatten wir sie schon fast eingeholt. In dem Moment tauchten die englischen Schiffe auf, sie

kamen hinter der Insel Kiltan hervor. Meine Männer bemühten sich nach Kräften, alle unsere Waffen zum Einsatz zu bringen, aber die Engländer waren auf uns vorbereitet. Sie segelten zwischen uns und das Schiff des Zauberers und feuerten ihre Kanone ab. Ihre Schiffe waren kleiner und schneller. Sie hatten viel häufiger Gelegenheit, auf uns zu feuern.

Wir richteten soviel Schaden wie möglich an und brachten Masten auf dem englischen und dem Schiff des Zauberers zu Fall. Doch ich befahl, daß die *Santa Rosa* weiter nach Süden segeln sollte, statt zu erlauben, daß sie dem Engländer in die Hände fiel. Wenn Euch das tröstet, ich bin sicher, daß Senhor De Cartago jetzt entweder tot oder ein Gefangener der Engländer ist.«

»Ihr seid geflohen«, sagte Sadrinho sanft. »Ich hätte nicht gedacht, daß Ihr ein Feigling seid, Captain Ortiz.«

Die Nasenflügel des Captains bebten. »Domine, wenn ich auch die Ehre hatte, der Santa Casa einen Dienst zu erweisen, so bin ich doch vor allem meinen Männern und Seiner Majestät König Philipp verpflichtet. Vielleicht vergeßt Ihr, daß die *Santa Rosa* zur Flotte Seiner Majestät gehört.«

»Vielleicht habt Ihr Eure Pflicht gegenüber Gott vergessen.«

»Mir wurde gesagt, Domine, daß der Dienst am König ein Dienst an Gott ist. Oder meint Ihr, dieses Haus überragt noch den königlichen Thron?«

Gut gesprochen, dachte Gonsção, *wenn nicht gar weise. Dieser Mann ist kein Feigling.*

Sadrinhos Gesicht erblaßte. »Wir glauben, daß der Dienst

an dem einen ein Dienst an beiden ist. Ihr habt uns alle im Stich gelassen. Glücklicherweise steht uns ein Raum zur Verfügung, in dem Ihr über Euren Irrtum nachdenken könnt.« Er griff nach der Silberglocke.
»Halt, Domine«, sagte Gonsção.
»Padre?« Ein Muskel in der Wange des Inquisitors zuckte, und seine Augen wurden schmal.
»›Selig sind die Barmherzigen, denn ihnen soll Barmherzigkeit widerfahren.‹«
»Stammt das aus einem Traktat der Jesuiten?«
Also stimmt auch dieses Gerücht. Er ist der Schrift völlig unkundig. »Nein, Domine. Dies sind die Worte unseres Herrn. Aus der Heiligen Schrift.«
Der Erzbischof murmelte: »Matthäus, Kapitel fünf.«
»Also. Worauf wollt Ihr hinaus, Padre?«
»Captain Ortiz, seid Ihr ein guter Katholik?«
»Von ganzem Herzen, Padre, so wahr mir Gott helfe.«
»Und Ihr akzeptiert alle Lehren der Mutter Kirche?«
«Alle, Padre, von der Geburt bis zum Tode.«
»Domine, dieser Mann ist kein Ketzer oder Abtrünniger. Euer Streit mit ihm ist eine zivile Angelegenheit. Wenn Ihr eine Beschwerde gegen ihn habt, müßt Ihr sie Governador da Gama vorbringen. Er hat die Befugnis, zu entscheiden, ob Captain Ortiz dem König Rechtens gedient hat.«
Sadrinho hielt sich das Kinn, doch schließlich sagte er: »Also gut. Ihr könnt gehen, Captain Ortiz.«
Der Captain verbeugte sich tief vor Gonsção. »Gott hat Euch wahrlich Weisheit geschenkt, Padre.« Er wandte sich an den Erzbischof und fügte hinzu: »Wenn ich Euren

Segen haben dürfte, Euer Exzellenz.« Er kniete nieder und küßte den Ring des Erzbischofs.
De Menezes legte dem Captain seine Hand auf den Kopf. »Wenn es Euch hilft, so habt Ihr meinen Segen. Geht mit Gott, mein Sohn.«
Captain Ortiz stand wieder auf und grüßte Sadrinho mit einer schwungvollen Bewegung seiner Kappe. »Ich werde mein Schicksal umgehend in Governador da Gamas Hände legen.«
Inquisitor Sadrinho nickte ernst, als Captain Ortiz davonschritt. Sobald sich die Türen geschlossen hatten, starrte er Gonsção an. »Wie könnt Ihr es wagen …«
»Großinquisitor Albrecht«, sagte Gonsção, »hat mich hergeschickt, um ein Auge auf diese Santa Casa zu haben und dort, wo es mir nötig erscheint, Abweichungen zu korrigieren. Ihr wißt, wir müssen einen klaren Unterschied zwischen Angelegenheiten des Glaubens und Fragen ziviler Gerechtigkeit machen. Ich verstehe, daß dieser Zauberer wichtig ist, aber Männer mit Captain Ortiz' Fertigkeit werden gegen die Holländer und Engländer gebraucht. Portugal kann es sich nicht leisten, ihn zu verlieren.«
»Wenn diese Tölpelei für die ›Fertigkeit‹ des Captains typisch ist«, knurrte Sadrinho, »dann weine ich um Portugal.«
»Ortiz hat vielleicht mehr für Euch getan, als Ihr vermutet. Ihr habt unter den Kaufleuten und Fischern hier doch *familiares,* nicht wahr?«
»Selbstverständlich. Was ist mit denen?«
»Beschädigte Schiffe kommen nicht weit. Wenn die *Santa*

Rosa den englischen Schiffen die Masten gekappt hat, werden sie sich einen sicheren Hafen zur Reparatur suchen müssen. Wenn die *familiares* uns sagen können, wo die Engländer zuletzt gesehen wurden, könnten wir Vermutungen darüber anstellen, wo sie vielleicht auf Grund gegangen sind. Einige kleine Küstenschiffe, heimlich ausgesandt, könnten erreichen, wozu eine mächtige Carrack nicht in der Lage war.«

Sadrinho blinzelte. »Ach ja, verstehe. Das ließe sich vielleicht einrichten. Ich werde sofort Erkundigungen einziehen. Entschuldigt mich, Euer Exzellenz.« Er nickte dem Erzbischof zu und erhob sich, um zu gehen.

»Domine«, hielt Gonsção ihn zurück.

»Ja?«

»Bitte veranlaßt alles Erforderliche, damit ich die Hauptbücher des vergangenen Jahres inspizieren kann.«

»Die Hauptbücher?«

»Ich dachte, aus meinem Empfehlungsschreiben ginge eindeutig hervor, daß man mir jegliches von mir benötigte Material überlassen soll.«

»Äh, vielleicht in ein paar Tagen, Padre. Wenn Ihr Euch von der Reise erholt habt.«

»Ich wurde meiner Emsigkeit wegen ausgewählt, Domine. Ich möchte die Hauptbücher heute nachmittag sehen, wenn es Euch beliebt.«

»Äh, ich werde schauen, was sich in so kurzer Zeit zusammentragen läßt.«

»Habt Dank, Domine. Vielleicht könntet Ihr diesen jungen Pflichtverteidiger, den, der Gedichte mag, mit den Hauptbüchern zu mir schicken.«

Sadrinho seufzte. »Wie Ihr wünscht, Padre Antonio. Nach der Messe in Sancta Katharina.«
»Ausgezeichnet. Und bitte bedenkt mich in Euren Gebeten, wenn Ihr den Gottesdienst abhaltet.«
»Das werde ich, Padre. Seid gewiß, das werde ich.«
Als die Tür sich hinter dem Inquisitor geschlossen hatte, wandte Erzbischof Menezes sich an Gonsção. »Ihr seid kühn, Padre Antonio. Diese Eigenschaft wird hier dringend gebraucht, obgleich der Inquisitor maior das vielleicht nicht sonderlich zu schätzen wissen wird.«
»Ich kann nicht behaupten, daß das unerwartet käme, Euer Exzellenz. Nur wenige, die zu Macht gelangen, erliegen nicht ihrem verderblichen Einfluß. Wir müssen den Inquisitor auch in unseren Gebeten bedenken.«
»Wahrhaftig«, sagte der Erzbischof mit geringer Begeisterung. »Dieses Auftauchen der Engländer«, er beugte sich vor und setzte die Fingerspitzen auf den Tisch, »das finde ich äußerst beunruhigend.«
»Wenn es Euch erleichtert, Euer Exzellenz, als ich Lissabon verließ, erfuhr ich, daß Seine Majestät eine neue Armada zusammenstellt. Das ist teilweise auch der Grund, weshalb ich wünschte, daß Captain Ortiz der Obhut des Gouverneurs überantwortet werde. Man wird ihn benötigen. Ich denke, wir werden die englische Piraterie nicht mehr lange zu fürchten brauchen.«
»Das sind gute Nachrichten, Padre. Doch ich kann nicht anders, als mich des Schicksals unserer letzten Armada zu entsinnen.«
»Bitte, Exzellenz, gebt Euren *adelantados* Gelegenheit, aus ihren früheren Fehlern zu lernen.«

»Manche sagen, der Sturm, der die Armada zerstörte, sei ein Akt Gottes gewesen.«
»Unser Herr soll englische Ketzer verteidigt haben? Vorsicht, Exzellenz.« Gonsção drohte ihm spielerisch mit dem Finger. »Ihr bewegt Euch gefährlich nahe an der Ketzerei.«
»Verzeiht mir«, sagte de Menezes mit einem Lächeln. »Ich werde zur Buße zweihundert Gebete an die Jungfrau Maria richten.«
»Fügt freundlicherweise ein paar für mich hinzu.«
Gonsção stand auf und strich sein weißes Gewand und das Skapulier glatt.
Auch der Erzbischof erhob sich. »Wieso wolltet Ihr, daß der junge de Orta Euch die Hauptbücher bringt, wenn ich fragen darf? Wegen seines berühmten Großvaters, des Kräuterkundlers?«
»Domine Sadrinho verriet mir, daß Bruder Timóteo ein Advokat ist, trotz seiner Jugend. Wer könnte mir besser etwas über die Gäste erzählen, die zur Santa Casa gebracht werden, und darüber, wie man sie behandelt?«
»Verstehe. Sehr klug.«
»Es gibt da etwas, was Ihr vielleicht für mich tun könntet, Exzellenz.«
Der Erzbischof fühlte sich sichtlich unwohl in seiner Haut. »Wenn es in meiner Macht steht.«
»Ich möchte alles Erdenkliche über das Verfahren von Governador Coutinho erfahren. Wenn Ihr dafür sorgen könntet, daß man mir die Prozeßunterlagen überläßt, wäre das enorm hilfreich.«
»Ich werde sehen, was sich machen läßt, Padre. Doch ich

gestehe, mein Einfluß ist in der Santa Casa bestenfalls bescheiden.«

»Ich vertraue auf Eure Fähigkeiten, genau wie Kardinal Albrecht.«

»Das ist zuviel der Ehre.« Als sie gemeinsam zu den Türen gingen, setzte de Menezes hinzu: »Es war schon ein seltsamer Fall. Coutinho stammte aus einer guten christlichen Familie, ohne den Hauch eines Anstoßes zur Ketzerei. Doch etwas lockte ihn und brachte ihn dazu, abtrünnig zu werden. Etwas, was er als Beweis des heidnischen Glaubens anerkannte.«

»Höchst seltsam. Und beunruhigend, daß sein Glaube sich als so leicht erschütterbar erwies. Wir müssen dem Rätsel möglichst tief auf den Grund gehen. Wo die Schlange des Bösen ihr Haupt erhebt, liegen noch weitere Lügen in der Erde verborgen.«

De Menezes lächelte. »Es wird erfrischend sein, Euch hier zu haben, Padre Gonsção.«

3

BIBERNELLE:

Diese Pflanze wird auch Marienkraut oder Schweinskraut genannt. Ihre Blüten sind rötlich bis rot und schließen sich, sobald ein Unwetter naht. Bei gutem Wetter öffnen sie sich, weshalb man sie auch »Wetterglas des armen Mannes« nennt. Es heißt, daß einem der zweite Blick gegeben ist, wenn man eine Bibernelle hält. Sie wendet Hexenwerk ab, und Zauberer meiden sie, weil Bibernellen sie dazu bringen, ihre Geheimnisse zu verraten …

*An Master Geoffrey Coulter, Apotheker,
London, von seinem Volontär und
Faktor Thomas Chinnery, geschrieben im Monat
September, im Jahre des Herrn 1597*

Sir, ich stelle fest, daß ich noch einmal zu diesem Schreiben ansetzen muß, da mein letztes bei einem weiteren von Captain Wood befohlenen Piratenüberfall ruiniert wurde. Ich weiß nicht, ob dieses hier Euch jemals erreichen wird, doch ich darf die Hoffnung nicht aufgeben.

Wir sind an Indiens Küste eingetroffen, aber wundert Euch nicht über unsere Schnelligkeit. Die Umstände unserer Reise sind nicht so, wie eingangs beabsichtigt. Sir Robert Dudley hatte diese Expedition ausgesandt, um westwärts eine Handelsroute nach Kathai zu finden, durch die Magellanstraße. Ich kann mich des Gedankens nicht erwehren, daß uns ein günstigeres Schicksal beschieden gewesen wäre, wenn wir dieses Vorhaben weiterverfolgt hätten.

Statt dessen stieß unsere Flotte bei den Kanarischen Inseln auf Admiral Raleigh, und seine Lobpreisungen der Reichtümer, die an der afrikanischen Küste und im Arabischen Meer zu finden seien, und seine Warnungen vor den Gefahren, die westwärts lägen, überzeugten Captain Wood, daß er doch besser die Ostroute nehmen sollte. »Den bekannten Teufel vorziehen«, nannten sie es.

Die Kaufleute Master Allen und Master Bromefield schäumten vor Wut, konnten indes nicht viel ausrichten. Doch unser Weg war nicht einfacher als der unserer Vorgänger. Die Benjamin *ging in einem Sturm vor dem Kap der Guten Hoffnung verloren. Gleich die halbe Mannschaft ist an Skorbut und ähnlichen Leiden erkrankt. Durch Gottes Gnade bin ich bislang von Krankheit verschont geblieben.*

Wohl um den Zorn der Kaufleute zu besänftigen oder um seinen Ruhm und Reichtum zu mehren, hat Captain Wood es sich angelegen sein lassen, auf jede portugiesische Galeone, der wir begegneten, Jagd zu machen. Wir sind eher Freibeuter als Kaufleute geworden. In diesen Schlachten haben wir obsiegt, doch nicht, ohne einen Preis dafür zu zahlen. Während ich das hier schreibe, fahren wir nordwärts nach Kalikut, um dort den Schaden reparieren zu lassen, den wir bei unserem letzten Gefecht davontrugen. Der Bär *benötigt neue Masten, und der Zimmermann sagt, daß die Bäume in dieser Gegend nicht sehr viel taugen.*

Obgleich wir Kathai vielleicht noch erreichen, sind uns nur wenig Waren geblieben, mit denen sich Handel treiben ließe. Ich mußte siebenundvierzig Pastillen Eures Kamille-Mohn-Gemischs darauf verwenden, die Schmerzen der Kranken und Verwundeten in der Mannschaft zu lindern. Die Kräutervorräte sind zur Hälfte dahin, insbesondere Knoblauch, Lerchensporn, Engelwurz und Baldrian. Die pulverisierte Mumie und das Einhorn habe ich bislang noch aufsparen können, desgleichen die confectio alcarmas, *doch wenn sich kein weiteres Behandlungs-*

verfahren findet, werde ich es wohl notgedrungen drangeben müssen.
Ich fürchte, zwischen hier und Kanton wird keine Möglichkeit mehr bestehen, diese Vorräte zu ergänzen. Man sagte mir, daß sich wohl in Pegu solche Waren auftreiben ließen, doch sei ihre Qualität ungewiß.
Ich bitte Euch, mir meine Freigebigkeit bei diesen Waren, mit denen wir doch handeln wollten und die im Osten unseren Wohlstand sichern sollten, nachzusehen. Indes, seit unser Schiffsarzt vor nicht einmal zwei Tagen selbst einem Fieber erlegen ist, bin ich der einzige Heiler an Bord. Seine Aderlässe und Egel sind zwar kein Verlust, doch merke ich, daß ich mich ob dieser tumb machenden Tätigkeit nach seiner Gesellschaft sehne.
Wir hatten gehofft, daß einige Männer zu Fuß nach Kalikut weiterziehen könnten, um ihre Hilfe anzubieten, doch können wir bei den Reparaturen nicht auf sie verzichten. Außerdem besteht die Angst, daß Gerüchte über unseren Aufenthaltsort und geschwächten Zustand umgehen und wir vielleicht zum Ziel einer Räuberei werden …

Thomas nahm die Feder vom Blatt, und seine Hand zitterte vor Schwäche. Von seinem Sitzplatz auf den Stufen, die zu den Mannschaftsquartieren hinunterführten, konnte er das Stöhnen und die unruhigen Bewegungen der Kranken und Verwundeten hören. Hinter dem Schott schwappte Wasser gegen den Schiffsrumpf, und Ankerseile knarrten unter dem Zug der Wogen. Die Luft war feucht und schwül und erfüllt von den Gerüchen nach Fäulnis – von Holz und Fleisch.

Auf einem Lager neben ihm ruhte Nathan, der Geselle des Zimmermanns, das Gesicht blaß. Seine Geschützwunde schwärte, und es gab nicht mehr viel, was Thomas noch für den Jungen tun konnte. *Sein Schicksal liegt in den Händen einer größeren Macht als der meinen.*

Ein Tintentropfen fiel von der Spitze der Feder auf das Papier, als hinter ihm schwere Schritte die Stufen herabstapften.

»Schau an!« donnerte Lockheart. »Singt Euer Herz wieder für die Liebste? Überhäuft Euer Mädel nicht so mit Artigkeiten, mein Junge, sonst sucht sie sich einen dümmeren Laffen zum Verhätscheln.«

»Ihr habt ein ausgeprägtes Gespür, Sir, wann Ihr meine Korrespondenz am ehesten stören könnt.« Dabei war es Thomas gar nicht unangenehm, den stämmigen Schotten zu sehen. Lockhearts polternde gute Laune war zwar verblüffend, ließ aber sogar Hoffnung möglich erscheinen.

Und obgleich sein Schreiben nicht direkt an Anne Coulter, die Tochter seines Herrn, die er schon so lange verehrte, gerichtet war, hoffte Thomas doch, daß sie es lesen und wissen würde, daß er wohlauf war.

Lockheart ließ sich mit seinem massigen Hinterteil auf die Treppe plumpsen. »Ich habe die Ohren einer Fledermaus, Tom. Ich habe schon von weitem das Kratzen einer Feder gehört.«

»Wie kommt's dann, daß Ihr Euch bei so guten Ohren nicht selber taub schreit? Was mich darauf bringt, Euch zu bitten, doch etwas leiser zu sprechen. Stört mich, wenn Ihr müßt, aber gewährt diesen armen Kerlen etwas Frieden.«

»Verzeiht«, sagte Lockheart mit nicht mehr ganz so lautem Gedröhn. »Ich nehme an, Ihr habt auch Eurer Mutter geschrieben? Mütter wollen viel Beachtung erfahren und müssen ständig beruhigt werden.«

»Ich habe keine Mutter, Sir. Sie ist bei meiner Geburt gestorben.«

»Ich flehe um Vergebung. Mein Beileid also.«

Thomas zuckte mit den Achseln. »Ich kannte sie nicht, und so gab's auch niemanden zu betrauern.« Ungebeten stiegen Gedanken an eine Kindheit in ihm auf, die mit traurigen, einsamen Stunden angefüllt war und einer Abfolge von Kindermädchen, von denen manche nett, manche gleichgültig, manche Schlimmeres gewesen waren.

»Dann müßt Ihr Eurem Vater schreiben, wenn er Euer einziger Elternteil ist.«

»Mein Vater interessiert sich nicht sonderlich für meine Angelegenheiten.«

»Das kann doch wohl nicht sein! Seid Ihr sein einziger Sohn?«

»Soweit ich weiß.«

»Dann müßt Ihr ihm lieber sein, als Ihr meint. Häufig haben gerade die distanziertesten Väter ein brennendes Interesse an Ihren Söhnen.«

Thomas hielt inne, denn ihm fiel ein, daß er vom Deck des *Welpen* aus in der Menge am Hafenbecken, als das Schiff davonfuhr, das reglose Gesicht seines Vaters erspäht hatte.

»Mag sein. Mein Vater ermutigte mich einst, an einer Reise nach Neapel teilzunehmen, doch Master Coulter hatte gesagt, daß eine Reise in den Fernen Osten profitabler sei.

Nun wünschte ich, ich hätte den Rat meines Vaters angenommen.«
»Seht Ihr«, sagte Lockheart.
»Ihr mögt recht haben. Doch Master Coulter war mir mehr Vater als jeder andere auf der Welt, und sein gutes Weib mir eine Mutter.«
»Es steht dem Manne wohl an, seinen Freunden dankbar zu sein. Doch wegen Eurer Art zu reden und Eurem Benehmen dachte ich, Ihr wärt von vornehmer Herkunft, als wir uns das erste Mal begegneten. Was brachte Euch dazu, Geselle zu werden?«
Thomas lachte. »Vornehme Herkunft? Bestenfalls entfernt. Mein Vater hatte hochwohlgeborene Verwandte auf dem Kontinent, und einst rühmte er sich, daß in den Adern meiner Mutter das Blut von italienischen Königen flösse. Doch ist es ein dünner und verworrener Faden, der mich mit dem Adelsstand verknüpft. Ein so geringer Reichtum des Blutes bringt nur minderen Wohlstand und wenig Aussichten darauf mit sich. Bedenkt, wenn man den Geschichten, die von der Lüsternheit der britischen Könige erzählt werden, auch nur den geringsten Glauben schenken kann, dürfte zweifellos mehr als die Hälfte aller Seelen Englands behaupten, königlicher Abstammung zu sein.«
Lockheart grinste. »So habe ich das noch nicht gesehen, aber in Euren Worten liegt mehr als ein Quentchen Wahrheit.«
Gestöhnte Nachfragen erhoben sich von den Lagern in der Dunkelheit um sie herum.
»Friede, alles ist gut«, gab Thomas zur Antwort. An

Lockheart gewandt, fügte er hinzu: »Wir stören ihre Ruhe, Sir. Laßt uns an Deck gehen, um zu reden.«

»Ein weiser Gedanke. Gehen wir rauf, ehe die verdorbene Luft in diesem Verlies noch Maden aus uns beiden macht.«

»Es gibt welche, die sich derselben Kunst wie mein Meister verschrieben haben, die glauben, daß dicke, stinkende Luft Krankheiten als Hindernis dient. Ich kann mir nur vorstellen, daß solche Menschen nie zur See gefahren sind.« Thomas blies sachte auf sein Schreiben, um die Tinte zu trocknen, faltete es zusammen und steckte es wieder in sein Wams. Er erhob sich und folgte Lockheart die knarrenden Stufen hinauf ins helle Tageslicht.

Eine kühle Brise, die nach Salzwasser und exotischen Blumen roch, strich über Thomas hinweg. Mit goldenen Schwingen füllte ein Sonnenuntergang den westlichen Horizont aus, nahm zum Osten hin tiefe Blautöne an und wurde indigofarben. Vor der Steuerbordreling lag eine türkisfarbene Lagune, von einem Sandstrand mit Palmenwald gesäumt.

»Hier haben wir einen Anblick, der eher fröhlich stimmt«, sagte Lockheart. Er trug ein fleckiges ärmelloses Wams aus eisengrauem Leder, kunstvoll geschlitzt, so daß es blutrotes Samtfutter enthüllte, die Schnürriemen bis hinunter zur dreieckigen Wölbung geöffnet. Hinter den Litzen war an einer Kette ein Silbermedaillon zu sehen.

»Wie ich sehe, fangt Ihr eine neue Mode an«, bemerkte Thomas.

»Meint Ihr? Diese Kluft ist bequemer als die Halskrause und kurzen Mäntel, die unser Master Bromefield bevorzugt.«

»Aber er ist Wollhändler, und es wäre wenig vorteilhaft für ihn, wenn er Kleidung trüge, die weniger Stoff erforderlich macht.«
Lockheart wedelte mit dem Finger. »Dann hat er nicht das Herz eines Schneiders, der weiß, daß man stets mehr für den Schnitt eines Kleidungsstücks verlangen kann als für sein Gewicht.«
Thomas lachte und stellte fest, daß seine Laune sich ein wenig hob. Er setzte sich auf das Deck, den Rücken an der Steuerbordreling.
Lockheart ließ sich neben ihn sacken. »Sagt schon, wie geht es den Männern unten?«
»Um ehrlich zu sein, erbärmlich. Ein paar Pasten und Salben habe ich noch übrig, aber nichts, um ihre Schmerzen zu lindern. Haltet Ihr es für wahr, daß in Kalikut vielleicht Arzneien zu finden sind?«
Lockheart spitzte den Mund und sagte: »Durchaus möglich. Aber der Haken an der Sache ist, sie zu erwerben, ohne daß der Kauf Aufmerksamkeit erregt.«
»Könnte das schnell geschehen?«
»Wenn drei Tagesreisen und zwei Tage, um die Ware zu finden und zu erwerben, schnell sind, dann ja. Mit Gottes Segen natürlich und ohne daß jemandem etwas zustößt.«
Thomas nickte. »Ihr malt das Bild in den richtigen Farben.« Er starrte an der Reling vorbei auf die üppig gedeihenden Palmen und fragte sich, welche Früchte und Säfte und Heilkräuter wohl in diesem Dschungel verborgen sein mochten. *Wenn ich nur wüßte, wonach ich suchen muß. Jeder Ausgangsstoff für einen Balsam oder ein Linderungsmittel wäre hilfreich.* Sein Arm schlug gegen etwas

Sperriges in seinem Wams. Er zog das Holzkästchen heraus, das er auf der gekaperten Galeone gefunden hatte. Lockheart hob die Augenbrauen. »Was habt Ihr denn da, mein Junge?«

»Das habe ich von der Galeone, die wir überfielen. Es gehörte dem portugiesischen Zauberer.« Thomas öffnete das Kästchen und nahm den Zettel aus dem Deckel heraus. »In dieses Kästchen ist ein Schlangenstab eingeschnitzt, das Zeichen des Äskulap, den die Römer seiner Heilkräfte wegen verehrten.«

»Ah. Wie ich sehe, kennt Ihr Eure Klassiker.«

»Mein Vater hat mir eine gewisse Bildung mitgegeben, Sir. Ich hegte die Hoffnung, daß der Inhalt der Flasche in diesem Kästchen irgendeine Arznei sein könnte.«

»Ihr habt sie noch nicht probiert?«

»Vergeßt nicht, sie befand sich in der Obhut eines Zauberers. Ich weiß nicht, ob man ihr trauen kann. Auf diesem Zettel sind einige Inschriften. Den Sinn der untersten auf griechisch kann ich entschlüsseln, doch die oberen Schriften sind mir nicht bekannt.«

»Gebt einmal her«, sagte Lockheart und streckte seine Hand aus.

Zögernd reichte Thomas ihm den Zettel. Zu seiner Erleichterung entfaltete der Schotte mit den schweren Pranken ihn äußerst vorsichtig.

»Welch wundersamer Zufall. Die erste Wendung ist auf arabisch geschrieben, doch ihre Bedeutung ist biblisch. ›Ich bin die Wiedergeburt und das Leben.‹«

»Das läßt hoffen. Auch die nächste Zeile ist arabisch, nicht wahr?«

»Eine treffliche Mutmaßung, Jüngelchen, aber sie ist persisch.«
»Ist Euch diese Sprache geläufig?«
»Augenblick.« Lockheart untersuchte sie eingehend, als wäre sie ein seltsames Insekt. »Auch diese Worte sind aus einem heiligen Buch, dem Koran des Islam.«
»Ach ja? Welche himmlische Botschaft enthalten sie?«
»›Aus dem Toten bringt er das Lebendige hervor und aus dem Lebendigen das Tote. Die leblose Erde wird von ihm belebt.‹«
Thomas kratzte sich am Kinn. »Sie sprechen alle davon, daß aus dem Tod Leben erwächst. Vielleicht handelt es sich um eine äußerst mächtige Arznei.«
»Oder der Arzt, der sich ihrer bedient, muß beten, daß sie auch wirkt.«
»Da kein Mensch weiß, wie Arzneien wirken, ist das Gebet vielleicht gerade der wichtigste Bestandteil der Heilung. Doch was ist mit der nächsten Zeile?«
Wieder untersuchte Lockheart den Zettel. »Ich könnte schwören, daß es Sanskrit ist.«
»Was für eine Sprache ist das?«
»Man sagte mir, daß viele heilige Bücher der alten Hindu in dieser Schrift geschrieben sind.«
»Noch mehr gesegnete Worte über Leben und Tod, möchte ich wetten. Könnt Ihr auch diese Worte lesen?«
Lockheart öffnete den Mund, hielt inne und grinste dann. »Nein.«
Thomas seufzte. »Ich bin immer noch nicht überzeugt, daß ich es sicher verwenden kann. Die griechische Zeile, soviel weiß ich, spricht von Schlangen und Haut.«

»Vielleicht hat es ja überhaupt nichts mit dem Inhalt der Flasche zu tun. Könnte doch sein, daß es sich nur um das leere Gekritzel von jemandem handelt, der sich im Schreiben übte.«

»Hm. Ich glaube nicht. Der Zauberer hatte dieses Kästchen neben sich, als ich ihm begegnete. Er hat sich nicht gern davon getrennt.«

»Wenn im Griechischen von Schlangen die Rede ist, handelt es sich vielleicht um Gift.«

»Dann kann es ebensogut toxisch wie heilend wirken. Theriak ist eine Arznei, die wir in Master Coulters Laden verwendet haben. Sie enthält das Fleisch von Vipern; das ist ein weitverbreitetes Heilmittel. Vielleicht ist es ja etwas in dieser Art.«

»Darf ich die Flasche mal sehen?«

Thomas hielt inne. »Ich will sie aber wiederhaben.« Er nahm die schillernde Glasflasche aus dem Seidenfutteral und reichte sie dem Schotten.

»Habt keine Angst. Ein hübsches Ding, das.« Sanft zupfte er am Korken. Dieser löste sich mit einem leisen Plopp. Lockheart neigte die Flasche, bis sich ein feines braunes Pulver auf seine Handfläche ergoß. Er leckte am Daumen und tauchte ihn in das Pulver hinein. Dann zerrieb er die rätselhafte Substanz zwischen Daumen und Zeigefinger und roch aus vorsichtiger Entfernung daran. Einen Moment lang starrte er aufs Meer, tief in Gedanken. Mit krauser Stirn führte er die Handfläche wieder über die Öffnung der Flasche und schüttete soviel Pulver wie möglich zurück. Anschließend wischte er, um auch noch den Rest zu entfernen, die Hand am Hosenboden ab.

»Was denkt Ihr?« sagte Thomas.
»Ich denke, unsere Überlegungen gehen in die falsche Richtung.«
»Dann ist es weder Arznei noch Gift?«
»Die Redewendungen, die ich vorgelesen habe, stammen aus heiligen Büchern, Tom. Vielleicht ist es kein Heilmittel für den Leib, sondern für die Seele. Oder ein Mittel, das den Sturz von Seelen herbeiführen soll. Wenn mein Urteil auch nur einen Deut wert ist, so handelt es sich bei dem Staub in der Flasche um getrocknetes Blut. Und ich habe in meinem Leben schon viel Blut gesehen.« Er stöpselte die Flasche wieder zu und reichte sie Thomas rasch zurück, als versenge sie ihm die Hand.
Thomas nahm sie und fröstelte. »Menschliches oder tierisches Blut? Was fängt ein Zauberer wohl damit an?«
»Was fängt er nicht damit an, Tom? Wie ein altes Sprichwort sagt: ›Blut ist Leben.‹ Das Blut von Gewürm kann ein Hexengebräu noch verschlimmern, während man das Blut eines Menschen womöglich gegen ihn verwenden kann. Das Blut eines Heiligen, nun ja … wenn unser Zauberer sich Weißer Magie bedient, könnte es Wunder wirken; ist sie dagegen schwarz, geschieht vielleicht großes Unheil.«
»Dann ist es gar eine Reliquie?« War sie päpstlich, wußte Thomas, wäre seine Seele am sichersten, wenn er die Flasche sofort ins Meer würfe.
Lockheart zuckte mit den Schultern. »Das kann ich beim besten Willen nicht sagen.«
Thomas starrte die kleine Flasche an. *Welches Böse gefährdet die Seele mehr? Eine päpstliche Reliquie, ein himmlischer Talisman oder ein satanisches Amulett?*

»Aber wie auch immer«, fuhr der Schotte fort, »es ist durchaus denkbar, daß unser Zauberer das Pulver lediglich als Gewürz in der Suppe benutzt hat.«

Thomas mußte unwillkürlich lachen. »Sir, ich weiß nie, wann Ihr eigentlich scherzt.«

»Setzt nicht darauf. Oft tue ich es nicht.«

Schritte näherten sich, und Thomas blickte sich um. Master Bromefield kam über das Deck auf sie zu, so daß die Schöße seines Samtmantels flatterten. Thomas fand, er sah dem Konterfei von König Heinrich VIII. auf einem Tavernenschild ähnlich, nur dürrer und sorgenschwerer. Er fragte sich, welches übertriebene Ehrgefühl Leute wie Bromefield wohl dazu brachte, selbst in diesem heißen Klima so schwere Kleidung und eine steife Leinenhalskrause zu tragen. Vielleicht wußte Bromefield als Sondergesandter Ihrer Majestät Königin Elizabeth an den Großen Kaiser von Kathai nur nie, wann es geraten war, jemanden zu beeindrucken.

Thomas verstaute die Flasche gerade in ihrem Kästchen und steckte es in sein Wams zurück, als Bromefield tüchtig schwitzend an sie herantrat.

»Sir«, wandte sich Bromefield an Lockheart, »unser Captain möchte sich aufs innigste entschuldigen und läßt fragen, ob Ihr ihm bei der letzten Befragung unserer Gefangenen nicht wieder Gesellschaft leisten möchtet.« Bromefield trug eine Miene des Abscheus zur Schau, und Thomas fragte sich, ob dem Kaufmannsmeister eher die Botschaft oder die Aufgabe des Botschafters mißfiel.

»Ehrenhafte Worte, ehrenhaft überbracht, Sir«, antwortete

Lockheart. »Ihr dürft dem guten Captain ausrichten, daß ich sogleich zurückkomme.«
»Das werde ich, Sir.« Bromefield drehte sich bereits um und wollte gehen –
»Ach, noch eins«, sagte Lockheart. »Master Chinnery bringe ich auch mit, er hat selbst ein paar Fragen.« Als Bromefield die Stirn runzelte, setzte er hinzu: »Vergeßt nicht, daß er es war, der unseren Zauberer entdeckte. Ich finde, er hat sich dieses Recht verdient.«
Bromefield seufzte, als wäre die Welt jetzt endgültig zum Tollhaus geworden. »Also gut, wenn Captain Wood einverstanden ist.« Er machte mit wehendem Umhang kehrt und stolzierte davon.
Thomas hob die Augenbrauen und sah Lockheart an. »Weshalb diese Entschuldigung?«
»Wie Euch zweifelsohne schon aufgefallen ist, wechselt die Laune unseres Captains so heftig und schnell wie die Stürme vor Kap Horn. Aus mir nicht näher erfindlichen Gründen hat er ein Donnerwetter auf mich herabgeschickt. Nun, er hat sich recht wohl ins Zeug gelegt. Kommt, Thomas. Reagieren wir darauf wie die Ehrenleute, die wir sind.« Lockheart sprang auf die Beine.
Thomas folgte ihm. »Was wird aus den beiden, dem Zauberer und der Lady?«
»Darüber sinnt unser Captain gerade nach.«
»Ich wundere mich, daß so viele aus ihrer früheren Mannschaft geblieben und jetzt uns zu Diensten sind, statt die ihnen angebotene Freiheit zu wählen.«
»Die Portugiesen sind anstrengende Arbeitgeber, mein

Junge. Sicher hoffen sie, bei uns besser aufgehoben zu sein.«

Thomas und Lockheart kamen an mehreren neuen Mannschaftsmitgliedern vorbei, die dasaßen und Werg von den alten Tauen zupften, um damit Lecks abzudichten, andere nähten an zerrissenen und zerfledderten Segeln. Angesichts einer solchen Menge zwielichtiger Fremder an Bord war Thomas unbehaglich zumute, doch von der ursprünglichen Besatzung des *Welpen* waren so viele arbeitsunfähig geworden, daß Hilfe von jeder Seite vonnöten war.

Lockheart führte Thomas auf das Poopdeck, auf das man jetzt einen Tisch und mehrere Stühle gestellt hatte. Captain Wood saß vornübergebeugt am Kopfende des Tischs, ein Stirnrunzeln auf dem rötlichen, ledrigen Gesicht. Links vom Captain saß der portugiesische Zauberer, wachsam und aufrecht, seine gefesselten Hände ruhten auf dem Tisch. Master Allen und Master Bromefield standen aufmerksam rechts vom Captain. Die rätselhafte Hindufrau war nirgends zu sehen.

Captain Wood nickte erst Lockheart, dann Thomas kurz zu. »Master Chinnery. Wie geht's meinen Leuten?«

Die Wahrheit trug den Sieg über die Diplomatie davon. »Nicht gut, Sir. Sie leiden an Fieber, Infektionen und fehlender Arznei. Es werden sich nicht viele erholen.«

»Wie ich befürchtet habe.« Der Captain starrte auf den Tisch hinunter, und zu seinem Erstaunen empfand Thomas Mitleid mit dem Mann.

»Thomas«, sagte Lockheart, »gestattet mir die Ehre, daß ich Euch Senhor Bernardo De Cartago von Goa vorstelle.

Senhor, com licença, apresento Senhor Tomás Chinnery, médico e alquimista.«

Der Gefangene hob die schmalen Augenbrauen und nickte Thomas respektvoll zu. Dann richtete er auf portugiesisch eine Frage an Lockheart, der mit einer knappen Bestätigung antwortete.

»Sir«, sagte Thomas leise zu Lockheart, »eigentlich bin ich weder Arzt noch Alchimist. Ist es klug, mich so zu nennen?«

»Er wird dann besser von Euch denken. Und wie will man exakter beschreiben, was Ihr tut, eh?«

Auf lateinisch sagte der Zauberer leise zu Thomas: »Dann ist es wohl angebracht, mich bei Euch zu entschuldigen. Wenn ich richtig verstanden habe, wurde ein hoher Preis für meine Rettung bezahlt.«

»Was sagt er?« knurrte Captain Wood Lockheart zu.

»Der Gentleman drückt sein Bedauern über unsere Verluste aus, Sir.«

Master Bromefield runzelte die Stirn. Thomas fragte sich, wie gut der Gesandte wohl sein Latein beherrschte.

Der Captain sah zu Thomas hinüber. »Master Lockheart, unser Zauberergast nennt sich doch ebenfalls Alchimist, nicht wahr?«

»Aye, und einen Gelehrten, Sir.«

»Fragt ihn, ob er Heilkenntnisse oder Arzneien besitzt, die unserem Master Chinnery vielleicht von Nutzen sein könnten.«

Thomas blinzelte überrascht. *Der Captain weiß, weshalb ich hier bin, ohne daß ich es ausspreche.* Erneut stieg seine Wertschätzung des Mannes.

Lockheart ließ einen eher unfeinen portugiesischen Redeschwall vom Stapel.
»Sir!« protestierte Bromefield beim Captain. »Gedenkt Ihr, unsere Seelen in Gefahr zu bringen, indem Ihr zulaßt, daß dieser Mann seine bösen Methoden einsetzt? Ist es nicht besser, unbefleckt zu sterben, statt Hilfe vom Teufel entgegenzunehmen?«
Captain Wood stützte sich schwer auf dem Tisch ab, als er sich vom Stuhl erhob, und wandte sich Master Bromefield zu. »Sir. Meint Ihr, daß diese Schiffe Kathai erreichen, mit nichts als den Seelen gesegneter Männer an Bord? Werden heilige Hüllen unsere Segel reffen und Geister, die uns der Himmel geschickt hat, die Geschützluken bemannen? Werden Engel die Taue einholen und Cherubim das Schlagwasser ausschöpfen? Ich versichere Euch, schon jetzt sind nur noch verdammt wenige von den Männern da unten unbefleckt von Sünde. Doch es ist meine gottgefällige Pflicht, ihr Leben und ihre Arbeitskraft zu erhalten. Meint Ihr nicht, es wäre ein besserer Dienst an ihnen, Ihrer Majestät und an Gott, alles in unserer Macht Stehende zu tun, damit sie am Leben bleiben? Wenn man länger lebt, kann man mehr Gebete sprechen und es werden einem mehr Sünden verziehen. Und wird unsere Reise, unter welchem Unstern sie auch immer stehen mag, mit der tatkräftigen Hilfe von Lebenden nicht ein profitableres Ende nehmen?«
Bromefields Kiefer mahlten vor unterdrückter Wut, doch er murrte: »So ladet es Euch denn aufs Gewissen, Sir. Möge Gott Euch verzeihen. Möge Gott uns allen verzeihen.« Er starrte Lockheart bedeutungsvoll an.

Captain Wood brummte und setzte sich wieder.
Einige Momente lang sprach der Zauberer auf portugiesisch mit Lockheart.
Lockheart räusperte sich. »Senhor De Cartago sagt, daß er in Sachen gewöhnlicher Arzneien wenig bei sich hat. Er besitzt jedoch Kenntnisse der Pflanzen, die in Indien wachsen. Er teilt sie uns mit, wenn wir ihm freie Überfahrt nach Pegu gewähren.«
Der Captain kratzte sich den zottigen roten Bart, dann nickte er. »Eine angemessene Bitte. Ich werde darüber nachdenken. Nun, Master Chinnery, man sagte mir, daß Ihr unseren Gast etwas fragen wollt.«
Thomas spürte, wie sein Hals plötzlich trocken wurde. *Wie soll ich ihn fragen, ohne den Captain oder Master Bromefield aufzuschrecken?* »Ihr habt die Frage schon für mich gestellt, Sir. Auch ich wollte wissen, ob er Arzneien zu bieten hat. Doch ich werde ihn noch einmal fragen.« Er wandte sich an De Cartago und sagte auf lateinisch: »Seid Ihr sicher, *Magister,* daß es auf Eurem Schiff nichts gab, was heilen oder den Schmerz lindern könnte?«
De Cartago stutzte und starrte Thomas an, dem auffiel, daß eine Ecke des Holzkästchens aus seinem Wams ragte. Der Zauberer legte den Kopf schräg, ein seltsames Glitzern in den Augen. »Nichts, Magister, bis auf das, was Ouroboros zu bieten hat.« Er stützte die Hände so vor sich ab, daß seine gekrümmten Finger und Daumen einen Kreis bildeten.
Thomas merkte, daß er geprüft wurde. Das Wort »Ouroboros« kam ihm vage bekannt vor, doch er entsann sich nicht, woher. Statt seine Unwissenheit zu gestehen,

nickte Thomas dem Zauberer zu. »Ich verstehe. Habt Dank.«
»Sprecht Ihr Griechisch?« fragte De Cartago.
»Allerdings. Mein Vater hat mich in dieser Sprache umfassend unterrichtet.«
»Das wird Domina Aditi interessant finden, *Magister*. Vielleicht könnt Ihr mit ihr reden. Ich für meinen Teil beherrsche kein Griechisch. Möglicherweise könnt Ihr mir ein wenig davon beibringen, wenn uns genug Zeit bleibt.«
»Möglicherweise«, sagte Thomas und verbarg seine Verblüffung.
Lockheart wandte sich ihm zu, ein breites Grinsen auf dem Gesicht. »Na klar. Abgemacht, mein Junge!« Er schlug ihm auf die Schulter.
»Kommt schon, Master Lockheart«, drängte Captain Wood. »Was hat unser Mann gesagt?«
Bevor Thomas antworten konnte, entgegnete der Schotte: »Arzneien hat er nicht, Sir, aber es scheint, als hätten wir endlich jemanden gefunden, der mit unserem weiblichen Passagier reden kann.«
»Haben wir das?« Der Captain hob seine buschigen Augenbrauen und sah Thomas an.
»Der Junge kann Griechisch, und es scheint, als wäre das die Sprache, die das Ohr unserer Lady entzückt.«
»Verflucht noch eins, Lockheart!« platzte Bromefield der Kragen. »Weshalb habt Ihr uns nicht gesagt, daß sie Griechisch spricht? Ich war selbst auf der Merchant Taylor's School, die in London den Nachwuchs unserer Schneidergilde ausbildet, und habe dort ein wenig grie-

chische Grammatik gelernt. Ich hätte mit ihr sprechen können.«

»Plustert Euch nicht so auf, Sir«, knurrte der Captain. »Wenn Ihr nicht von Euch aus kühlen Kopf bewahren könnt, Master Bromefield, dann lasse ich Euch aus reiner Gefälligkeit in den Teich werfen. Master Chinnery, sprecht Ihr fließend Griechisch?«

Thomas nickte. »Ja, Sir. Ich bin der griechischen Grammatik mächtig und habe Aesop, Plato, Demosthenes und Homer gelesen.«

Captain Wood wandte sich an Bromefield. »Hat Euch das die Merchant Taylor's School ebenfalls beigebracht?«

Bromefield holte tief Luft und warf sich in die Brust. »Da es scheint, daß ich über keinerlei Kenntnisse verfüge, die hier von Nutzen sein könnten, werde ich mich zu meinem Partner am Ufer begeben, der sich in diesem Augenblick mit dem eigentlichen Zweck der Expedition befaßt, Sir, nämlich dem Entwurf eines Handelsnetzes im Osten.«

Bromefield machte auf dem Absatz kehrt und stakste davon, wobei er Lockheart noch einmal wütend anstarrte.

Thomas hatte den Eindruck, von einem diffusen Nebel umgeben zu sein, ähnlich wie damals, als er im Laden seines Meisters zufällig einen Tropfen Mohnsirup zu sich genommen hatte. Es steckte sichtlich mehr hinter Lockhearts Anwesenheit auf der Reise als der Verkauf guter englischer Wolle. »Verzeiht mir, Captain, wenn ich möglicherweise Zwietracht gesät habe.«

Captain Wood tat es mit einer knappen Bewegung seiner fleischigen Hand ab. »Macht Euch darüber keine Gedanken, mein Junge. Das ist die drückende Luft. Ich möchte, daß Ihr, sobald es geht, mit dieser Lady Aditi redet. Wir haben nur soviel von ihr erfahren, daß sie gute Verbindungen hat und ein hohes Lösegeld verspricht. Findet heraus, wieviel und von wem und wie sich das Ganze einrichten ließe. Erfahrt, ob diese Expedition überhaupt noch Gewinn abwerfen wird. Geht Eurer Wege.«

Als sie vom Poopdeck herabstiegen, fragte Thomas Lockheart: »Ihr sprecht so viele Sprachen, Sir, da überrascht es mich, daß Griechisch nicht dazugehört.«

»Im Grunde tut es das, obgleich wohl nicht so trefflich wie bei Euch.«

»Aber weshalb habt Ihr das dem Captain denn nicht gesagt?«

»Ihr möchtet doch erfahren, was sich in dem Kästlein befindet, nicht wahr? Mir scheint, unser Zauberer hat Euch an jemanden verwiesen, der Euch die Antwort geben könnte. Diese Philosophen mögen etwas umständlich sein, doch sind sie bei Mitreisenden oft großzügig.«

»Ehrlich gesagt wünschte ich, Ihr hättet mich dem Alchimisten nicht als Kollegen vorgestellt.«

»Weshalb nicht? Seht, was es Euch schon gebracht hat. Wo liegt der Schaden?«

»Ich fürchte, entdeckt zu werden. Er hat mich vorhin einer Prüfung unterzogen. Dieser Name, den er erwähnte – Ouroboros –, kennt Ihr den?«

»Mich dünkt, das ist der Name eines Wurms.«

»Seine Hände haben einen Kreis gebildet. Ah! Nun entsinne ich mich. Master Coulter hat ihn mir einmal gezeigt, auf einem Topf mit medizinischem Ton, den er einem Alchimisten aus Sachsen abgekauft hatte. Es ist kein

Wurm, sondern eine Schlange, die sich in den Schwanz beißt.«

»Aye, Alpha und Omega, Symbol der Unsterblichkeit.« Lockhearts Augenbrauen schossen nach oben. »Und wieder Bilder von Schlangen. Dieses Rätsel führt uns wahrlich einen gewundenen Pfad hinab.«

»So scheint es. Hoffentlich finden wir an seinem Ende keine Zähne vor, die uns beißen.«

4

HOLUNDER:

Dieser kleine Baum bringt im Frühjahr süß duftende Blüten und im Sommer schwarze Beeren hervor. Sein Holz riecht faulig. So heißt es, weil Judas von einem Holunder herabhing und aus diesem Holz das Kreuz unseres Heilands geschlagen wurde. Die roten Holunderbeeren entspringen den Blutstropfen unseres Herrn. Stets ist der Holunder ein Baum der Trauer und des Todes. Holunderzweige ins Haus bringen, heißt, dem Teufel Herberge geben, und weder Wiegen noch Schiffe sollten aus seinem Holz gemacht sein …

Bruder Timóteo preßte die zerfledderte, ledergebundene Bibel an seine Brust. *Die arme Lady begreift nicht,* dachte er traurig. Er näherte sich der Frau, die keuchend auf der fleckigen Bank lag. »Senhora«, sagte er und hoffte, daß seine Stimme mild und versöhnlich klang. »Senhora, warum laßt Ihr zu, daß man Euch so sehr quält?«

Im Kerker war es still, bis auf das stoßweise Atmen der Frau und das fortwährende Tropfen von Wasser in einem dunklen Winkel. Die Frau trug lediglich Unterkleidung, die einst aus feiner Seide bestanden hatte, jetzt aber verdreckt und zerrissen war. Scharfe Drähte fesselten sie an grobe, harte Holzbohlen. Sie hatte das *potro* erlitten, die Folter durch Wasser, das aus einem Krug einen Leinenfetzen entlanglief, der über der Zunge angebracht war, und von dort in den Hals tropfte. Man hatte ihr einige Augenblicke der Ruhe gegönnt, doch rang sie immer noch wie eine Ertrinkende nach Luft. Als Bruder Timóteo an ihre Seite trat, wandte sie ihm ihr blasses Gesicht zu, allein, ihre dunklen Augen schienen ihn gar nicht wahrzunehmen.

»Senhora?«

»Nicht!« keuchte sie. »Kein Wasser mehr, ich flehe Euch an.« Hustend wälzte sie den Kopf zur Seite, und Flüssigkeit ergoß sich aus ihrem Mund.

»Ich bringe nicht den Krug, Senhora. Habt keine Angst. Ich bringe Hoffnung. Laßt nicht zu, daß der Teufel Euer

Herz versteinert, sondern öffnet es Gott und den Domines, die Euch befragen.«
»Ich habe doch alles gesagt, was ich weiß!« wimmerte sie. »Mehr kann ich ihnen nicht sagen. Mein Vater … bitte laßt mich mit meinem Vater sprechen.«
»Hier sind die Domines Euer Vater, Senhora. Und Gott ist unser aller Vater. Weshalb sagt Ihr ihnen nicht die Wahrheit?«
Ein schauderndes Seufzen. »Ich habe ihnen die Wahrheit gesagt.«
»Das kann nicht sein, Senhora, denn Ihr seid noch hier und die Domines kommen wieder. Sie wissen um die Wahrheit, wenn sie sie hören. Warum könnt Ihr nicht die Wahrheit in Eurem Herzen erkennen?«
Die Frau schloß die Augen. »Ich kann nicht – ich weiß nicht, was sie von mir hören wollen.«
Timóteo ergriff die kalte, zitternde Hand der Frau, und Tränen traten ihm in die Augen. Er wünschte, ihm obläge nicht diese Aufgabe und er müßte nicht Zeuge der Schmerzen werden, die die Gäste der Santa Casa erduldeten. Doch er wußte, daß es zu den wichtigsten Aufgaben überhaupt gehörte, ihre Seele ins Licht zu führen. Er haßte den Teufel, der soviel Leid hervorrief, der Sünder gegenüber ihren Sünden blind machte. »Bitte, Senhora«, sagte er. »Schaut in Euer Herz, und rettet Euch. Sprecht frei heraus, und nehmt Gottes Milde an.«
Er wurde von Schritten unterbrochen, die auf dem Steinboden des Korridors vor der Zelle erklangen. Mit schreckensweiten Augen hob die Frau den Kopf von der Bank. Eisern umklammerte ihre Hand die Timóteos.

»Die Domines kommen zurück, Senhora. Sie bringen wieder den Krug.«
»Nein … laßt nicht zu, daß sie … bitte, laßt das nicht zu …«
»Nur Ihr könnt sie aufhalten, Senhora.«
Die Zellentür quietschte in den Angeln, und drei Männer kamen herein: die beiden Inquisitores maiores in schwarzen Roben und ein Fremder in Weiß. Timóteo drückte der Frau ein letztes Mal die Hand und trat zurück. Wenn das zutraf, was er in der Gerüchteküche gehört hatte, mußte der Dominikaner der Gesandte des Großinquisitors sein. Timóteo senkte den Blick, verneigte sich höflich und trat zur Seite.
»Bruder Timóteo«, sagte Domine Sadrinho, »wünscht die Senhora Resgate ein Bekenntnis abzulegen?«
»Ich weiß es nicht, Domine. Sie muß selbst sprechen.« Timóteo starrte zur Decke und betete. *Herr, lockere den Griff des Teufels um ihr Herz. Hilf ihr, das Licht Deiner Liebe zu sehen. Überlasse sie nicht der Finsternis.*
»Warum foltert Ihr mich noch, Domines?« keuchte die Frau. »Ich weiß doch nichts.«
Sanft entgegnete Inquisitor Sadrinho: »Weil, meine Tochter, die Foltern, die Euch in der Hölle bevorstehen, weit größer sind als jede Folter, die Ihr hier auf Erden empfangen könnt. Das Fleisch wird unempfindlich. Der Höllenschmerz aber währt ewig. Verglichen mit dem, was Euch in Satans Reich erwartet, behandeln wir Euch mit liebevoller Güte. Wir tun das lediglich, um Euch an diese Wahrheit zu erinnern. Wollt Ihr nicht offen zu uns sprechen und dadurch den Schrecken der Verdammnis entrinnen?«
Nach einigen Augenblicken des Schweigens sagte Inqui-

sitor Pinto: »Es scheint, als wünschte sie, noch mehr Zeit auf dem Bett der Erinnerung zu verbringen.«
Der Mann in Weiß näherte sich der Bank und fragte: »Wie heißt Ihr, Senhora?«
Ihr Mund bewegte sich, doch es kamen keine Worte heraus. Timóteo konnte ihre Furcht spüren.
»Senhora«, sagte Inquisitor Sadrinho, »dies ist Padre Antonio Gonsção. Er ist den ganzen weiten Weg von Lissabon zu uns gekommen, um dafür zu sorgen, daß Euch die Flammen des Hades nicht ereilen. Soviel Anteilnahme hat die Santa Casa.«
»Padre«, wisperte sie, »bitte helft mir.«
»Padre Gonsção, diese Unglückselige ist die Dama Serafina Resgate, Witwe eines bekannten *fidalgo*. Wie ich Euch bereits sagte, hat sie oft den Zauberern Zalambur und De Cartago Gesellschaft geleistet. Leider scheint sie sich an nichts aus ihrer Zeit mit ihnen oder anderen aus ihrem Kreis zu erinnern.«
»Padre, ich flehe Euch an ...«
»Senhora«, sagte Timóteo, »bitte vergeudet keine kostbare Kraft damit, um etwas zu flehen, was allein Ihr geben könnt. Ihr habt eine schwere Prüfung durchlitten. Ich bitte Euch, sagt lediglich solche Worte, die Euch Erlösung bringen werden. Laßt die Domines Hebammen sein, die Eure Seele einem neuen Leben entgegentragen, und nicht Totengräber, die mit ansehen müssen, wie eine Seele sich sündhaft ihr eigenes Grab schaufelt.«
Die Frau starrte zu ihm hoch. »Gibt es denn keine andere Hoffnung mehr für mich?«
»Keine, Senhora.«

Sie seufzte. »Ich habe einen Eid geschworen, mein Lebtag nicht davon zu sprechen.«

»Ihr habt falschen Göttern geschworen, Senhora«, sagte der Inquisitor. »Wie könnt Ihr von etwas bestraft werden, was nicht existiert?«

»Ich habe gesehen …« Sie kniff den Mund zusammen, und eine neue Furcht trat in ihre Augen.

»Was habt Ihr gesehen, meine Tochter? Sagt es uns und befreit Euch.«

Wieder hustete sie, die Augen fest geschlossen, sprach jedoch nicht.

»Also gut.« Domine Sadrinho nickte Inquisitor Pinto zu, der den Krug über das Gesicht der Frau hob, so daß das nasse Leinen ihre Wangen berührte.

»Nein!« Sie riß die Augen weit auf und kämpfte gegen die Drähte an, die sie hielten.

»Bitte zwingt uns nicht, das zu tun, Senhora.«

Als der Leinenstreifen ihren Mund berührte, schrie sie auf: »Ja! Vergebt mir. Ich will gestehen!«

Augenblicklich zog Inquisitor Pinto Stoff und Krug von ihrem Gesicht weg.

»Bernardo, Harun, vergebt mir«, wisperte sie.

Timóteos Herz hüpfte vor Freude. Er sank auf die Knie. *»Graças a Deus!«*

»Eine weise Entscheidung, Senhora«, sagte Inquisitor Sadrinho. Er trat ans Kopfende der Bank und strich ihr sanft über das feuchte Haar. »Was wollt Ihr uns sagen, mein Kind?«

»Domine, ich … ich habe gesündigt.«

»Ja.« Der Inquisitor maior streichelte langsam mit dem

Handrücken ihren Arm. »Fahrt fort. Schildert uns Eure Sünden.«

»Wir … ich habe an Treffen … teilgenommen. Zeremonien. Zur Huldigung der Göttin.«

»Und wer war noch bei diesen Zeremonien?«

»Mein Liebhaber, Harun. Eine Frau namens Aditi. Andere … ich weiß nicht. Es war dunkel. Wir konnten die Gesichter nicht erkennen.«

»Aha. Was habt Ihr bei diesen heidnischen Ritualen getan?«

»Sri Aditi erzählte uns, daß die Göttin in Indien unter Sterblichen lebt. Daß sie die Macht hat, Leben und Tod zu geben.«

»Man hat Euch belogen, Senhora. Nur Gott der Herr gibt Leben und Tod, und anschließend ewiges Leben.«

»Ganz wie Ihr sagt, Domine. Nur Gott. Doch sie hat einen Beweis erbracht.«

»Beweis? Ihr meint, sie hielt Euch durch Trugbilder zum Narren. Hat sie Euch Götzen gezeigt?«

»Statuen. Das waren Statuen …«

»Und hat diese Göttin den Kopf eines Flußpferds oder einer anderen bizarren Kreatur?«

»Schlangen …« Die Frau schien ins Delirium abzugleiten. »Da waren Schlangen.«

»Wie heißt diese Göttin?«

»Ihr Name ist Kraft.«

»Was habt Ihr bei diesen Ritualen getan, um ihr zu huldigen?«

»Da waren Gebete … und Gesänge, glaube ich.«

»Wenn Ihr drumherum redet, wird das Eure Seele nicht

retten, mein Kind. Drückt Euch klarer aus. Meint nicht, das könnte uns schockieren. Die Santa Casa ist mit allen Arten von Teufelswerk vertraut.«
»Warum muß ich es Euch dann erzählen?«
»Um Eurer Seele willen, Senhora.«
»Manche von uns haben … Blut getrunken. Aditi sagte, daß es das Blut der Göttin sei.«
»Wahrhaftig? Fahrt fort.«
»Das … das ist alles.«
»Unmöglich.«
»Doch.«
»Wir wissen alles über heidnische Zeremonien, Senhora. Es tut Eurer Seele nicht gut, wenn Ihr etwas zurückhaltet. Natürlich kann Inquisitor Pinto auch wieder den *potro* bringen, falls Euer Mund zu trocken ist oder Ihr etwas braucht, was Euch die Zunge lockert.«
Mit wildem Blick sagte die Frau: »Nein, was soll ich Euch sagen? Daß wir Mohn gegessen haben oder mit Tieren Unzucht trieben?«
»Ah«, sagte Inquisitor Pinto. »Jetzt kommen wir der Sache langsam näher.«
Der Padre auf Besuch hüstelte. »Domine, vielleicht sollte der junge Bruder sich nun um seine anderen Pflichten kümmern.«
»Wie bitte? Oh, natürlich. Ihr dürft gehen, Timóteo.«
Timóteo verbeugte sich und ging lächelnd und glücklich zur Tür. Er wußte, daß man die Frau nach ihrem Bekenntnis baden und speisen und in ihre Zelle zurückbringen würde. Man würde ihr ausreichend Zeit lassen, um sich zu erholen, während sie auf das Urteil beim nächsten

Autodafé wartete. Beim Prozeß würde man sie exkommunizieren, doch wenn sich in Goa ein rechtschaffener Pate für sie finden ließ, würde man sie umgehend wieder in den Armen der Mutter Kirche willkommen heißen.

Vor der Zellentür blickte er auf und sah, daß der Dominikanerpadre ihm gefolgt war. »Das war sehr eindrucksvoll, mein Sohn«, erklärte der Padre. »Ihr seid dieser Santa Casa wahrhaftig eine Stütze.«

Timóteo spürte, wie ihm die Hitze in die Wangen stieg. »Ich bin froh, daß eine weitere Seele den Weg heim zu Gott gefunden hat, Padre.«

»Natürlich. Hat Domine Sadrinho Euch schon gesagt, daß ich später noch ausführlich mit Euch sprechen möchte?«

»Nein, Padre.«

»Vielleicht heute abend, wenn Ihr Eure täglichen Pflichten absolviert habt. Wollt Ihr mir den Gefallen tun, Euch mit mir zu treffen?«

»Ähem … aber gewiß, Padre.«

»Gut. Ihr seid sichtlich talentiert und habt eine rasche Auffassungsgabe. Ihr könntet mir bei meiner Arbeit von großem Nutzen sein.« Mit einem Nicken machte der Padre kehrt und zog die Tür der Zelle hinter sich zu.

Timóteo stellte fest, daß seine Freude von Sorge getrübt wurde. *Was will der Sondergesandte von mir? Weshalb lobt er mich? Ich geleite unsere Gäste doch nur zum Licht. Ihre Rückkehr in die Gnade Gottes ist das Werk des Herrn. Nicht meines. Ganz und gar nicht meines.*

5

OLIVE:

Dieser von vielen verehrte Baum wächst schon seit alters im Osten. Aus seinen Früchten wird ein Öl gemacht, das sich gleichermaßen als Arznei, als Speise und als Brennstoff für Lampen eignet. Für die Griechen war der Olivenbaum ein Symbol des Friedens, des sicheren Geleits und des langen Lebens. Er war Athena geweiht, der Göttin der Weisheit. In Italien glaubt man, daß ein Olivenzweig Blitzschlag und Hexen abwehrt. Den Spaniern zeigt ein magischer Olivenzweig an, daß eine Frau über das Haus gebietet …

Sri Aditi, unter dem Namen Dara Naini in Rajasthan als Angehörige eines Klans geboren, der mit einer Karawane umherzog, starrte auf die Wüstenei der See hinaus. *Soviel Wasser, doch keine Hilfe gegen Durst. So ein weiter Horizont, doch nirgends ein Weg. Tod inmitten von Leben. Leben inmitten von Tod. Ein Paradox, eines Mahadewa würdig. Weshalb habe ich mich nur von Bernardo beschwatzen lassen, mit ihm zu fliehen? Ich liebe ihn ja nicht einmal. In Goa gab es vertraute Straßen und Häuser, in denen man Hilfe hätte finden können. Was soll ich jetzt tun?*

Das Fenster in der Passagierkabine des englischen Schiffs war zu klein zum Hinausspringen. Einerlei; Aditi konnte ohnehin nicht schwimmen. *Mich vom Wasser bedecken oder von Ungeheuern zerreißen lassen, die unter der Oberfläche lauern? Nein, wenn mich schon der Tod ereilen muß, dann nicht auf diese Weise.* Eine Bö trug beißenden Salzgeruch von der See herein. Aditi trat zurück und schloß das Fenster.

Stimmen näherten sich der Tür.

Flink huschte Aditi hinter einen Tisch, brachte ihn und einen Stuhl zwischen sich und die Tür. Sie zog die kleine Öllampe bis auf Reichweite ihres Arms heran und legte die andere Hand auf den Knauf eines Messers, das im Bund ihres *gahgrah*-Rocks steckte. Sie wollte versuchen, so viele Engländer wie möglich zu verletzen oder zu töten, bevor sie Gelegenheit fanden, sie zu schänden – oder sich selbst. Bisher waren sie ja zuvorkommend gewesen, doch Bernardo hatte ihr gesagt, wie die Engländer waren. Sie erwartete nicht, daß ihre Freundlichkeit anhielt.

Seeleute zündeten unter Deck die Funzeln an. Im trüben Licht fanden Thomas und Lockheart die Tür zur Kabine von Master Bertwick, der vor zwei Monaten an Skorbut gestorben war. Thatch, der alte, sehnige Schiffsprofos, der von der Mannschaft mit gemischten Gefühlen des Schreckens und des Respekts angesehen wurde, lehnte auf Wache am Schott.
»Guten Abend auch, Master Thatch«, sagte Thomas.
»Ah, der junge Master Chinnery! Auch Euch einen guten Abend. Habt Ihr vielleicht noch etwas von diesem Opiumsaft? Mir scheint, mein Tertianfieber wird schlimmer.«
»Leider nicht, Sir, keines mehr. Doch sollten wir noch welchen auftreiben, lasse ich es Euch wissen.«
»Nun denn, so danke ich Euch. Was führt Euch hinunter zu den Krummhölzern?«
»Man sagte mir, unser weiblicher Gefangener sei hier untergebracht.«
Hinter ihm setzte Lockheart hinzu: »Der Captain möchte, daß wir mit ihr reden, weil wir jetzt jemanden haben, der sich auf ihre Sprache versteht.«
Der Schiffsprofos rieb sich mit dem Daumen das Stoppelkinn und beäugte den Schotten mißtrauisch. »Aye, es gibt viele Männer an Bord, die sich gerne auf ihre Sprache verstünden, auch bei ihren Lippen und Händen. Doch

obliegt es mir, darauf zu achten, daß ihr kein Schaden entsteht.«

»Achtet lieber auf Eure eigene Sprache, Kerl«, knurrte Lockheart. »Wir sind Ehrenleute und im Auftrag des Captains hier.«

»Wenn Ihr so freundlich wärt«, beschwichtigte Thomas, wieder einmal verblüfft darüber, wie Lockheart offenbar allerorts Feindseligkeit hervorrief. »Ich habe Anweisung herauszufinden, wie es bei der Lady mit Lösegeld steht. Und vielleicht weiß sie auch, welche Arzneien sich in diesen Landen gewinnen lassen, speziell Mohnsirup.«

»Dann tretet ein, guter Master Chinnery. Doch sollte etwas schiefgehen, so ruft mich.« Der Schiffsprofos drückte auf die Klinke und trat beiseite.

»Das werde ich, Sir.«

Lady Aditi stand hinter einem kleinen Tisch, als Thomas und Lockheart eintraten. Das trübe Licht der Lampe auf dem Tisch brach sich in den Goldfäden ihres scharlachfarbenen Saris und glitzerte im dunklen Haarzopf. Eine langfingrige Hand ruhte auf dem Tisch, die andere an ihrer Hüfte nahe einem halb verborgenen Messer. Sie musterte sie eingehend, schien sich aber nicht zu fürchten. Thomas fand sie recht gutaussehend, obgleich sie für seinen Geschmack zu muskulös gebaut war und zu stolz auftrat. *Das Blau ihrer Augen birgt mehr Stahl als der lichte Himmel.*

Er spürte, wie Lockheart ihm einen Schubs in den Rücken gab. »Steht nicht einfach herum und haltet Maulaffen feil, mein Junge. Sprecht!«

Mit einer sachten Verbeugung sagte Thomas auf griechisch: »Ich grüße Euch, Despoina Aditi. Man sagte mir, Ihr beherrscht die Sprache der weisen und alten Hellenen.«

Ihre Augen weiteten sich, und ein leichtes Lächeln trat auf ihre Lippen. Ihre wachsame Haltung ließ etwas nach, und ihre Hand glitt vom Messergriff. Sie neigte den Kopf. »*Nai.* Ihr müßt mit Bernardo gesprochen haben.«

»Wenn Ihr Despos De Cartago meint, so habt Ihr recht.«

»Wie kommt es, daß Ihr diese Sprache sprecht? Seid Ihr ein Gelehrter wie Bernardo?«

»Ja, Despoina. Obgleich unsere Studienbereiche sich unterscheiden. Ich bin Thomas Chinnery, Apotheker, ein Lieferant von Heilkräutern und Arzneien.«

»Ich verstehe.« Mit einem neugierigen Lächeln legte sie ihren Kopf schräg. »Tamas, nicht wahr?«

»*Nai,* Despoina. Gibt es …«

»Es gibt nichts. Eure fremdländischen Namen klingen für mich seltsam.«

»Ah. Darf ich fragen, wie es kommt, daß Ihr Griechisch sprecht?«

»Meine Kindermädchen haben es mir beigebracht, als ich noch klein war.«

»Ihr hattet sehr … gebildete Kindermädchen, Despoina.«

»*Nai.* Wer ist das da?« Aditi richtete ihren Blick auf den Schotten.

»Ich bin Andrew Lockheart, Despoina«, stellte er sich mit einer Verbeugung vor. »Ein Wanderer fern seines Forsts, der den heiligen Zweig der Jägerin trägt.«

Thomas sah ihn von der Seite her an. *Worauf mag er aus*

sein? Lady Aditi verbeugte sich ihrerseits, zeigte jedoch keine Reaktion auf seine Worte.

»Captain Wood hat uns geschickt«, fuhr Thomas fort, »um herauszufinden, ob wir für Euch Lösegeld bekommen könnten und von wem.«

»Ich verstehe. Ihr könnt mit den Marathas von Goa verhandeln. Sie werden bereitwillig Tausende *tangas* Silber bezahlen, wenn ich dafür sicher auf freien Fuß gesetzt werde. Sic kontrollieren in dieser Gegend auch einen Großteil des Handels, und wenn man mich gut behandelt, kann ich vielleicht meinen Einfluß zugunsten Eurer Kaufleute bei ihnen geltend machen.«

»Was ist mit den Portugiesen«, fragte Lockheart, »die Euch und Despos De Cartago verfolgten? Was könnten sie bezahlen, wenn wir Euch an sie ausliefern?«

Sie hob das Kinn, und ihre Augen verengten sich. »Denen darf man nicht trauen. Sie würden Euch hintergehen, und Euer Lohn wäre der Tod.«

Thomas nahm an, daß es eher Lady Aditi war, die sie zum Lohn umbringen würden, wenn man sie an die Portugiesen auslieferte, doch er half ihr gern dabei, ein solches Schicksal zu vermeiden. »Wie können wir mit diesen Marathas in Verbindung treten?«

»Jeder hinduistische Händler, auf den Ihr an dieser Küste trefft, wird gegen Bezahlung eine solche Botschaft überbringen. Doch hütet Euch vor Piraten, denn die sind in diesen Gewässern ebenfalls sehr verbreitet.«

»Dessen sind wir uns bewußt, Despoina, dennoch danken wir Euch.«

»Weshalb wünscht Ihr, nach Goa zurückzukehren«, wollte

Lockheart wissen, »wo Ihr doch gerade erst von dort geflohen seid? Möchtet Ihr Eure Fahrt mit Despos De Cartago nach Pegu denn nicht fortsetzen?«
Lady Aditi starrte auf den Tisch. »Ich bedaure es jetzt, mit ihm geflohen zu sein. Ich hege nicht den Wunsch, Indien zu verlassen. Es ist meine Heimat. Ich schäme mich meiner Feigheit, die mich veranlaßte, meinem *dharma* und der Rache der Göttin, die mich erhält, entfliehen zu wollen.« Sie wandte ihr Gesicht dem Fenster zu.
Lockheart nickte düster. »Wie gut ich das verstehe. Ihr seid vielleicht tapferer als ich, Despoina.«
Wieder sah Thomas ihn an. *Will er ihr schmeicheln?* »Eine Frage hätte ich noch, Despoina.«
»Und welche?«
Thomas zog das längliche Kästchen aus seinem Wams. »Darauf bin ich auf De Cartagos Schiff gestoßen. Es sind Zeichen eingeschnitzt, die darauf hinweisen, daß es vielleicht Arzneien enthält. Wir haben viele kranke und verwundete Männer an Bord und nicht mehr genug schmerzstillende oder heilende Mittel, die wir ihnen verabreichen könnten. Würdet Ihr mir wohl sagen, ob das Pulver darin uns nützlich sein könnte?«
Lady Aditi starrte das Kästchen an. Wegen des schlechten Lichts war sich Thomas nicht ganz sicher, doch ihr Gesicht schien einen Hauch blasser zu werden. Sie ließ sich Zeit mit der Antwort. »Habt Ihr die Flasche geöffnet?«
»*Nai,* Despoina. Wir glauben, daß es mit einer Art pulverisiertem Blut gefüllt ist. Despos De Cartago deutete an, daß Ihr etwas darüber wißt. Ist es eine heilige Reliquie oder eine Substanz, die man bei Hexenwerk verwendet?«

Wieder ließ sie sich Zeit. »Mehr hat Euch Bernardo nicht gesagt?«
»Nein, Despoina.«
Sie umklammerte fest die Rückenlehne des Stuhls. Seufzend sagte sie schließlich: »Es ist keine Arznei. Ihr dürft sie nicht als solche verwenden, weil das Schaden anrichten könnte. Es ist Affenblut. Bernardo benutzte es bei seinen … alchemistischen Experimenten. Ich möchte Euch bitten, es ihm zurückzugeben, denn es kann Euch nicht von Nutzen sein.«
»Wenn es keine Arznei ist, weshalb ist die Flasche dann mit einem Merkurstab versehen? Und wenn es keine Reliquie ist, weshalb dann der Zettel mit den heiligen Sprüchen zu Leben und Tod?«
»Ich weiß es nicht. Vielleicht enthielt das Kästchen einmal Arzneien. Das Blut ist bloß denjenigen heilig, die Hanuman, den Affengott, verehren. Ich sage noch einmal, versucht nicht, das Pulver zum Heilen zu verwenden. Es brächte Euch nur … übles Geschick.«
»Ah«, sagte Lockheart. »Ein Talisman des Unglücks, wie die Pfote eben jenes Affen. Kein Wunder, daß die Portugiesen wie wild hinter Euch her waren.«
Thomas sah auf das Kästchen hinab; er zögerte, davon zu lassen. »Für welche Art von Experimenten hat Despos De Cartago das verwendet?«
»Vielleicht erzählt er es Euch, wenn Ihr es ihm zurückgebt. Ich habe nichts mehr zu sagen. Bitte verlaßt mich jetzt. Ich bin müde.«
»Nur noch eines«, beharrte Lockheart. »Wer ist diese Göttin, von der Ihr vorhin spracht, die Euch erhält?«

Ihre Augen blickten wieder wachsam, und ihre Hand fuhr zum Messergriff.
Lockheart hob die Hände. »Keine Angst, Despoina. Wir sind keine Priester, die gekommen sind, Euch zu bekehren. Ich frage nur als jemand, der neugierig auf das ist, was in der Welt alles vorgeht.«
Ihre Lippen wurden schmal und verliehen ihr einen Ausdruck, der ebenso Furcht wie Verachtung hätte sein können. Sie ging zum Fenster und öffnete es. »Ihr Name ist Kraft«, murmelte Lady Aditi und starrte aufs Meer hinaus. Thomas wußte nicht, ob sie Lockheart antwortete oder ein Stoßgebet von sich gab. Lockheart öffnete den Mund, als wollte er eine weitere Frage stellen, doch Thomas starrte den Schotten kurz an und sprach dann selbst. »Verzeiht, daß wir Euch so lange zur Last gefallen sind, Despoina. Wir werden uns umgehend zurückziehen.«
Mit einem bedauernden Lächeln klappte Lockheart den Mund wieder zu, und Thomas folgte ihm aus dem Zimmer. Als sie außer Hörweite von Master Thatch waren, sagte Thomas: »Denkt Ihr, sie hat gelogen? Was das Blutpulver betrifft, meine ich.«
»Wie eine Löwin in der Wüste, mein Junge, lügt sie mit ihrem Stolz.«
»Weshalb habt Ihr diese seltsamen Worte über einen Zweig und eine Jägerin gesagt, als Ihr Euch vorstelltet, und warum habt Ihr diese Fragen darüber gestellt, wem sie huldigt?«
»Ich hatte zu erfahren gehofft, welche Art von Sophist sie wohl ist, Mystikerin, Gelehrte oder Zauberin. Nun scheint mir, sie ist eine Art Priesterin.«

»Was soll's, solange wir sie gegen ein tüchtiges Lösegeld eintauschen können?«
Lockheart runzelte die Stirn. »Jegliches Wissen hat zur einen oder anderen Zeit seinen Nutzen, mein Junge. Ich habe es mir zur Gewohnheit gemacht, es zu sammeln, wo immer sich mir die Gelegenheit dazu bietet. Ihr solltet das gleiche tun.«
»Langsam klingt Ihr wie mein Master Coulter, Sir.«
»Wirklich?« Sein Stirnrunzeln wurde zu einem süffisanten Lächeln. »Ihr schmeichelt mir. Ach, einerlei, laßt uns zum Captain gehen und ihm sagen, wie er an das Lösegeld für sie kommt, und dann gesellen wir uns zur restlichen Mannschaft am Strand. Noch haben wir die Kisten mit feinem spanischem Wein, die wir aus De Cartagos Frachtraum retteten, nicht geleert.«
»Ich danke Euch, doch meiner Erfahrung nach führen diese wüsten Gelage hier oft zu Schlägereien. Ich sollte jetzt lieber nach meinen Patienten schauen, die an solchen Orgien nicht teilhaben können. Würdet Ihr dem Captain Lady Aditis Botschaft wohl ohne mich überbringen?«
Lockheart blieb stehen und zwinkerte. »Wenn Ihr sicher seid, daß Ihr das wünscht. Eine Nacht fern der schädlichen Dünste würde Euch gut tun, mein Junge. Es hilft den Kranken nicht, einen griesgrämigen Arzt zu haben.«
»Dann heitert mich auf, Sir, ich bitte Euch, und laßt mich an meine Arbeit. Genießt Ihr unsere Beute, während ich mich um jene kümmere, die sie gemacht haben und nun keinen Genuß mehr daran finden können.«
»Eine Stichelei«, sagte Lockheart und verbeugte sich grinsend. »So achtet denn darauf, die Nacht unter Deck zu

verbringen, da die Narreteien der Säufer für nüchterne Menschen ein schrecklicher Anblick sind.«

»Das werde ich, Sir.«

»Und denkt daran, keine Granatäpfel zu essen, solange Ihr Euch unter Deck abrackert, sonst werden wir uns ein halbes Jahr nicht mehr sehen.«

Thomas lachte. »Sollte ich ihm begegnen, werde ich Lord Pluto Eure besten Wünsche ausrichten, Sir, während Ihr bitte Bacchus meine Empfehlung aussprecht.«

»Nee, meine Muse ist die keusche Diana, und ich muß die ganze Nacht den Begleiter des Mondes spielen. Bis morgen, Tom.« Lockheart stieg die Leiter zum Oberdeck hinauf und verschwand in der Dunkelheit.

Thomas ging weiter den schmalen Korridor entlang, bis zu einer Leiter zwischen den Masten, die hinunter zu den Mannschaftsquartieren führte. Thomas kletterte in die Tiefe, mit den Gedanken bei Orpheus, der sich in die Unterwelt begab. *Obgleich ich hier nicht nach dem Geist meiner wahren Liebe suche, gäbe ich doch viel darum, eine dieser unglücklichen Seelen wieder dem Licht zuzuführen.*

6

HASELNUSS:

Dieser kleine Baum trägt runde Blätter und lange Blütenkätzchen. Im Spätsommer bringt er hartschalige Nüsse hervor, die im Englischen nach dem heiligen Philbert »filberts« genannt werden. Für die Iren ist der Haselnußstrauch ein Baum des Wissens, und seine Nüsse zu essen macht angeblich weise. Die Menschen in Wales glauben, daß ihre Wünsche wahr werden, wenn sie Haselnußzweige in ihre Mützen flechten. Vom Haselnußstrauch stammen auch die besten Zweige für Wünschelruten, wenn sie am Saint John's Eve geschnitten werden. Schneidet ein unschuldiges Kind des wahren Glaubens aus Haselnußholz eine Rute, so ist sie eine nützliche Hilfe beim Auffinden von Mördern und Dieben …

Padre Gonsção saß in einem düsteren, muffigen Zimmer ohne Fenster. Er rieb sich die Augen, die ihm von vielen Stunden des Lesens bei Kerzenschein weh taten. Der hohe Stuhl, auf dem er saß, fühlte sich steinhart an. Obgleich er sie sorgfältig gestapelt hatte, drohten die drei dicken Wälzer, in denen er gelesen hatte, unablässig vom schmalen Pult zu fallen. Und die Wälzer selbst bargen wenig von dem, was Gonsção dort hätte finden müssen.

Wie es scheint, wünscht Inquisitor Sadrinho nicht gerade meinen Erfolg. Und doch wiesen diese Bücher, die man ihm gegeben hatte, auf einen möglichen Grund hin. Er hatte gewissenhaft den Bericht vom letzten Autodafé geprüft, das am 8. Dezember 1596 abgehalten worden war. Die Liste derer, die man der zivilen Gerichtsbarkeit überantwortet hatte, die sich in Gewahrsam befanden und die man freigelassen hatte, zeigte, daß nur die reichsten Ketzer, bei denen man das meiste Eigentum beschlagnahmen konnte, verbrannt worden waren. Gonsção hatte eine Liste derer erstellt, die auf dem Scheiterhaufen gelandet waren, denn er beabsichtigte, ihre Verhörprotokolle einzusehen. Er nahm an, daß es stets ein und dieselben *familiares* gewesen waren, die ihr vernichtendes Urteil abgegeben hatten.

Wie erwartet hatte man ihm keine Gerichtsprotokolle von Governador Coutinho oder Viceroy de Albuquerque über-

lassen. *Beide waren wohlhabende Männer gewesen und hatten Positionen bekleidet, die die Macht der Santa Casa hätten herausfordern können. Ob die Anklagen gegen sie falsch gewesen waren?* Gonsção wurde an einen Fall in Lissabon erinnert; ein Mann war zwei Jahre lang als Ketzer in Gewahrsam gewesen, bis sein Ankläger gestanden hatte, falsches Zeugnis abgelegt zu haben - er war eifersüchtig gewesen, weil der Gefangene eine Frau hofiert hatte, die der Kläger begehrte. *Die Santa Casa ist wie ein vortreffliches Schwert; eine mächtige Waffe, die ebenso leicht zum Bösen wie zum Guten gehandhabt werden kann.*
Ein Klopfen an der Tür schreckte ihn auf. Gonsção klappte das Buch zu und sagte: »*Benedite.* Tretet ein.«
Es war Bruder Timóteo mit einem weiteren ledergebundenen Wälzer, auf dem sich ein Silbertablett befand. Auf dem Tablett standen ein Krug Wasser, ein Glas und eine Schüssel Reis mit würziger *ragu*-Soße, gekrönt von Streifen geräucherten Fischs.
»Möget Ihr tausendfach gesegnet sein, mein Sohn. Euch muß die gnädige Muttergottes selbst schicken.« Gonsção bedeutete, das Tablett auf den Boden zu stellen, weil sonst nirgends Platz dafür war.
Bruder Timóteo setzte Tablett und Buch vorsichtig ab. »Nein, Padre. Domine Pinto schickt mich.«
»Dann haben ihm das gewiß die Engel eingegeben.« *Inquisitor Pinto ist Dominikaner wie ich. Vielleicht erweist sich die Loyalität zu einem Ordensbruder als stärker und wertvoller als die Loyalität innerhalb der Santa Casa.*
»Ja, Padre.« Der Knabe stand an der Tür, bereit, sich zurückzuziehen. Er hatte kreisrund geschnittenes schwar-

zes Haar und dunkle Augen, und der Kerzenschein verlieh seiner braunen Haut eine kupferne Tönung.

Er hat sichtlich Hindublut in sich, ein mestiço *wie offenbar die meisten Goaner. Zu schade. Es wird verhindern, daß er eine höhere Position als die eines Gemeindepfarrers bekommt.* »Bleibt, Timóteo. Ich bin froh, daß wir endlich Gelegenheit haben, miteinander zu sprechen.« Gonsção glitt von seinem Stuhl. »Setzt Euch ein Weilchen. Der Stuhl hat mich schon viel zu lange gequält.«

»O nein, Padre! Ich setze mich hierher.« Ohne zu zögern ließ der Knabe sich im Schneidersitz auf dem schmutzigen Boden nieder.

»Wie Ihr wünscht.« Gonsção ging um das Lesepult herum; er stand jetzt lieber. »Wie lange dient Ihr der Santa Casa bereits?«

Der Knabe zählte es kurz an den Fingern ab. »Vier Jahre, Padre.«

»Und wie lange dient Ihr den Gästen hier nun schon als *avocato*?«

»Ein Jahr und einen Monat, Padre.«

»Hmmm. Was könnt Ihr mir über diese Gäste erzählen, Timóteo?«

Der Knabe blinzelte. »Ich weiß nicht recht, was Ihr meint, Padre.«

»Sind es kultivierte Gelehrte? Oder arme Bauern und Handwerker? Oder wohlhabende *fidalgos*?«

»Ich bin mir nicht sicher, Padre. Auf solche Dinge achte ich nicht sonderlich. Sie sind alle traurige, verängstigte Geschöpfe mit Schmerz in der Seele. Sie brauchen alle unsere Führung.«

»Ja, ich nehme an, bis Ihr sie zu Gesicht bekommt, machen sie alle diesen Eindruck. Behandelt man sie gut?«

»Jene, die gestehen und Gott annehmen, werden mit aller Güte behandelt, Padre. Aber …«

»Aber?«

Leise sagte der Knabe: »Manchmal finde ich, daß die Wachen zu derb mit ihnen umgehen.«

»Nun, manchmal muß man für diese Aufgabe derbe Leute anwerben. Unsere Gäste sind wie verirrte Kinder, und Kinder brauchen strenge Führung und Disziplin, damit sie den richtigen Weg im Leben finden, meint Ihr nicht?«

Timóteo runzelte die Stirn. »So sagte man mir, Padre.«

Man hat ihn also recht lässig erzogen. Erstaunlich, daß aus einem so verkommenen Gildehaus so ein feines Werkzeug hervorgehen kann. »Was ist mit den Inquisitoren? Wie behandeln sie die Gäste?«

»Oh, die Domines sind sehr zuvorkommend, Padre. Domine Sadrinho verbringt viel Zeit mit den Gästen, speziell den Frauen. Nahezu jede von den Ladies, für die er sorgte, hat ein Bekenntnis abgelegt.«

Gonsção war die Wendung, die das Gespräch nahm, nicht angenehm. »Habt Ihr jemals mit nestorianischen Ketzern zu tun gehabt?«

»Ähm … nur mit zweien, Padre. Sie waren sehr schwierig.«

»Ja, deshalb muß man auch mit aller Strenge gegen sie vorgehen, mein Sohn. Sie sind so nahe an der Wahrheit und irren doch so sehr.«

Timóteo nickte und sah auf seine Hände hinab. »Einer hat nicht abgeschworen. Er wurde verurteilt, beim nächsten Autodafé den Flammentod zu sterben.«

Gonsção ging hinüber und legte dem Knaben seine Hand auf die Schulter. »Werft Euch das nicht vor. Ich bin sicher, Ihr habt getan, was Ihr konntet.«
»Ich bete jeden Tag für ihn, Padre.«
»Das ist gut, mein Sohn. Hat man hier viele Nestorianer hergebracht?«
»Ich glaube nicht.«
»Verstehe.« *Dabei war die Vernichtung dieser Irrlehre der Hauptanlaß für die Gründung der Santa Casa. Die Inquisitoren scheinen von ihrem Zweck abgefallen zu sein.* »Timóteo, Ihr wart doch noch kein *avocato,* als Governador Coutinho hier war, oder?«
Der Knabe schüttelte den Kopf.
»Aber vielleicht habt Ihr etwas über den Fall gehört. Eine Erwähnung der Anklagepunkte oder sein Bekenntnis.«
»Nein, Padre. Und wenn, so wäre es mir nicht gestattet, zu wiederholen, was ein Gast gestanden hat.«
»Selbstverständlich. Außer unter gewissen Umständen. Laßt mich erklären. Die Mächte, die Coutinho und de Albuquerque zur Sünde bewegt haben, sind vielleicht noch gewichtiger und heimtückischer als jene der nestorianischen Irrlehre. Das waren Männer von guter christlicher Herkunft, versteht Ihr, denen es an Ehre und materiellem Reichtum nicht mangelte. Und doch veranlaßte sie etwas, sich von Gott abzuwenden, einen Weg einzuschlagen, von dem sie sicherlich wußten, daß er ihr Leben und ihre Seele in Gefahr brachte. Um dieses Rätsel zu lösen, hat man mich hergeschickt, Timóteo. Vielleicht ist die Quelle des Bösen in Goa noch immer am Werk, und ihr Einfluß breitet sich weiter aus, wenn wir sie nicht finden.

Großinquisitor Albrecht hat mir diese Pflicht auferlegt, und durch ihn Seine Heiligkeit der Papst höchstpersönlich. Versteht Ihr nun, wie wichtig das ist, mein Sohn?«

Der Knabe nickte mit großen Augen.

Leise fuhr Gonsção fort: »Dieses Krebsgeschwür der Korruption hat vielleicht schon die Santa Casa selbst infiziert.«

»Nein!«

»Schsch, es bereitet mir Schmerzen, so etwas auch nur zu denken, und ich hoffe, es erweist sich als Irrtum. Doch wir müssen sehr vorsichtig sein, mein Sohn. Ich muß Euch bitten, diese Dinge, über die wir geredet haben, für Euch zu behalten. Könnt Ihr das?«

Nach einer Pause nickte der Knabe wieder.

»Gut. Also, es gibt da etwas, was ich benötige, damit es mir bei meiner Aufgabe hilft. Ich brauche die Gerichtsprotokolle von Coutinho und de Albuquerque. Inquisitor Pinto weiß vielleicht, wo sie zu finden sind. Fragt ihn, wenn Euch sonst niemand hören kann, und wenn er sie beschaffen kann, will ich, daß Ihr sie mir bringt. Werdet Ihr das tun?«

Der Knabe schluckte schwer. »Ja, Padre.«

»Gott segne Euch. Ihr seid ein Soldat des Herrn im Kampf gegen Satan. Geht nun und seht zu, ob Ihr Domine Pinto finden könnt.«

Timóteo stand auf. »Ja, Padre.« Er schaute zur Tür, zögerte jedoch.

»Gibt es sonst noch etwas, mein Sohn?«

»Darf ich Euch eine Frage stellen, Padre?«

»Gewiß.«

»Verzeiht mir, aber … Domine Sadrinho sagte, daß Ihr ihm geraten habt, mir *Os Lusiadas* wegzunehmen.«
»Ah. Ja, das habe ich ihm empfohlen. Hat er Euch auch den Grund genannt?«
»Nein, Padre. Aber … er sagte einige Dinge, die ich nicht wiederholen möchte.«
Gonsção seufzte. »Mein Sohn, Ihr müßt verstehen, daß Camoes' Buch möglicherweise ein Teil eben der Gefahr ist, von der wir gerade sprachen. Auf so einen jungen Geist wie den Euren könnte es einen verderblichen Einfluß haben.«
»Aber ich habe die Verse mein Lebtag lang gelesen!« Timóteos Augen blickten traurig und eine Spur trotzig.
»Dann gereicht es Euch zur Ehre, mein Sohn, daß Euer Glaube stark und rein geblieben ist. Doch Ihr kommt in ein gefährliches Alter, in dem der Teufel Zweifel schickt, um Euren Geist zu verwirren, und Verlockungen, um Euer junges Fleisch zu quälen.«
»Aber in dem Buch stehen doch nur Geschichten!«
»Geschichten haben Macht, Timóteo, zum Guten wie zum Bösen. Deshalb hat unser Herr ja Parabeln verwendet, um seine Botschaft an seine Schüler weiterzugeben. Doch bei Geschichten, die nicht in der Heiligen Schrift stehen, müßt Ihr äußerst wachsam sein.«
Der Knabe preßte die Lippen zusammen und ballte die Fäuste. Doch schließlich sah er auf seine Füße in den Sandalen und sagte: »Wie Ihr wünscht, Padre.«
Gonsção lächelte. »Eines Tages werdet Ihr das Buch zurückerhalten. Vielleicht wird es Euch dann noch mehr bedeuten. Man sagte mir, es sei ein schwieriges Werk,

selbst für jene, die die Klassiker studiert haben. All diese Verweise auf weit entfernte Orte, obskure Gottheiten und Wesen.«

»Aber ich kenne mich mit all diesen Dingen aus, Padre«, sagte Timóteo. »Ich habe die *Ilias* und Vergil und andere Bücher gelesen. Sie standen alle in der Bibliothek meines Großvaters. Und er erzählte mir so viele Geschichten, die er gelesen hat ...«

»Schsch, genug davon. Ihr habt sichtlich mehr Bildung als viele wohlhabende Knaben in Lissabon. Gott hat Euch einen schnellen Verstand gegeben, doch müßt Ihr nun etwas anderes lernen. Ihr seid berufen, den Glauben zu verbreiten und die Menschen zu Gott zu führen. Wir müssen zusehen, daß Euch nicht irgendwelche heidnischen Geschichten von einer so wichtigen Arbeit abhalten.«

Timóteo seufzte. »Ja. Ihr habt recht, Padre.«

Gonsção klopfte ihm auf die Schulter. »Ihr seid weise, mein Sohn. Selbst mir seid Ihr eine Inspiration. Nun geht. Wir haben viel zu erledigen, Ihr und ich.«

Ohne ein weiteres Wort verbeugte sich Timóteo und ging. Gonsção nahm die Reisschüssel und setzte sich wieder auf den Stuhl, wobei er sich irgendwie unrein vorkam.

7

ERLE:

Dieser Baum hat runde Blätter und Blütenkätzchen von rötlicher Färbung. Die Iren bedienen sich seiner, um die Zukunft zu weissagen und zu erfahren, welche Krankheit einen Menschen befallen hat, und sie verabscheuen es, Erlen zu fällen. Schneidet man einen Erlenzweig ab, so wechselt das Holz von Weiß zu Rot, als wäre der Baum aus Fleisch und Blut. Vielleicht wurde die Erle deshalb bei den Alten als Baum der Auferstehung geschätzt …

Thomas kauerte auf einem Totenacker, und die tiefe Dunkelheit war erfüllt vom Gestank nach Fäulnis. Er krallte sich ins feuchte Erdreich wie ein Köter, der seinen verbuddelten Knochen sucht. Hinter sich in der Ferne hörte er leises Jammern und Stöhnen. *Sie suchen mich immer noch. Und sollten sie mich finden ...* Er grub schneller, riß Wurzelgestrüpp und schrundige Steine heraus. Seine Finger stießen auf etwas Hartes, und er entfernte sorgfältig die Erde. Ein blasses, rundes Etwas ragte aus dem Schmutz heraus – ein Schädel, von dem noch ein paar schlaffe Haarsträhnen herabbaumelten. Aus leeren Höhlen richtete der Schädel seinen Blick auf ihn und öffnete die zahnbewehrten Kiefer. Thomas schrie »Mutter!« und setzte sich bolzengerade auf, wobei er sich an der Koje über ihm den Kopf anschlug.

Einen Moment lang saß er nur keuchend da, und das Herz klopfte ihm in der Brust. *Die Alpträume. Sie sind wieder da.* In der Dunkelheit des Mannschaftsraums hielt sich der Traum noch eine Weile in seinen Gedanken, unbeeindruckt von seiner Wachheit. *Herr, weshalb quälst Du mich so?* Er rieb sich die Augen und fragte sich, wie spät es wohl sein mochte. Thomas entsann sich, Lockheart verlassen und seine Patienten aufgesucht zu haben, ohne daß er viel für sie hätte tun können. Erschöpft hatte er sich in eine leere Koje gelegt. Und war eingeschlafen. Und hatte geträumt.

Die siechen, verwundeten, sterbenden Männer stöhnten leise rings um ihn herum, manche murmelten Gebete oder riefen nach ihren Liebsten.

Welches Recht habe ich, mich selbst zu bemitleiden, wenn diese Unglücklichen einen Alptraum erleben, aus dem es kein Erwachen gibt? Thomas nahm eine trübe Funzel von der Schottwand, hielt sie hoch und ließ den Blick über seine Schützlinge schweifen.

Hier neben ihm lag Stephen der Küfer, dem eine Kanonenkugel die Rippen eingedrückt hatte. Um das Fieber fernzuhalten, hatte Thomas ihm ein Ambrastück aus einem ausgehöhlten und mit gepreßtem Knoblauch und Meerrettich gefüllten Gallapfel um den Hals gehängt, doch vergebens. Der Mann schauderte unruhig im Schlaf.

Ein dürrer Arm streckte sich ihm aus der Dunkelheit entgegen. »Noch ein schmerzlinderndes Mittel, Sir? Um der Barmherzigkeit willen, ich bitte Euch.« Das war Howard, der Seiler, dem eben jenes Geschütz, das er abfeuerte, Beine und Brust verbrannt und gequetscht hatte. An ihm hatte Thomas die Theorie der Waffensalbung ausprobiert, zu der der große Paracelsus riet; Thomas hatte auf das Geschütz eine Paste aus Balsam und Malve aufgetragen und den Mann lediglich mit sauberem Wasser und Bandagen behandelt. Als Ergebnis heilten Howards Wunden vergleichsweise gut, doch er litt immer noch große Schmerzen.

»Haltet durch«, war alles, was Thomas sagen konnte. »Bald gibt es wieder welche.«

Daneben lag Corbin, dem ein fallender Mast Arme und Beine zertrümmert hatte. Thomas hatte seine Knochen so gut es ging gerichtet und dem Mann ein Terra-sigillata-Amulett aus maltesischem Ton gegeben. Um Corbin nicht in seiner Würde zu verletzen, tat Thomas so, als hörte er das verzweifelte Wimmern nicht.

In der Koje dahinter ruhte Pepper der Hilfskoch reglos mit Eingeweidefluß. Kleine Dosen mit Mumienpulver vermischtes Quecksilber hatten ihm anscheinend nicht geholfen, und er reagierte nicht auf Thomas' Stimme.

Er drückte dem Jungen die Schulter und eilte weiter. *Gütiger Gott, auf so eine Arbeit wurde ich nie vorbereitet. Könnten doch die Laffen, die immer in unser Geschäft kamen und über Kopfweh klagten, diese Männer sehen und erfahren, was wahres Leid ist.* Die Floskeln, die er sich für unpäßliche Ladies bei ihren lächerlichen Beschwerden zu eigen gemacht hatte, waren in dieser Höllenkammer, in der es nach Schweiß und Schmutzinfektion stank, fehl am Platz. *Weshalb bin ich denn ihr Hüter, wenn es mir so sehr an der Fähigkeit gebricht, ihnen zu helfen?*

Thomas setzte seine grausige Runde fort und spendete den wenigen Trost, den er geben konnte, während er darüber nachsann, welche Arzneien er aus den wenigen Vorräten, die ihnen geblieben waren, noch zusammenbrauen konnte.

Schließlich gelangte er zu Nathan, dem Gesellen des Zimmermanns, dessen Koje sich dicht neben der Leiter befand. Das Gesicht des Jungen zeigte den Ausdruck friedlichen Schlafs. Thomas setzte sich neben ihn und gratulierte sich dafür, daß hier endlich jemand war, der nicht litt. Doch beim näheren Hinsehen wurde im klar, daß der Junge allzu ruhig war, ruhiger, als es in der Natur des

Schlafs lag. Furcht befiel ihn, und Thomas legte dem Jungen eine Hand an den Hals. Da war kein Puls mehr. Mit einem schweren Seufzer neigte Thomas den Kopf. *Weshalb dieser, o Herr, dem das Leben noch so viel zu bieten hatte?* Thomas wußte, daß er sich sputen sollte. In diesem Klima wurden vernachlässigte Leichen rasch zu einer Gefahr für die Lebenden. *Doch ein Gebet sollte man schon noch sprechen.* Ein Spruch ging ihm durch den Kopf: *»Wer an mich glaubt, dem soll ewiges Leben beschieden sein.«*

Thomas stellte die Laterne auf der Treppe ab und zog das Holzkästchen aus seinem Wams. Behutsam öffnete er es und wickelte die Seide von der kleinen Flasche. Seine Hände begannen zu zittern, als er die schillernde Flasche hochhob, bis sie im Lampenschein glitzerte. Auf der Glasoberfläche befand sich eine feine Gravur, die vorher nicht zu sehen gewesen war, das Abbild eines Vogels mit ausgebreiteten Schwingen, der sich aus einem Flammenmeer erhob.

»Affenblut also?« wisperte Thomas mit klopfendem Herzen. »O teurer Affe, dessen Saft mit Lebensworten jenseits des Lebens kommt, verkünde deutlich deine Botschaft.« Er erinnerte sich an Lady Aditis Warnung und daran, wie ernst sie ihn gebeten hatte, De Cartago die Flasche wiederzugeben. *Hatte der Alchimist vielleicht den legendären Stein der Weisen entdeckt? Das Lebenselixier?*

Thomas betrachtete Nathans junges Gesicht. *Wie sollte es jemandem schaden können, der schon tot war?* Er wagte es nicht, weiter darüber nachzudenken, und zog den Stopfen aus der Flasche. »Nate, wenn diese Substanz heilig ist,

so sei damit gesegnet. Wenn nicht, so möge das Böse auf meine Seele kommen, nicht auf deine. Gott steh mir bei.«
Er hielt die Flasche über Nathans Gesicht und ließ eine kleine Menge Pulver zwischen die leicht geöffneten Lippen des Jungen rieseln. Er hielt einen Moment inne, sah jedoch keinen Unterschied. Thomas seufzte und tat den Stopfen wieder auf die Flasche und die Flasche wieder ins Kästchen. Er nahm Nathans kühle Hand in seine beiden und schloß die Augen. *Herr, wenn es Dein Wille ist, so schone sein Leben. Wenn nicht, so geleite seine Seele in den Himmel.*
Etwas zupfte ihn am Ärmel. Langsam schlug Thomas die Augen auf. Nathan hatte den Kopf umgewandt und sah ihn an. »Master Chinnery? Sir, Ihr tut meiner Hand weh.«
Thomas erkannte, wie fest er sie gepackt hatte, und ließ los. »Nate … ich flehe Euch an, verzeiht mir. Wie geht es Euch?«
»Müde, Sir. Habe ich lange geschlafen? Ich hatte seltsame Träume.«
»Träume?« *Tote träumen also?*
»Aye – da war ein herrliches Bauwerk am Meer, lauter weiße Säulen und so. Und eine hübsche Lady. Und Schlangen.«
»Schlangen?« *Lieber Gott, was habe ich getan?*
»Aber ich hatte keine Angst, Sir. Es war ein angenehmer Traum.«
»Aha. Laßt mich Eure Wunde sehen, Nathan.« Thomas zog den groben Verband beiseite, der Nathans Seite umschloß. Rote Narben führten noch über Brust und Unterleib, näßten jedoch nicht mehr. Sie waren trocken und sichtlich

im Begriff zu heilen. »Die Infektion ist weg! Sprecht Eure Gebete, Nathan, denn Gott hat Euch Genesung geschenkt. Ich … ich muß jetzt mit jemandem sprechen.«

Thomas verstaute das Kästchen in seinem Wams und erhob sich.

»Darf ich morgen wieder auf Deck, Sir? Ich habe diese Pritsche satt.«

»Aye. Wir werden sehen. Morgen früh.« Thomas nahm die Laterne und stieg die Leiter hinauf, atemlos vor Entsetzen und Ehrfurcht.

Er gelangte durch die Luke in eine Nacht, die noch finsterer war als die Tiefen unter ihm. Nur wenige von den Laternen im Takelwerk brannten, und hell funkelten die Sterne über den zerbrochenen Masten. Da war kein Mond. Auf der anderen Seite der Lagune konnte man vor den Freudenfeuern die Umrisse der Zecher erkennen, die wie Dämonen in der lodernden Hölle tanzend und gestikulierend umhersprangen. Achtern starrte ein einsamer Seemann aufs Meer hinaus, das Stundenglas war nicht gewendet, vergessen. Bis auf ihn schien der *Welpe* verwaist zu sein.

Thomas drehte sich um und begab sich raschen Schrittes zum Vorderdeck.

Aditi ging die Passagierkabine der Länge nach auf und ab, unfähig, Schlaf zu finden. Ihre Gedanken wirbelten wie Gewitterwolken. Erneut hörte sie Stimmen an der Tür. Der Stämmige mit dem schwarzen Bart trat ein und verbeugte sich. Sein Gesicht war rot, und sein Atem kam flach und stoßweise. »Despoina. Ich hoffe, ich habe Eure Ruhe nicht gestört.«

»Nein. Wo ist Euer gelbhaariger Freund?«

»Er geht anderen Pflichten nach. Verzeiht mir, doch ich muß auf den Punkt kommen, und zwar rasch. Es hat sich eine Gelegenheit ergeben, die ich heute nacht oder nie ergreifen muß.«

»Eine Gelegenheit zu was? Ist Euer Captain mit dem angebotenen Lösegeld nicht einverstanden?«

»Durchaus, doch ich fürchte, Ihr solltet wissen, daß er nicht imstande ist, irgendwelche Abmachungen einzuhalten. Unsere Schiffe sind zu schwer beschädigt, um segeln zu können, und die Reparaturen könnten Monate dauern.«

Aditi sog hörbar die Luft ein. »Ai, bis dahin ist vielleicht die *Santa Rosa* zurück und mit ihr weitere Schiffe.«

»Wahrhaftig, und bei so wenigen unversehrten Männern sind wir nicht in der Verfassung für noch einen Kampf.«

»Vielleicht werden uns die Goaner hier nicht finden.«

»Nein, Despoina. Dafür ist es schon zu spät. Unter den Händlern, die uns dienen, sind goanische Spione. Unser Aufenthaltsort ist bereits ebenso bekannt wie der Umstand, daß sich De Cartago bei uns aufhält.«

Aditi umklammerte ihre Unterarme, die sich kalt anfühlten. »Was habt Ihr vor?«

Er schilderte ihr in Umrissen seinen Plan.

Aditi bekam große Augen. »Das wollt Ihr für uns tun?«

»Für mich«, sagte er mit einem spöttischen Lächeln, das sichtlich ihm selbst galt.

»Gegen Eure eigenen …«

»Es wird keinem ein Leid zugefügt, und wenn der Zauberer fort ist, droht allen geringere Gefahr. Captain Wood hat es in mein Ermessen gestellt, ob ich Euch mit Despos De Cartago zusammenbringe, damit wir, wie er glaubt, die weiteren Einzelheiten der Übergabe besprechen. Beeilen wir uns, Despoina.«

Die Gelegenheit, die kleine, kahle Passagierkabine zu verlassen, nahm sie gern wahr. Der dürre alte Seemann, der ihre Tür bewacht hatte, schloß sich ihnen an, als sie den Korridor betraten. Aditi spürte seinen Blick in ihrem Rücken. Sie sehnte sich danach, dieses Schiff mit seinen verlorenen und versehrten Männern zu verlassen. Sie war sich überaus bewußt, wie leicht die Bande der Zivilisation reißen konnten. Ein falscher Schritt, ein Umschlagen des Windes, und sie mochte sich plötzlich als Lamm in einer Herde von Wölfen wiederfinden.

Sie wurde in ein Zimmer geführt, das demjenigen, das sie verlassen hatte, ähnelte, aber noch kleiner war. An einem Tisch saß Bernardo, die Hände gefesselt. Die Erschöpfung hatte Spuren in seinem edlen Gesicht hinterlassen. Er begrüßte sie mit einem bedauernden Lächeln.

Aditi ging zu ihm hin und legte ihm eine Hand auf die Schulter. »Bernardo. Haben sie dir etwas angetan?« Sie sprach Marathi.

»Nein. Doch ich habe nicht geruht, und mein Magen verträgt ihre Speisen nicht. Es tut gut, dich zu sehen, mein Falke.«

Bei diesem Kosewort zuckte Aditi innerlich zusammen. »Hat er dir seine Pläne verraten?«

»Er hat.«

Aditi runzelte die Stirn. »Traust du ihm?«

»Nach dem zu urteilen, was ich sah, als sie mich auf Deck

verhörten, glaube ich nicht, daß diese Schiffe sehr bald wieder fahren können. Soviel ist wahr.«

»Du weißt, in welche Gefahr du dich begibst, wenn du nach Goa zurückkehrst.«

De Cartago hob die Hände an seine Brust. »Ich bin kein Narr, Aditi. Ich bin vorbereitet.«

Thomas war überrascht, als er sah, daß Master Thatch eine andere Tür als zuvor bewachte.

»Ah, Master Chinnery, ich habe mich schon gefragt, wann Ihr auftauchen werdet. Euer Freund ist bereits drin, und die Besprechung hat schon begonnen.«

Thomas blinzelte verwirrt. »Wie bitte, Sir? Meint Ihr Lockheart? Ich dachte, er sei an Land gegangen. Und solltet Ihr nicht auf Lady Aditi achtgeben?«

»Ganz recht, Sir, und sie ist da drin, mit dem Zauberer. Sie sind beisammen, um die Pläne für die Übergabe zu besprechen. Hat man Euch das nicht gesagt?«

Thomas schüttelte den Kopf. »Tut nichts zur Sache. Darf ich eintreten?«

»Sicherlich, und sollte es Euch an etwas fehlen, so wendet Euch an mich.«

»Das werde ich.« Thomas stieß die Tür auf und trat ein. De Cartago und Lockheart saßen am Tisch und Lady Aditi stand etwas abseits. Alle starrten ihn an wie Kinder, die man bei einem verbotenen Spiel erwischt hat. Als Thomas Aditis Blick begegnete, spürte er, daß sie wußte, weshalb er gekommen war.

»Thomas?« sagte Lockheart. »Was gibt's? Ich dachte, Ihr hütet unten Eure Schäfchen.«

Thomas ballte die Fäuste, und sein Hals fühlte sich trocken an. »Ein verlorenes Schaf ist zur Unzeit zurückgekehrt.« Er sah De Cartago an, sagte jedoch auf griechisch: »Ich glaube, man hat mich belogen.«
Lady Aditi sagte: »Ihr habt das Blut benutzt.«
»Ihr seht aus, als hättet Ihr ein Gespenst gesehen, mein Junge«, stellte Lockheart fest. »Ich bitte Euch, setzt Euch und macht es Euch bequem.«
»Wenn Ihr wüßtet, wie sehr Eure Worte zutreffen, Sir«, bemerkte Thomas und setzte sich. An De Cartago gewandt, sprach Thomas auf lateinisch: »Ich muß die Herkunft dieses Pulvers erfahren, *Magister.*«
»Einen Moment«, unterbrach Lockheart. »Zäumen wir das Pferd nicht von hinten auf. Was ist geschehen, daß Ihr so panisch und bleich ausseht?«
Thomas sagte auf lateinisch, damit ihn auch der Zauberer verstand: »Erinnert Ihr Euch an Nathan, den Gesellen des Zimmermanns? Als ich ihn bei meiner letzten Visite untersuchte, lag er reglos, und weder pulsierten seine Venen noch drang Atem aus seinem Mund. Ich gab ein wenig von diesem Pulver zwischen seine Lippen. Nach kurzer Zeit erwachte der Junge lebendig und mit heilenden Wunden. Er war sich nicht bewußt, daß er ohne Leben gewesen war.«
De Cartago stieß einen langen Seufzer aus.
Lockheart warf dem Zauberer einen nachdenklichen Blick zu, dann lächelte er Thomas traurig zu. »Aber das ist doch kein Wunder. Ich war selbst Soldat und habe so manche Leiche gesehen, die vom Feld geschleppt wurde, nur um auf dem Weg zur Knochengrube das Leben wiederzuer-

langen. Der Junge war nicht tot, Tom, er hat lediglich geschlafen.«

»Ich weiß, was ich gesehen habe, Sir!«

De Cartago fragte: »Gibt es dafür einen Zeugen?«

»Nein, *Magister.* Es war dunkel. Kein anderer hätte es sehen können.«

»Dann haben wir also nur Euer Wort, daß es zu dieser erstaunlichen Auferstehung kam«, meinte Lockheart. »Hattet Ihr genug Ruhe, Tom?«

»Nachdem wir uns getrennt hatten, Sir, habe ich die Männer in meiner Obhut untersucht und mich dann zur Ruhe begeben. Ich schlief ein, erwachte jedoch von Alpträumen.«

»Und Ihr seid sicher, daß diese Begebenheit nicht Teil Eurer Träume war?«

»Ich kenne den Unterschied, Sir!«

Lockheart streckte seine fleischige Hand aus und schlug Thomas auf die Schulter. »Ich denke, Ihr benötigt selbst einen Trank, der noch mächtiger ist als pulverisiertes Affenblut. Bleibt doch ein wenig, und ich bringe Euch etwas vom guten Madeira unserer Gäste. Versucht, sie nicht allzusehr mit komischen Fragen zu peinigen, eh?«

Mit einem Zwinkern erhob sich Lockheart und schritt aus der Passagierkabine. Thomas hörte ihn noch einen Moment lang mit Master Thatch scherzen, dann verloren sich seine schweren Schritte im Korridor.

»Ich hatte Euch gewarnt, es nicht zu benutzen«, sagte Lady Aditi in holprigem Latein.

»Doch Ihr habt mir nicht den Grund genannt, Domina, und ich habe verzweifelt nach einem Heilmittel gesucht.

Es hat sich als äußerst mächtige Medizin erwiesen, und deshalb muß ich mehr darüber erfahren.«
De Cartago behielt die Tür im Auge und krauste dabei die Stirn. »Verzeiht uns, Magister Chinnery, daß wir nicht aufrichtig mit Euch waren, doch wir haben einen Schwur getan, die Herkunft des Pulvers nicht zu offenbaren. Das ist einzig und allein etwas für … Eingeweihte.«
»Eingeweihte?« Seufzend strich Thomas sich mit den Händen durchs Haar. »*Magister,* seid Ihr ein Christ?«
»Ich war mal einer. Meine Studien haben mich jedoch veranlaßt, abtrünnig zu werden. Weshalb fragt Ihr?«
»Damit ich weiß, ob Ihr auch begreift, was ich Euch als nächstes fragen will. Habe ich durch den Gebrauch dieses Pulvers meine Seele oder die des auferstandenen Knaben der Verdammnis anheimgegeben?«
Lady Aditi legte die Stirn in Falten und streckte ihre schmalen Hände mit den langen Fingern aus. »Ihr könnt von Glück reden, Tamas, denn die Mahadevi hat Euch ihren Segen erteilt. Doch das ist nicht immer so. Und Euch wird beunruhigen, was Ihr nicht versteht. Wenn Euch Euer Glaube etwas wert ist, dann solltet Ihr uns das Pulver zurückgeben und vergessen, was Ihr gesehen habt.«
De Cartago hob eine Hand, um ihr etwas zu bedeuten, doch seine Fesseln kamen ihm dazwischen. Leise sprach er mit ihr in einer Sprache, die Thomas fremd war. Dann sagte er zu Thomas: »Was für eine Art Alchimist seid Ihr?«
»Man hat Euch getäuscht, *Magister.* Ich bin kein Alchimist, sondern Apothekergehilfe. Ich verwende Kräuter, Gewürze und alle möglichen Dinge, um Beschwerden zu lindern. Ich nehme an, daß wir einiges Wissen gemeinsam

haben, doch was wir durch unser Wissen zu erreichen versuchen, unterscheidet sich. Ich habe noch nie zuvor so eine mächtige Substanz benutzt.«
De Cartago hob die Brauen. »So? Dann ist meine Gefährtin also nicht die einzige, deren Wort man nicht vollends trauen kann.«
»Ich hatte nicht vor, Euch zu täuschen. Lockheart wollte, daß Ihr mich für einen Alchimisten haltet, vielleicht, um Euer Vertrauen zu erringen. Verzeiht mir. Nur eines, bitte … bin ich verdammt?«
»Ich weiß nicht, was ich Euch sagen soll. In Eurem Land nennt man solche wie Euch in meiner früheren Mutter Kirche Verräter an ihrem Glauben.«
Thomas seufzte. »Es ist also wahr, daß meine papsttreuen Landsleute aufgefordert werden, zwischen ihrem Glauben und ihrer Königin zu wählen. Das ist ein trauriger Stand der Dinge. Ihr meint also, daß dies das Blut eines Heiligen ist? Ist es eine päpstliche Reliquie?«
Der portugiesische Ehrenmann musterte ihn lange Zeit, und Thomas hatte den Eindruck, sorgfältig nach zwei Richtungen hin abgewogen zu werden. »Was würdet Ihr mir denn glauben? Mir, der ich für Euch ein Ketzer und Abtrünniger bin und nach verbotenem Wissen strebe? Ich könnte Euch phantastische Geschichten erzählen von Dämonen, die in der Gestalt von Sterblichen auf Erden umherstreifen, von Flammen, die ohne menschliches Zutun des Nachts auflodern, von Steinen, die wie Regen vom Himmel fallen. Was würdet Ihr davon denn schon begreifen?«
Thomas wußte nicht, ob er lachen oder verärgert auf-

schreien sollte. »Ihr seid wahrhaftig ein gewandter Magus, *Magister.* Ihr könnt ein Gespräch völlig aus der Bahn bringen und in sein Gegenteil verkehren. Doch das darf ich nicht zulassen. Vielleicht schert Euch der Zustand meiner oder der Seele irgendeines anderen Engländers ja nicht. Aber eines muß ich doch wissen.«

De Cartago und Lady Aditi blickten einander an. Sie schüttelte ernst den Kopf. De Cartago wandte sich wieder an Thomas und lächelte mit trauriger Belustigung. »Mein junger Löwe, zuweilen gibt es Dinge, die ein Weiser lieber für sich behält. Manches Wissen eignet sich eben nicht für den unvorbereiteten Verstand.«

Wie sehr das doch dem gleicht, was mein Vater sagte, als ich ihn bat, mir von seiner Arbeit zu erzählen, die er stets meinen Blicken entzog, dachte Thomas.

»Dennoch«, fuhr De Cartago fort, als spräche er zu einem Kind, »wenn Euch meine Meinung etwas bedeutet, so glaube ich, daß Eure Seele jetzt nicht mehr verdammt ist, als sie es gestern war. Doch andererseits, wenn es denn überhaupt eine Hölle gibt, bin ich schon lange verdammt.« Er schaute flüchtig zur Tür. »Nach dem heutigen Abend wird es vielleicht gleich sein, was ich denke.«

Stiefelschritte näherten sich der Tür, und Lockheart trat ein, drei Zinnbecher in der Hand. »Die gehen aufs Haus!« erklärte er, als er sie scheppernd auf dem Tisch abstellte. »Warum sollen nur die Männer am Strand Spaß haben? Wir haben auch genug Grund zum Feiern.« Mit einer Verbeugung setzte er einen Becher De Cartago vor. Der Zauberer neigte den Kopf, rührte den Wein aber nicht an.

Lockheart schob einen Lady Aditi zu. »Despoina?«
Sie warf nur einen kurzen Blick darauf und wandte sich dann ab.
Den letzten Becher stellte er Thomas hin. »Wenn die anderen was gegen Geselligkeit haben, so werdet doch wenigstens Ihr mit mir trinken, eh, Tom? Habt Ihr irgendwelche glaubhaften Geschichten gehört?«
Thomas schloß die Augen und seufzte. »Sie haben mir nichts Nützliches erzählt.«
»Aye, die haben Zungen wie Schlangen, was? Nun ja. Nippt einmal an diesem Wein, denn mir ist gerade ein glorreicher Gedanke gekommen.«
»Tatsächlich?« Thomas nahm den Becher.
»Tatsächlich«, sagte Lockheart und setzte sich. »Erinnert Ihr Euch an Bandy Ted von der *Benjamin,* der vor noch nicht einmal zwei Tagen an Skorbut starb?«
»Aye. Man hat ihn noch in derselben Nacht bestattet.«
»Den meine ich. Wäre das nicht ein erstklassiger Prüfstein für Euer Wunderpulver? Laßt uns versuchen, ihn zum Leben zu erwecken.«
Thomas stellte sich vor, wie der verwesende Leichnam sich aus dem sandigen Grab erhob. »Seid Ihr von Sinnen, Sir? Das wäre ja abscheulich!«
»Ha. Aus bloßer Zimperlichkeit wollt Ihr einen guten Menschen um seine Auferstehung bringen? Um Euren Magen zu schonen, wollt Ihr ihn dazu verdammen, in fremder Erde zu liegen? Oder fürchtet Ihr nur, Euch zum Narren zu machen, wenn sich außer einer Sandkrabbe nichts rührt?«
De Cartago sah zu Thomas und bat um Übersetzung.

»*Magister,* er schlägt vor, das Pulver an einem Mann zu erproben, der seit zwei Tagen tot ist.«

Lady Aditi schrie auf und schlug die Hände vor den Mund.

Der Zauberer starrte Lockheart an. »Das kann doch nicht Euer Ernst sein.«

»Meint Ihr, wir werden keinen Erfolg haben?«

»Mehr und weniger, als Euch lieb ist. Aber dies ist doch sicher nicht der richtige Augenblick für ein solches Experiment.«

»Es gibt eine Zeit der Worte, Senhor De Cartago«, sagte Lockheart, »und eine Zeit der Taten.«

»Und diese Zeit haben wir jetzt?« fragte De Cartago und starrte den Schotten freiheraus an.

»Bald«, antwortete Lockheart, und seine heiteren Augen blickten ernst drein. An Thomas gewandt, fügte er auf englisch hinzu: »Es bringt nichts, wenn wir weiter hier herumsitzen und schwatzen. Kommt, mein Junge.«

Die letzten Worte hatten einen befehlenden Unterton, den Thomas bei Lockheart bislang noch nicht gehört hatte. Er stützte sich auf dem Tisch ab und stand auf. Mit einer Verbeugung zu De Cartago sagte er: »Ich wünsche Euch eine gute Nacht, *Magister.*«

»Ich Euch ebenfalls, Kräuterkundler.«

Thomas nickte Lady Aditi zu. »Mylady.«

Sie neigte den Kopf, und der Blick ihrer blauen Augen heftete sich auf ihn. »Seid weise, Tamas, sonst bringt Ihr Verderben über alle ringsum.«

Ihre Worte beunruhigten ihn. »Gewiß, Mylady.«

8

ZAUNRÜBE:

Diese Kletterpflanze wird auch Gichtwurz oder Teufelsrübe genannt. Sie hat einen dornigen Stengel und eine fleischige Wurzelknolle. Sie bringt gelbe Blüten und schwarze Beeren hervor. Obgleich sie ein nützliches Abführmittel abgibt, hält man die Pflanze oft für böse, weil schlechte Menschen ihre Wurzeln ausgraben und sie als die viel mächtigere Alraune verkaufen, wodurch sie hoffnungsvolle Käufer täuschen und vergiften. In großen Mengen genossen, ist die Knolle nämlich giftig, und auch die Beeren sind recht giftig …

Als Thomas noch dastand und über Lady Aditis Warnung nachsann, stieß Lockheart die Tür auf, und Thomas fühlte sich grob hinausgeschubst, wobei er kopfüber gegen den Schiffsprofos stürzte. Master Thatch ließ eine Schimpftirade vom Stapel, und Lockheart rief: »Herbei, braver Thatch! Sputet Euch! Eure Gefangenen planen die Flucht! Der Zauberer hätte uns beinah verlockt, ihnen Vorschub zu leisten. Herbei, und wacht mit Adleraugen über sie, daß sie uns nicht durch Zaubersprüche und Bannformeln entfliehen!«

Thomas wollte schon protestieren, doch Lockheart verschloß ihm mit der Hand den Mund.

»Der arme Tom ist noch ganz von ihnen betört. Ich muß ihn an die frische Luft bringen. Herbei, Mann, bevor Euch die Magier durch die Lappen gehen!«

Mißtrauisch spähte Thatch durch die Tür. Lockheart versetzte ihm einen Tritt, daß er ins Zimmer fiel, und zog hinter ihm die Tür zu, worauf er sie noch mit einem Eisenschlüssel zusperrte. Er achtete nicht auf das Gehämmere und Gefluche auf der anderen Seite der Tür, sondern schlang dem verdutzten Thomas einen Arm um die Schulter und führte ihn den Korridor entlang.

»Was ist nur in Euch gefahren?«

»Der Geist Apollos, mein Junge, und der von Pan außerdem, dünkt mich. Fandet Ihr es denn nicht lustig?«

Ist der Mann betrunken? Er riecht nicht danach. »Nein,

und Captain Wood wohl auch nicht, wenn er davon hört. Er wird vom Schlag getroffen zerplatzen.«
»Ah, das wäre wahrlich ein Anblick.« Lockheart stieg die Leiter zum Hauptdeck hinauf, und Thomas folgte.
»Kein sehr schöner, wenn Ihr es seht, während Ihr von der Rahne baumelt. Jesus, ist das dunkel! Wißt Ihr, warum alle Lampen aus sind?«
»Alle sind an Land, mein Junge. Wer muß schon etwas sehen?«
Thomas nahm die Umrisse von Männern mit Turbanen wahr, die in den Schatten der Masten und der Reling kauerten. »De Cartagos Leute sind noch hier.«
»Eh? Oh, das sind Mohammedaner. Die halten nichts vom Trinken. Eine traurige Sache. Kommt, hier ist das Seil; unten wartet das Boot.«
»Ihr seid entschlossen, dieses widerliche Experiment auszuführen?«
Lockheart packte ihn an der Schulter. »Lediglich, um Euch zu beruhigen, mein Junge. Wenn für Euch einmal erwiesen ist, daß Euer Wunder nur ein Trugbild war, braucht Ihr nicht länger um Eure Seele zu bangen, sondern könnt an anderen Festen und Willkommensfeiern als denen Verstorbener teilnehmen. Wollt Ihr nun gehen?«
Mir scheint, ich muß dieser seltsamen Laune in ihm nachgeben. »Na schön. Dieses eine Mal, Sir, bete ich, daß Ihr recht habt.«
»Nur dieses Mal? Ich bete ständig darum, recht zu haben.«
»Gäbt Ihr Euch zufrieden, wenn ich mich sogleich unter die Zecher mischte und keinen Versuch unternähme, erst eine verlorene Seele zurückzuholen?«

»Was? Und dem armen Ted die Gelegenheit verwehren, an der Zecherei teilzunehmen?«
»Mir scheint, es wäre ihm nicht sehr dienlich. An einer Kreatur, die nur aus Knochen besteht, würde doch jeder Schluck abtropfen.«
Lockheart lachte. »Also gut, ich gäbe mich zufrieden. Aber von diesem Auferstehungsunsinn will ich nichts mehr hören, eh? Überlaßt das Zeug den alten Propheten und strebt nach Taten, die zur Domäne der Jugend gehören. Los, hinab mit Euch. Ich werde folgen.«
Thomas schaute über die Reling. Er hörte, wie weit unten in unvollkommenem Rhythmus Wasser gegen Holz schlug, und sah die schwachen Umrisse des Ruderboots, das neben dem Schiff dümpelte. Thomas schluckte sein Unbehagen hinunter und schwang ein Bein über die Reling, wobei er das grobe Hanfseil ergriff. Er tastete mit dem Fuß umher und fand eine Sprosse, auf die er sich sinken ließ, bis sein ganzes Gewicht auf der Strickleiter ruhte.
»Beeilt Euch etwas mein Junge. Hurtig.«
»Zuviel Eile ist genau das, was ich fürchte«, murmelte Thomas und tastete beim Hinabsteigen nach jeder Sprosse. Auf halbem Weg blickte er hoch und sah, daß sich Lockhearts dunkle Umrisse vor dem sternklaren Himmel abzeichneten, als hätte ein schattenhaftes Höllenwesen seine Gestalt angenommen und drängte Thomas nun hinab ins Verderben.
Ein lauter Schlag wie ein Pistolenschuß oder Holz, das gegen Holz kracht, erklang vom Heck des Schiffes. Thomas hörte Lockheart über sich leise fluchen.

»Anscheinend ist es Master Thatch gelungen, das Schloß aufzubrechen«, rief Thomas hinauf.
»Mag sein. Ich werde mich drum kümmern, mein Junge. Steigt ins Boot hinab. Ich komme gleich nach.«
Thomas kletterte weiter hinunter, bis sein Fuß die Sitzbank des Bootes ertastete. Er hörte ein Geräusch über sich und sah wieder hoch – etwas traf ihn ins Gesicht, und er fiel rücklings ins Boot. Ein stechender Schmerz durchfuhr seine Schultern und Arme. Orientierungslos schlug er um sich, in Seile verstrickt. Er hielt inne und atmete eine Weile tief durch, während er darauf wartete, daß das heftige Schaukeln des Boots nachließ.
Das ist nur die Leiter, die auf mich gefallen ist. Sie muß sich von der Reling gelöst haben. Jetzt kann Lockheart nicht mehr zu mir herunter, und ich kann nicht hochklettern, um ihm beizustehen.
Thomas befreite sich von der Strickleiter und setzte sich lauschend auf. Schwach drangen die Rufe und Gesänge der Mannschaft am Strand über die Lagune heran. Das gegen das Ruderboot und das Schiff schwappende Wasser erschien im Vergleich dazu laut. Trotzdem wurde sich Thomas anderer Geräusche bewußt, ungewöhnlicher Geräusche: leise Schritte oben auf Deck, Stimmen, die nicht englisch klangen.
Versuchten De Cartagos Leute, das Schiff in ihre Gewalt zu bekommen? Thomas sah zum Strand und überlegte, ob er Alarm geben sollte. *Nein, sie würden mich nicht hören. Aber was kann ich tun? Befindet der Captain sich bei den Zechern oder an Bord?*
Weitere Geräusche erklangen vom Achterdeck, und auf

der anderen Seite des Schiffes war ein Platschen zu hören. Thomas dachte angestrengt nach, wie er wieder an Bord kommen sollte. Der Rumpf des *Welpen* ragte über ihm auf, eine nicht erklimmbare schwarze Klippe. Die Reling war viel zu weit oben, um die Strickleiter hinaufwerfen zu können. *Ah. Die Ankerkette auf der anderen Seite des Bugs. Vielleicht kann ich da hochklettern.*

Thomas häufte die Strickleiter im Heck des Ruderboots auf und kniete sich auf die Sitzbank. Die Hände flach gegen die feuchte Seite des *Welpen* gepreßt, zog er sich am Rumpf entlang und dankte Gott für die ruhige See.

Als er den Bug umrundete, wirkte die Galeonsfigur über ihm, bei Tageslicht eine gewöhnliche Meerjungfrau, wie ein Wesen aus seinen Alpträumen, danach lechzend, sich auf ihn zu stürzen. Schließlich suchte er an Backbord nach der dunklen Ankerkette – doch sein Blick wurde auf einen anderen dunklen Umriß gelenkt, mehrere Yard neben dem *Welpen.* Laternen auf dem seltsamen Fahrzeug zeigten, daß es ein Lateinsegel von der Sorte führte, wie Thomas sie im Arabischen Meer gesehen hatte. Männer mit Turbanen hangelten sich von dort an Seilen die Seite des *Welpen* hinauf.

Eine Dhau! Nicht De Cartagos Leute, sondern arabische Piraten! Thomas erstarrte, und sein Herz klopfte.

Als er die Ankerkette sah, griff Thomas danach und stellte fest, daß sie sich schleimig anfühlte. *Unmöglich, an ihr hochzuklettern. Und vielleicht werde ich bei dem Vesuch gesehen.*

Etwas prallte gegen das Ruderboot, eine dunkle Masse, die im Wasser trieb. Thomas schaute genauer hin und sah, daß es eine Leiche war. Er drehte sie um, so daß Licht auf sie fiel – es war Master Thatch. Angeekelt überlegte Thomas, ob er den Mann ins Ruderboot ziehen sollte, um ihn wiederauferstehen zu lassen. Als er nach der Leiche griff und sie mit den Fingerspitzen anstupste, blubberte Luft unter Thatchs Kleidung hervor, und ohne Auftrieb versank die Leiche in der Tiefe.

Er hörte Stimmen von der Dhau, und die Laterne zeigte einen Mann mit dunklem Bart, der einigen turbantragenden Seeleuten Zeichen gab. Hinter ihm war das Glitzern von Goldfäden in scharlachfarbenem Stoff zu sehen.

Sie haben Lockheart! Und Lady Aditi!

Der Zorn schied seine Gedanken von der Vernunft, und Thomas ließ die Ankerkette los. Er kauerte sich nieder, bis er der Länge nach im Skiff lag, die Brust über dem Bug, so daß seine langen Arme das Wasser erreichen konnten. Lautlos wie ein Hai paddelte Thomas auf die Dhau zu. Auf dem Vordeck erschien niemand, der ihn hätte bemerken können.

Die letzten paar Meter glitt Thomas dahin und dämpfte mit Händen und Armen den Aufprall, als er den Rumpf der Dhau erreichte. Er klammerte sich ans Holz, wartete ab und lauschte.

Er verstand nichts von dem melodischen Geplapper, doch es schien, als hätten die Araber sich alle in der Mitte des Schiffs versammelt, vielleicht, um die Preise zu bewundern, die sie errungen hatten. Als Thomas über sich weder Stimmen noch Schritte hörte, wagte er es, Kopf und Schultern zu heben, um auf das Deck zu lugen. Der Teil eines Deckaufbaus versperrte ihm den Blick auf die restliche Dhau, doch in seiner Nähe war kein Mensch zu sehen. Thomas nahm alle Kraft zusammen und zog sich mit schon schmerzenden Armen an Deck, wobei er das Ruderboot wegtrat. Er kroch zu einer Kajütenwand und kauerte sich dahinter.

Gelächter und Rufe erklangen von der Mitte des Decks, dann näherten sich leise Schritte. Thomas suchte herum, nach einem Segel oder Tau, hinter dem er sich verstecken konnte; statt dessen stießen seine Hände auf einen Lukendeckel. Er zerrte ihn auf und schlüpfte hinein und ließ den Deckel hinter sich zufallen.

Er stürzte etwa einen halben Meter tief und landete in der Dunkelheit auf etwas, was sich wie aufgeschossene Seile und Lagen von Fischernetzen anfühlte. Über ihm wurden die Schritte langsam lauter und verklangen wieder. *Gott sei's gedankt. Man hat mich nicht entdeckt.*

Der Raum roch nach Fisch und nassem Hanf. Er spürte schmerzhafte Nadelstiche an den Armen und am Bauch – Splitter vom abgewetzten Holz der Lukenöffnung. *Und nun, du Geistesriese?* hielt er sich vor. *Was machst du nun?*

Zahlreiche Schritte näherten sich und stiegen irgendwo vor ihm eine Treppe hinab. Licht glomm auf, bildete einen Meter vor seinem Gesicht die Umrisse einer Tür. Dicht vor ihm ertönte das Lachen arabischer Stimmen.

Die Dhau erbebte und legte sich schräg. Thomas fiel nach hinten auf einen Haufen Netze. Das Wasser auf der anderen Seite des Schotts schwappte lauter und im Rhythmus einer seichten Dünung. *Mist, sie haben abgelegt! Jetzt sitze ich wirklich und wahrhaftig fest.*

Jemand hantierte am Riegel der Tür vor ihm. *Ich muß mich verstecken. Aber wie, wenn ich rundherum nichts sehen kann?* Thomas krabbelte seitwärts von der Tür weg, bis er gegen das Schott gedrängt war.

Die Tür ging nach innen auf, und zum Glück befand er sich dahinter, außerhalb des Blickfelds. Lampenlicht drang ein und verriet, daß er sich in einem Lagerraum aufhielt, der den größten Teil des Bugs einnahm.

Zwei Männer beugten sich durch die Tür. Etwas stürzte mit einem lauten *Womp* zu Boden oder wurde hineingeworfen, dann schloß sich die Tür wieder.

In der neuerlichen Dunkelheit seufzte Thomas erleichtert auf. Aus der Mitte des Raums drang ein Stöhnen.

»Sir?« wisperte Thomas. »Master Lockheart, seid Ihr das? Wie befindet Ihr Euch?« Er streckte die Hand aus und spürte triefnassen Samt zwischen den Fingern.

»Ah. Ihr. Der junge Christ, der um seine Seele fürchtet«, sagte eine Stimme leise auf lateinisch. »Seid Ihr ebenfalls zum Judas geworden?«

»Senhor De Cartago?«

»Oder seid auch Ihr ein Opfer ihres Treibens?«

Thomas schluckte. »Ich verstehe nicht, *Magister.* Ich kam in der Hoffnung an Bord, meinen Freund und Eure Lady Aditi zu retten.«

»Wahrhaftig? Dann seid Ihr ein Narr, wenn auch ein barmherziger. Euer Freund ist ein Schuft und durchtrieben. Was meine Lady angeht … sie dient auf eine Weise einer Macht, die jenseits meines Fassungsvermögens liegt.«

»Was sagt Ihr, *Magister?* Daß Lockheart mit den Piraten im Bunde ist?«

»Er sagte, er werde uns zur Flucht verhelfen. Eure Schiffe könnten nicht mehr segeln und Eure Leute uns nicht mehr schützen. Er sagte, die Küstenhändler, mit denen er Handel treibe, hätten ihm eine Passage nach Goa angeboten. Aber man muß sie bezahlen, oder? Jeder weiß, daß auf meinen Kopf eine Prämie ausgesetzt ist. ›Spielt den Gefangenen‹, sagte Euer Freund. ›Wenn die Zeit reif ist, könnt Ihr fliehen.‹ Doch er erlaubte ihnen, mich zu schlagen und unter Drogen zu setzen. Und ich glaube nicht, daß ich eine Rolle spiele. Mein Kopf soll für ihre Passage aufkommen.«
»Warum sollte Euch Eure Lady so hintergehen?«
»Sie dient einem höheren Zweck. Ich kann es ihr nicht verdenken. Es steht viel auf dem Spiel, wenn sie von den Falschen gefangengenommen wird.«
Wieder hörte Thomas draußen Gelächter; ein herzhaftes Lachen, das er erkannte. Kälte erfüllte ihn. *Lockheart wollte mich vom Schiff haben, weil er wußte, daß das hier geschehen würde. Ohne einen kampffähigen Mann an Bord war sein Plan narrensicher. Und indem ich dieses Schlangennest aufsuchte, habe ich das Verhängnis über mich gebracht. Also irgendwann werden sie mich hier entdecken. Das Mindeste, was ich tun kann, ist Lockheart überraschen und ihn wissen lassen, daß er seine abscheuliche Tat nicht ohne Zeugen begehen kann.*
Thomas trat die Tür auf und stolperte blinzelnd in eine mit dunkelhäutigen Männern überfüllte Kabine hinein. Vor ihm ragte Lockhearts breiter Rücken auf. »Was habt Ihr getan, Mann?« schrie Thomas.
Lockheart wandte sich um, und sein Gesicht erbleichte. »Thomas?«

»Aye, und welchen Namen tragt Ihr? Lautet er nicht Judas?« Drei der arabischen Piraten ergriffen ihn und drehten ihm die Arme auf den Rücken. Thomas widersetzte sich kurz, dann stellte er fest, daß er gegen sie nicht ankam.

Lady Aditi erschien am anderen Ende der Kabine und näherte sich ihm mit sorgenvollem Blick. »Ihr habt meine Worte mißachtet, Tamas«, sagte sie auf griechisch. »Ihr wart nicht sehr klug.« Sie klopfte auf sein Wams, dann zog sie das kleine Holzkästchen mit der kostbaren Flasche hervor.

»Meine Fahrt ist beendet, Despoina, so oder so.«

»Nicht unbedingt«, sagte sie und reichte das Kästchen Lockheart. »Doch Eure Fahrt wird nun länger dauern. Und schwieriger sein.«

Lockheart starrte ihn gequält an. »Wie es scheint, entläßt mich Mutter Fortuna nicht aus meinem vorbestimmten Schicksal«, murmelte er. »Ich hatte gehofft, dich verschonen zu können, mein Junge. Uns beide verschonen zu können.«

»Aha. Werdet Ihr mich nun töten wie Master Thatch?«

Lockheart schüttelte den Kopf. »Das war das Werk der Lady. An Euch ist es noch nicht, zu sterben.«

Seine fleischige Hand kam auf Thomas' Gesicht zu, und Thomas spürte den derben Hieb an seiner Schläfe. Der Raum wirbelte, als er rücklings gegen die Männer stürzte, die ihn festhielten. Vor seinen Augen gleißten seltsame Lichtblüten auf, die zu völliger Schwärze verblaßten.

9

APFEL:

Dieses wohlgelittene Obst soll ursprünglich aus dem Osten gekommen sein. Es gilt als Heilmittel für viele Krankheiten. In alten Geschichten strebte man durch heilige Äpfel nach Unsterblichkeit. Man verwendete sie als Glücksbringer oder zum Treuebeweis. Außerdem heißt es, daß Äpfel die Begierde nach Verbotenem wecken. Im Paradies könnte der Apfel die Frucht des Wissens gewesen sein, und durch Evas Sündenfall steht er für Verführung, Ungehorsam und den Verlust der Unschuld …

Bruder Timóteo stürmte den Korridor entlang, das Protokollbuch fest an seine Brust gedrückt. Das Hämmern seines Herzens klang lauter in seinen Ohren als das Getrampel seiner Schritte. *Ich habe gesündigt. Ich habe für den Padre, den Erzbischof und den Papst gesündigt. Es ist falsch, falsch, vergib mir, o Herr, richte es, doch ich habe gesündigt, und das ist falsch, und dafür werde ich gewiß für immer in der Hölle schmoren.*

Bei der Frühmette hatte Domine Pinto ihm zugeflüstert, daß man die Protokolle von Governador Coutinhos Prozeß unter einem Stapel Papiere in einem Lagerraum unweit der Küche finden könne. Es dauerte nicht lange, und Timóteo entdeckte den ledergebundenen Band zwischen Papierfetzen, Lumpen und Holz, das zum Feuermachen bereit lag, als habe eine höhere oder niedere Macht gewollt, daß Timóteo ihn an sich nahm. Doch er hatte dem Koch ein Märchen auftischen müssen und behauptet, Domine Sadrinho habe ihn geschickt. Natürlich glaubte ihm der Koch, denn jeder in der Santa Casa wußte, daß Bruder Timóteo gut und gottesfürchtig war und nie und nimmer eine Lüge ausspräche.

Der geflieste Korridor, der zu den Schlafsälen führte, dehnte sich unglaublich lang vor ihm aus. Das große schwere Buch hinderte ihn am Laufen. Timóteo bemerkte den kleinen Tisch nicht, dessen stämmiges Bein in seinen Weg hinausragte. Sein Fuß verfing sich am Tischbein, und er taumelte nach vorn. Er riß weit die Arme auseinander, und das Protokollbuch flog wie ein in die Freiheit entlassener Vogel auf, wobei sich die Buchdeckel wie Schwingen ausbreiteten.

Mit großem Getöse und Gepolter stürzte Timóteo auf seine knochigen Knie und Ellbogen. Das Buch landete gleich darauf, schlitterte vor ihm den Korridor entlang, und lose Blätter breiteten sich aus wie ein Damenfächer.

»Bitte nicht, Herr, bitte nicht. Laß das niemanden gehört haben«, flüsterte Timóteo. Er hastete auf Händen und Knien voran, um die zu Boden gefallenen Papiere einzusammeln. Seine Hände zitterten, so daß beim Aufklauben jede Seite wie ein Palmblatt im Wind raschelte.

Die Seiten waren durcheinandergeraten, und als er sie auflas, versuchte Timóteo genug Fassung zu bewahren, um sie wieder in die richtige Reihenfolge zu bringen. Sie waren nicht numeriert, und jede Seite war von oben bis unten beschrieben, vorne und hinten. Timóteo mußte jedesmal Anfang und Ende überfliegen, um herauszufinden, welche Seite auf welche folgte.

Anfangs las er lediglich trockene Schilderungen wiederholter Fragen nach Verwandten, Häufigkeit des Kirchgangs und täglichen Regierungspflichten. Dann stieß er auf den Bericht von Coutinhos Bekenntnis ... und hielt inne. Hier standen Namen, die Timóteo in den Büchern seines Großvaters und in *Os Lusiadas* gelesen hatte, von Leuten und Wesen aus der goldenen Vergangenheit, eingehüllt in die Nebel des Bergs Olymp. Der Gouverneur hatte Beweise dafür gesehen, gestand er, daß die heidni-

schen Geschichten aus alter Zeit zutrafen. Besonders eine bestimmte Geschichte.
Wie in Trance griff Timóteo nach dem nächsten Blatt … und sah, daß es unter einem weichen Lederstiefel und dem Saum einer scharzen Robe lag. Langsam sah er zum Gesicht von Inquisitor Sadrinho auf. *Ai, ich werde nun nicht mehr lügen, Herr. Strafe mich.*
Mit ausdrucksloser Miene sagte Sadrinho: »Hier ist das Licht sehr schlecht zum Lesen, mein Sohn. Und es ist auch kein guter Ort.« Er kniete sich hin und nahm Timóteo sanft die Seiten aus den Händen. Er warf einen kurzen Blick aufs Papier, sammelte dann die anderen Seiten vom Boden auf und steckte sie in den Ledereinband zurück. Ohne ein weiteres Wort stand Sadrinho auf, klemmte sich das Buch unter den Arm und wandte sich zum Gehen.
»Vergebt mir, Domine«, sagte Timóteo, der noch immer auf dem Boden lag.
»Sprecht nicht mehr davon«, sagte der Inquisitor nachsichtig. »Richtet Bruder Pedro in der Küche aus, daß ich jetzt mein Frühstück mit Safranreis möchte.«
Timóteo sah zu, wie er davonging, und wartete auf den Gefühlsausbruch, der gewiß kommen mußte. Aber er kam nicht. Diese Ruhe erschien ihm beängstigender als jedes Auspeitschen mit dem Bambusrohr. Timóteo starrte die Arabesken auf den Fliesen an und wagte es nicht, sich zu erheben; er war zu erschüttert, um zu weinen.

Mit von der Morgenandacht erfrischtem Geist verließ Padre Gonsção die Kathedrale Sancta Katharina. Das Sonnenlicht war grell, die Luft klar und spröde wie Glas.

Der Tag versprach wieder heiß zu werden, und die Nacht auch. Die Plaza wimmelte bereits von prunkvoll gekleideten Menschen, denen Sklaven mit schattenspendenden Sonnenschirmen folgten, als hätte die Feuchtigkeit über Nacht einen Garten auffallend bunter, beweglicher Pilze hervorgebracht.

In der Ferne verkündeten Trompeten und Schalmeien ungestüm eine Hochzeit oder Taufe oder ein anderes familiäres Fest. Ein leichter Wind trug die Gerüche von Pfeffer und Zimt, Fisch und ranzigem Fleisch heran.

Erzbischof de Menezes trat neben Gonsção. Der Padre bemerkte, daß der Erzbischof lediglich eine einfache Benediktinerkutte trug und nur einen Diener bei sich hatte, der schweigend neben ihm stand. »Ein angenehmer Morgen, nicht wahr?« sagte de Menezes.

»Angenehm, Euer Exzellenz?« meinte Gonsção, und sein weißes Wollgewand schlug Falten. »Wir werden heute wieder schwitzen wie die Schweine.«

Der Erzbischof drohte ihm onkelhaft mit dem Finger. »Ihr habt Goa noch nicht unter dem Ansturm des Monsun erlebt, mein Sohn. Die Unwetter treiben riesige Wellen vom Meer herein. Die Orkane reißen die Palmwedel von den Stämmen und die Schindeln von den Dächern. Der Regen prasselt wie ein Schauer von Nägeln nieder. Nirgends ist Gott so dramatisch wie hier in Goa.«

Ein von acht Sklaven getragener purpurner Seidenpalankin hielt vor den Stufen der Kathedrale. Der Stoffvorhang wurde zur Seite gezogen, und eine hinreißende *mestiço*-Frau, die einen Betelkeks kaute, sah Gonsção eindringlich an. Gonsção runzelte verärgert die Stirn und schaute weg. Die Frau lachte und befahl ihren Trägern weiterzugehen.

»Vielleicht hält Gott in Goa«, murmelte Gonsção, »das Dramatische nur für besonders wichtig.«

»Da könntet Ihr recht haben«, sagte der Erzbischof. »Dies ist kein Hafen der Heiligen. Deshalb kleide ich mich auch oft so, wie ich bin, in ein einfaches Habit, um nicht unnötig Aufmerksamkeit zu erregen. Und ich rate auch jedem, nach Einbruch der Dunkelheit nicht mehr allein herumzulaufen. Trotzdem hat Goa seine Schönheiten und Wunder. Möchtet Ihr, daß ich Euch ein wenig die Stadt zeige? Wie Ihr vielleicht gehört habt, kann man in der Kirche des heiligen Paulus den wundersam konservierten Leichnam von Franz Xaver besichtigen. Dort sind manchmal Pilger aus Asien, Kathai und sogar von den Inseln Nippons zu sehen, wie sie ihm Tribut zollen.«

»Ihr ehrt mich, Exzellenz«, sagte Gonsção und trat auf die Plaza hinaus. »Doch ich bin sicher, daß Ihr Euch um Wichtigeres kümmern müßt. Genau wie ich.«

»Wie Ihr wollt.« Anschließend sagte de Menezes leise: »Was Euren Wunsch nach Beistand betrifft, mein Sohn, so fürchte ich, daß ich nur wenig für Euch tun kann. Ich habe mich an Governador da Gama gewendet, doch er und seine Minister wünschen keinen Streit mit der Santa Casa und werden sich nicht gegen sie aussprechen. Ihr müßt verstehen, Sadrinho hat allerorts *familiares.*«

»Ich verstehe, Exzellenz.«

»Inzwischen habe ich vernommen, daß die englischen Schiffe, die Captain Ortiz so übel mitgespielt haben, gesichtet wurden – sie haben südlich von hier in einem Hafen Zuflucht genommen und reparieren dort ihre Schäden, wie Ihr vermutet habt.«

»Dann haben wir vielleicht ein weiteres Puzzlestück. Ich erwarte, bald in die Mitschriften von Coutinhos Bekenntnis Einblick zu nehmen.«

Der Erzbischof hob die Brauen. »Unter der Nase von Sadrinho? Der Großinquisitor hat wahrhaftig eine kluge Wahl getroffen. Ihr seid beileibe ein findiger Mensch, Padre.«

»Ich bin Eurer Schmeichelei unwürdig, Exzellenz. Meine Methoden waren nicht die ehrenhaftesten.« Gonsção fiel eine Gruppe lachender Soldaten auf, die sich um den Springbrunnen in der Mitte der Plaza versammelten. Sie reichten einen kleinen Steinguttopf mit vielen Tüllen umher und versuchten, daraus zu trinken. »Was tun diese Männer da?«

»Mmh? Oh, das ist ein Spiel, eine Art Einführungszeremonie unter den *soldados*. Den Topf nennt man *gorgoleta*, und man muß es schaffen, Wein daraus zu trinken, ohne welchen zu verschütten. Eine schwierige Aufgabe, wie Ihr seht.«

»Merkwürdig. So etwas habe ich in Lissabon nie gesehen.« Der Erzbischof zuckte mit den Achseln. »Wer kann schon sagen, woher diese neuen Sitten kommen? Seid Ihr sicher, daß Ihr nicht mehr von unserer netten Kolonie sehen wollt? Wir könnten das alte Schloß in Bardes besuchen oder einen Ausritt aufs Land unternehmen. Man sagte mir, die Erzminen in den Bergen von Goa seien so ergiebig, daß sie von überall auf der Welt Alchimisten angezogen haben, die entschlossen sind, ihnen Gold und Kupfer abzuringen.«

»Nicht heute, Exzellenz. Aber vielen Dank.« *Dieses Gemisch von Völkern, Nationalitäten, Sprachen und Gebräuchen,* dachte Gonsção, *das ist eine Kakophonie des Geistes. Goa ist für die Zivilisation, was das Gekreisch und Geplapper von Kindern für die Musik ist.*

»Solltet Ihr es Euch anders überlegen, so steht es Euch frei, mich aufzusuchen. Es ist stets ein Vergnügen, mit jemandem zu sprechen, der erst vor so kurzer Zeit aus der Heimat gekommen ist. Möge Gott bei Eurer Arbeit mit Euch sein, mein Sohn.«

»Möge Gott Euch einen schönen Tag bereiten, Exzellenz.«

Der Erzbischof und sein Diener schlenderten davon und verschwanden bald zwischen den grellbunten Gewändern, Parasols und Sänften, von denen die Praça do Catedral erfüllt war.

Gonsção seufzte und wandte sich der Santa Casa zu, in der Hoffnung, daß ihm Bruder Timóteo etwas brachte, was für seine Augen weniger verlockend war und seinen Geist nicht so sehr bekümmerte.

10

STECHAPFEL:

Diese Pflanze wächst im Osten und wird auch Dornapfel oder Teufelsapfel genannt. Sie trägt eiförmige Blätter, die faulig riechen, und im Sommer blaßblaue Blüten. Der Saft dieser Pflanze verursacht Krämpfe und Visionen. Da eine Überdosis giftig ist, darf man sie nur mit größter Vorsicht verwenden. In Indien benutzen Diebe sie bei denen, die sie berauben wollen, Frauen bei ihren Männern, denen sie Hörner aufsetzen wollen, und Prinzen untereinander, denn der Stechapfel bewirkt, daß man sich wie ein Narr benimmt ...

Thomas wurde wie in einer Wiege geschaukelt, einer Wiege, die nach Fisch, altem Holz und der See roch. Irgendwo hinten in seinem Verstand sagte ihm ein Engel, daß er verletzt sei und man ihn unter Drogen gesetzt habe und daß er sich fürchten sollte. Doch er bekam seine Gedanken nicht soweit zusammen, um sich fragen zu können, wo er war und was für eine Droge das sein mochte.

So war es ihm früher schon ergangen. Thomas erinnerte sich dunkel an einen mit weißem Stoff bedeckten Tisch vor langer Zeit, als er noch ein Kind war. In einem ähnlich benommenen, gleichgültigen Zustand hatte sein Vater ihn auf den Armen getragen und auf den Tisch gelegt. Er hatte süßen Wein geschmeckt und brennendes Gerstenkorn gerochen. Eine wunderschöne Frau hatte in der Nähe gestanden, nur mit einem umgehängten Tuch bekleidet. Zu beiden Seiten hatten sich zwei große, schlanke Jagdhunde befunden.

Der Engel in Thomas' Verstand war ganz aufgeregt. »Das war nicht gerecht«, sagte er. »Das hätte man dir nicht antun dürfen.«

Thomas drehte den Kopf zur Seite und schloß die Augen. Er hörte fernes Dröhnen, ähnlich einem Donnergrollen. Einige Augenblicke verstrichen, und aus dem Dröhnen wurde der Hufschlag von Pferden. Drei, wußte er. Es waren immer drei.

Auf einmal rannte er durch den Wald, Sonnenlicht schnitt durch die Bäume und stach ihm in die Augen. Seine kleinen, gespaltenen Hufe berührten zwischen den Sprüngen kaum die Erde. Er wagte es, einen Blick zurück auf seine peinigenden Verfolger zu werfen; drei Frauen auf den Rücken von Pferden, deren Umhänge wie Flügel hinter ihnen drein flatterten. Er konnte ihre Gesichter nicht erkennen. Im schrillen Tonfall von Falken kreischten sie: »Mörder! Mörder!«

Er schaute wieder nach vorn und rannte geradewegs in das niedrige Geäst eines Eibenbaums. Sein Gehörn verfing sich in den Zweigen, und er konnte es nicht freischütteln. Die heulenden Jäger hinter ihm kamen näher und näher. Er hörte ein Pfeifen, und etwas traf ihn zwischen den Schulterblättern.

Er keuchte auf und öffnete die Augen. *Schon wieder ein Alptraum!* Verwirrt wandte Thomas den Kopf. Er erwartete nicht gerade, Wände aus zitternden Bambusgittern um sich herum zu sehen. Wo auch immer er sich befand, die arabische Dhau war es nicht mehr.

Mit Palmwedeln zusammengebundene Bambusstäbe bildeten nicht weit über ihm ein Dach. Er lag auf harten Holzplanken. Der Boden rumpelte und hüpfte und schaukelte, riß ihn immer wieder aufs Holz zurück. *Ich bin auf einem sich bewegenden Karren.*

Vorsichtig hob er Kopf und Schultern und versuchte, eine sitzende Haltung einzunehmen. Einige Augenblicke lang konnte er seine Arme und Hände nicht spüren, dann sog er scharf den Atem ein. Ein jähes Prickeln sagte ihm, daß man ihm die Hände auf den Rücken gebunden hatte und sein Blut erst jetzt seine Gliedmaßen wiederzuerobern begann.

»So, junger Löwe, du bist also wach.« Der Zauberer De Cartago lag neben ihm, seitlich zusammengekrümmt, ebenfalls mit gebundenen Armen. Sein blasses Gesicht zeigte mehrere große, lila verfärbte Prellungen.

Grundgütiger. Sehe ich genauso schlimm aus wie er? Was haben sie uns angetan?

»Den Geräuschen nach, die Ihr gemacht habt«, fuhr De Cartago fort, »möchte ich wetten, daß Eure Träume nicht gerade angenehm waren.«

»Ich werde oft von Alpträumen heimgesucht«, erklärte Thomas, erstaunt darüber, wie rauh seine Kehle war, als hätte er sie lange nicht benutzt. »Schon seit meiner Kindheit.«

»Ich bin sicher, der Stechapfel hat es Euch nicht unbedingt leichter gemacht.«

»Stechapfel?« Thomas spürte, wie das Prickeln an Gesäß und Schenkeln zunahm. Ihm wurde klar, daß er sich zu seiner Schande beschmutzt hatte – aber nicht eben erst. Er erinnerte sich an nichts mehr, nachdem Lockheart ihn niedergeschlagen hatte. »Wie lange haben wir geschlafen?«

»Ich weiß ebensowenig wie Ihr, wieviel Zeit verstrichen ist. Tage, nehme ich an.«

»Tage! Wir können von Glück reden, daß wir überlebt haben.«

»Mag sein. Sicher haben sie uns ab und zu gefüttert, obgleich ich mich nicht daran erinnern kann.«

»Ich auch nicht. Was ist Stechapfel?«

»Immer auf der Suche nach Wissen, was, *apothekos?* Das ist in Goa eine verbreitete Droge, die man zur Linderung von Schmerzen verwendet oder um jemanden gegen die Welt um ihn herum blind zu machen. Vielleicht solltet Ihr sie aufstöbern und Eurem Bestand hinzufügen.«

Thomas wandte den Kopf und lugte durch die Bambuswand, die ihn umgab. Er sah nur grelles Licht und smaragdgrünen Schatten. »Ich wüßte doch zu gern, wo wir sind.«

»Sie hatten vor, uns nach Goa zu bringen, Kräuterkundler. Dem Gestank nach kann es nicht mehr weit sein. In der Nähe von Goa ist der Mandori-Fluß sehr breit und hat einen eigentümlichen Geruch.«

Thomas holte tief Luft. Es fiel ihm schwer, über seinen Schweiß und Auswurf hinaus noch Gerüche wahrzunehmen, doch dann wurden ihm die Ausdünstungen von Staub, Tiermist, faulendem Obst und der See bewußt. Männer, die vor und hinter dem Karren liefen, redeten in einer Sprache, die er nicht identifizieren konnte, obwohl es zum Teil vielleicht arabisch war.

»Wer sind diese Männer, die uns gefangen haben?«

»Piraten und Diebe aus Oman. Wir werden uns nicht mehr lange in ihrer liebevollen Obhut befinden. Nur so lange, bis unser Lösegeld bezahlt ist.«

»Ist Lockheart noch bei ihnen? Ist er wirklich so niederträchtig, mich an die Portugiesen zu verkaufen?«

»Wer kann einem Menschen schon ins Herz schauen? Ich bin sicher, daß Aditi und er es nur auf mein Lösegeld abgesehen hatten. Ihr wart eine unverhoffte Dreingabe.«

»Aber wieso ...« Plötzlich hielt Thomas den Mund, aus

Angst, daß seine Worte als unhöflich aufgefaßt wurden, als verdiente es De Cartago, ein Gefangener zu sein, und er nicht.

»Wieso er uns nicht befreit hat? Darauf weiß ich keine Antwort.«

»Wißt Ihr, wer das Lösegeld für uns bezahlen wird?«

»Ihr seid vermutlich nur für den *governador* interessant, und der wird Euch wohl in Ketten auf eine der Galeeren von König Philipp schicken. Vielleicht ja gerade auf die, auf die Ihr bei meiner Rettung geschossen habt. Das wäre doch nur gerecht, oder? Was mich angeht, so wird man mich an jenen Ort schicken, den Dämonen in der Verkleidung von Heiligen bewachen.«

»Wird Euch Lady Aditi nicht helfen?«

De Cartago hüstelte. »Sie hat mir ein Werkzeug zur Flucht mitgegeben. Apotheker Chinnery, ich habe kein Recht, Euch um einen Gefallen zu bitten, und doch könntet Ihr mir einen Wunsch erfüllen.«

»Ich bin nicht gerade in der Position, Euch Hilfe zu leisten, *Magister.*«

»Mehr, als Ihr meint. Meine Hände sind gebunden und nutzlos, und ich möchte mir gern Eure leihen.«

»Meine Hände sind genauso gebunden, *Magister.*«

»Doch vielleicht können sie dorthin langen, wo meine nicht hinkönnen. Ich habe ein Amulettbeutelchen mit dem gleichen Pulver um den Hals hängen, das Ihr verwendet habt, um ein Mitglied Eurer Mannschaft wiederzubeleben.«

Ein Frösteln durchlief Thomas. »Tatsächlich?«

»Ich bin verwundet worden und möchte Linderung haben.

In Goa wird man mir noch weitaus schlimmere Wunden zufügen. Seid bitte so gut und verabreicht mir das Pulver, damit ich ein wenig ruhen kann.«

»Magister, ich würde diese Substanz lieber nicht mehr benutzen.«

»Egal, welchen Schaden sie Eurer Ansicht nach Eurer Seele zufügen könnte, er ist bereits angerichtet. Und Ihr habt sie bei jemandem benutzt, der tot war, während ich noch lebe.«

Soviel Zeit meines Lebens habe ich der Linderung von Leid gewidmet. Welches Recht habe ich, diesem Mann meine Hilfe zu verweigern? Soll Gott sein Urteil fällen. »Also gut, Magister. Unter einer Bedingung … daß Ihr mir die Herkunft des Pulvers verratet.«

Der Zauberer hob die Brauen. »Ha. Ihr seid hartnäckig, junger Löwe. Denkt daran, daß ich einen Schwur getan habe, die Herkunft nicht zu nennen, und keine Drohung von Eurer Seite wird mich veranlassen, ihn zu brechen. Aber ich bin bereit, Euch Hinweise darauf zu geben, wie Ihr das Pulver finden könnt, wenn Euch das genügt. Wenn Ihr den Mut aufbringt und das Schicksal Euch hold ist, könnt Ihr die Wahrheit selbst herausfinden.«

»Na schön. Das ist akzeptabel.« *Und wenn die Herkunft keine Gefahr für die Seele darstellt, läßt sich aus dieser unglückseligen Fahrt vielleicht doch noch Profit schlagen. Vorausgesetzt, ich überlebe.*

»Durchsucht die Einfassung meines Wamses, dort am unteren Saum. Ihr werdet eine Stelle finden, die fester ist als der Rest. Darin befindet sich ein zusammengerolltes Stück Papier. Schnell, solange wir noch Zeit haben.«

Thomas drehte sich um und fuhr nach einem kurzen Blick über die Schulter mit gebundenen Händen den Saum des schwarzen Samtwamses des Zauberers entlang; er fand die beschriebene Stelle und zog durch einen Schlitz in der Einfassung eine kleine Pergamentrolle heraus.

»Es ist eine Karte«, sagte De Cartago. »Seht sie Euch später an. Der Punkt am äußersten linken Rand ist Goa, der rechts darüber ist Bijapur. Der Punkt rechts unten ist die verborgene Stadt, aus der das Pulver stammt. Die Hindu nennen es *Rasa Mahadevi.* Mehr darf ich Euch nicht sagen.«

»Goa. Bijapur. *Rasa Mahadevi.* Vielen Dank, Magister«, sagte Thomas. Er beugte sich vor und steckte die Rolle oben in seinen Stiefel. Dann rutschte er auf Knien zurück, bis seine Hände in Halsnähe des Zauberers waren. Ungeschickt tastete er den Kragen ab, froh, daß De Cartago keine Halskrause mehr trug. Schließlich fand er den Lederriemen des Amulettbeutels und zog ihn heraus. Vorsichtig weitete er das Band, mit dem er zugeschnürt war.

Thomas hielt inne, um seinen schmerzenden Händen etwas Ruhe zu gönnen, und schaute De Cartago an. »Seid Ihr soweit?«

»Möge Euer Gott Euch segnen und immer bei Euch sein, mein Freund«, sagte der Zauberer. »Ja, ich bin bereit.« Er streckte den Kopf vor und öffnete den Mund wie ein Gläubiger, der darauf wartet, das Sakrament zu empfangen.

Thomas lehnte sich ein wenig zurück, damit seine Hände De Cartagos bärtiges Gesicht berühren konnten. Seine Finger fanden den offenen Mund des Zauberers, und

Thomas schüttelte das Beutelchen aus, fühlte, wie das Pulver über seine Finger in den Mund glitt. *Ich bin die Auferstehung und das Leben …*

De Cartagos Mund klappte zu, und Thomas ließ den Beutel los. Er beugte sich über den Zauberer, um zu beobachten, welche Wirkung das Pulver auf ihn haben würde.

De Cartago hatte die Augen geschlossen, und sein Kopf sackte nach hinten. Gleich darauf entspannte sich sein Gesicht, und ein leises Lächeln trat auf seine Lippen. Sein Atem verlangsamte sich und wurde gleichmäßig. Jede Spannung schien aus den Gliedern des Mannes zu weichen.

Wahrhaftig, eine mächtige Arznei. Ich muß mir die Menge merken, die das Beutelchen enthielt, damit ich mit einer ähnlichen Dosierung die gleiche Wirkung erzielen kann. Welchen Reichtum dieses Pulver Master Coulters Laden bringen könnte, wenn sein Gebrauch keine Sünde ist. Vielleicht größeren, als wir in Kathai erlangt hätten.

Plötzlich kam der Karren ruckend zum Stillstand, und Männer kamen herbeigelaufen, riefen einander etwas zu. Die hintere Abdeckung wurde geöffnet, und helles Sonnenlicht flutete herein. Zwei dunkelhäutige Männer langten ins Innere und ergriffen Thomas an den Armen. Er leistete keinen Widerstand, als sie ihn aus dem Karren zerrten. Als seine Füße den Boden berührten, versuchte er zu stehen, doch seine Beine gaben unter ihm nach.

Seine Häscher stemmten ihn hoch und lehnten ihn gegen den Karren. Als sie wieder hineinlangten, um De Cartago herauszuziehen, ertönten von den Karren weiter vorn auf der Straße neuerlich Rufe und ein Frauenschrei. Männer sprangen von Ochsenrücken und liefen nach vorn, die Schwerter und Dolche gezogen. Männer auf Eselsrücken galoppierten vorbei, so daß Staubwolken aufstoben. Auch Thomas' Häscher zückten ihre Waffen und riefen Thomas eine unverständliche Warnung zu, bevor auch sie davoneilten, um ihren Gefährten weiter vorn auf der Straße beizustehen.

Vom Karren hinter ihnen sah niemand zu ihnen hin. Es dauerte eine Weile, bis Thomas sein Glück fassen konnte. »*Magister,* wir haben Gelegenheit zur Flucht!« flüsterte er in den Karren hinein. »*Senhor!*« Doch der Zauberer lag nur reglos da. Thomas stieß heftig mit seiner Hüfte gegen den Karren, aber De Cartago erwachte nicht.

Weil Thomas wußte, daß ihm nur wenige Augenblicke blieben, überließ er De Cartago bedauernd seinem Schicksal und taumelte von der Straße hinunter ins Unterholz des Palmwaldes. Er stürzte gegen Baumstämme und stolperte über Wurzelwerk, hielt sich mit gebundenen Händen im Gleichgewicht. Der Boden war stellenweise sumpfig und schmatzte bei jedem Schritt. Fächerpalmwedel peitschten ihm Kleidung und Haut. Doch wieder und wieder stand er auf und drängte vorwärts.

Schließlich stolperte er und war zu sehr außer Atem, um noch einmal aufzustehen. Er lag in einer schlammigen Senke, die von Pflanzen mit großen dunkelgrünen Blättern überwuchert wurde. Er wälzte sich auf den Rücken und sog keuchend die feuchte, schwere Luft ein. Er hörte die Schreie unbekannter Vögel, doch keine Rufe von Menschen. *Scheint, als wäre mir die Flucht gelungen. Aber wie geht es jetzt weiter?*

Thomas setzte sich auf und stöhnte, der ganze Körper tat ihm weh. Er zerrte an seinen Fesseln und stellte fest, daß seine Hände fast aus dem Seil glitten. *Der Schlamm!* Thomas lehnte sich zurück, schmierte mit den Handgelenken noch ein wenig im Schlamm herum und setzte sich wieder auf. Diesmal gelang es ihm unter Mühen und leichten Schmerzen, die Hände freizubekommen. Mit einem Riesenseufzer der Erleichterung schwang er die Arme nach hinten und nach vorn. Sie fühlten sich leicht und unbeschwert an.

Er blickte auf seine verschmutzten Hände. Thomas dachte einen Moment nach, dann zog er sich Wams und Hemd aus. Er schmierte den Schlamm überallhin, wo er hinkam, und für die übrigen Bereiche wälzte er sich in der Senke. Er strich sich Schlamm in das helle Haar. Dann rollte er sein Hemd zusammen und wickelte es auf dem Kopf zu einer Art Turban.

Gegen seine blauen Augen konnte er nichts tun, aber wenn Lady Aditi beispielhaft war, dachte er, konnte das eigentlich nicht so ungewöhnlich sein. Seine Kleidung unterschied sich nicht sehr von der, die arabische Seeleute trugen. Aber seine Stiefel … ah, die Stiefel.

Sie waren aus rotbraunem Leder, ein Geschenk von Master Coulter. Nicht so hoch, wie es in London gerade Mode war, aber trotzdem das Feinste, was Thomas jemals besessen hatte. Doch sie wiesen ihn als Europäer aus. Mit einem schweren Seufzer zog Thomas sie aus und bemerkte das zusammengerollte Pergament, das herausfiel.

De Cartagos Karte. Die sollte ich besser behalten. So Gott will, wird sie sich noch als nützlich erweisen. Thomas

steckte sie unter die Kordel, die er auf Hüfthöhe um seine Kleidung geschlungen hatte.
Er hörte ein leises, metallisches Klingeln und erstarrte. *Suchen sie nach mir?* Doch das Geräusch stammte nicht von Männern, die durch einen Dschungel schlichen. Es hatte einen weiblichen Klang. Thomas lugte durch die Blätter am Rand der Senke und sah etwas Scharlachrot-Goldenes, das wenige Schritte neben ihm vorbeiging.
Lady Aditi! Hat sie die Karawane verlassen? Sie scheint nicht zu suchen, sondern ein bestimmtes Ziel zu haben.
Thomas wurde sich wieder bewußt, daß er jeden Augenblick gefaßt werden konnte, ließ die Stiefel fallen und folgte ihr.

MANDEL:

Dieser kleine Baum trägt eßbare Nüsse und blüht früh im Jahr. Da er an den Anbruch des Frühlings gemahnt, galt er lange als Baum der Hoffnung. Für die Griechen war er ein Sinnbild der Treue und Beständigkeit. Er war der Heiligen Jungfrau geweiht und erscheint in der Bibel als Zeichen für Gottes Billigung und Vergebung. In der Toskana verwendet man Mandelzweige für Wünschelruten. Ein aus der Mandelfrucht gemachter Brei erhält einen dort am Leben, wo sich weder Nahrung noch Wasser finden läßt …

Padre Gonsção schlenderte durch die von Mauern eingefaßten Gärten des Residenzflügels. Er erinnerte ihn an die Patios der vornehmen Villen und Klöster in Portugal. Doch es gab Banyanbäume zwischen den Zypressen, Kardamomsträucher zwischen den Caesalpinien, Kokospalmen zwischen den Orangenbäumen, Lotus zwischen den Lilien. Gonsção fand ein Rosmarinzweiglein und zerrieb es zwischen den Fingern, atmete seinen Duft ein. Er vermißte Lissabon sehr.

Unter einem großen, häßlichen Banyanbaum stand eine Steinbank, und Gonsção setzte sich, genoß den Schatten, wenn auch nicht den Schattenspender. In einem Bambusdickicht nicht weit entfernt hörte er ein Rascheln. Jemand spähte zu ihm heraus.

»Timóteo?« Gonsção winkte den Knaben herbei.

»Padre.« Schüchtern näherte sich Timóteo der Bank.

»Ich habe Euch ja seit Tagen nicht mehr gesehen, mein Sohn. Keiner, den ich fragte, wußte, wo Ihr seid.«

»Ich war in der Kapelle, Padre. Habe gebetet. Und gefastet.«

»Aber warum denn?«

»Ich habe ein Unrecht an jemandem begangen, Padre. Doch ich bin ganz verwirrt und weiß nicht, an wem ich ein Unrecht beging.«

»Setzt Euch, Timóteo. Erzählt mir davon. Vielleicht kann ich Euch helfen.«

Der Knabe setzte sich und begann leise und hastig zu

reden. »Am Tag, nachdem wir miteinander gesprochen hatten, Padre, verriet mir Domine Pinto, wo ich die Prozeßunterlagen von Governador Coutinho finden kann. Sie waren in der Küche. Man wollte sie verbrennen.«
Atemlos vor Hoffnung sagte Gonsção: »Habt Ihr sie gerettet?«
»Das habe ich, Padre. Doch als ich sie Euch bringen wollte, stolperte ich im Korridor. Wie dumm von mir, ich stolperte. Und das Buch mit den losen Seiten fiel mir aus der Hand. Ich sammelte sie gerade wieder auf, als ... als Domine Sadrinho mich sah.«
Schlagartig erstarb Gonsçãos Hoffnung. »Welch ein Unglück! Was sagte der Domine zu Euch? War er es, der Euch mit Gebeten und Fasten bestrafte?«
»Nein. Das ist ja das Seltsame, Padre. Er sagte gar nichts. Er hob das Buch auf und ging davon. Ich hatte solche Angst, daß ich mich versteckt hielt und darum betete, daß man mir meine Sünde vergeben möge. Aber ich weiß noch immer nicht, welche Sünde ich eigentlich beging. Ich habe dabei versagt, Euch, dem Erzbischof und dem Papst zu helfen, doch ich habe den Eindruck, daß ich auch an Domine Sadrinho ein Unrecht beging.«
Gonsção seufzte und klopfte dem Knaben auf die Schulter. »Ich glaube nicht, daß man Euch etwas vorwerfen kann, Timóteo. Ihr habt getan, was Ihr für das Beste hieltet. Bestraft Euch nicht selbst.«
»Es ist meine Schuld, daß Ihr das Buch nicht bekommen habt, Padre. Wenn ich nicht innegehalten hätte, um die Seiten zu lesen, hätte ich alles wieder aufsammeln können, ehe der Domine mich sah.«

»Ihr … habt das Buch *gelesen?*«
Timóteo nickte. »Ich konnte nicht anders. Verzeiht mir, Padre.«
»Gott sei's gepriesen«, flüsterte Gonsção und packte den Knaben an den Schultern. »Hört zu, mein Sohn. Das ist sehr wichtig. Euch ist verziehen, glaubt mir. Aber *erinnert* Ihr Euch noch an etwas von dem, was Ihr gesehen habt?«
Wieder nickte der Knabe. »Ich kann es nicht vergessen, Padre.«
»Bitte. Sagt es mir. Habt Ihr eine Liste der *familiares* gesehen?«
»Nein, Padre.«
»Habt Ihr das Bekenntnis des Gouverneurs gesehen?«
»Ja. Er sagte, daß Zauberer ihn genarrt hätten, die ihm einen Beweis dafür zeigten, daß die Heiden Griechenlands recht hatten!«
»Griechenland?«
»Ja, Padre, die Olympier. Das sagte er.«
Gonsção fragte sich, ob die Kindheitsvorlieben des Knaben vielleicht sein Denken beeinflußten. »Was war das für ein Beweis?«
»Ein Pulver, Padre. Pulverisiertes Blut, von dem er behauptete, daß es die Toten zum Leben erwecken könne! Er sagte, es sei das Blut einer Göttin, doch ich habe den Namen gesehen, und er irrte sich.«
»Natürlich irrte er sich.«
»Sie ist keine Göttin, Padre, sie ist ein Monster!« Plötzlich sah Timóteo über Gonsçãos Schulter. »Der Domine. Verzeiht mir. Ich muß gehen.« Der Knabe sprang auf die Beine und sauste durch das Bambusdickicht zurück.

Mit einem Seufzer der Enttäuschung wandte Gonsção sich um. In der Tat, Domine Sadrinho kam den Hauptpfad herunter. Der Inquisitor schien ihn nicht zu sehen. Als Sadrinho gerade an ihm vorbeigehen wollte, rief Gonsção: »Guten Morgen, Domine. Gott sei mit Euch.«
Verdutzt blickte der Inquisitor auf, dann lächelte er. »Und mit Euch auch, Padre. Guten Morgen. Man sagte mir, daß ich Euch vielleicht in den Gärten fände. Ihr habt Euch eine günstige Stelle zum Sitzen ausgesucht.«
»Habe ich das?« Er drehte sich um und betrachtete den häßlichen Baum neben sich.
»Das ist eine Art Feigenbaum. Man sagte mir, daß unter einem solchen Baum der Philosoph Siddhartha seine Weisheit erlangt hätte.«
Gonsção runzelte die Stirn. »Ist das nicht ein hinduistischer Philosoph? Was habt Ihr mit solchem Wissen zu schaffen?«
»Ihr seid nahe dran, Padre. Er war der Begründer des Buddhismus. In diesem Land lernt man alle möglichen Dinge. Daß ein Fremdling wie Ihr so etwas weiß, kann man freilich nicht erwarten. Doch genug des esoterischen Gewäschs. Ich bringe Euch gute Neuigkeiten.«
»Tatsächlich?«
»Ja. Der Zauberer De Cartago wurde gefangengenommen und befindet sich jetzt in Goa. Man munkelt, daß die rätselhafte Aditi vielleicht bei ihm ist.«
»Ausgezeichnete Neuigkeiten, fürwahr, Domine. Wie kam es dazu?«
»Eine Gruppe *muçulmano*-Piraten fand das Kopfgeld, das wir ausgesetzt haben, interessant und wußte, wo die

englischen Schiffe zu finden sind. Gott wollte es, daß einer der Engländer genug von einem Söldner an sich hatte, um den Zauberer und die Hexe persönlich auszuliefern.«

»Wahrhaftig, die Wege unseres Herrn sind wunderbar. Ich nehme doch an, daß wir sie bald werden befragen können?«

»Davon gehe ich aus. Ich habe einen Bruder mit mehreren *soldados* losgeschickt, um die Karawane abzufangen. Sie müßten in Kürze wieder da sein.«

»Gut. Heute nachmittag wird es ein Tribunal geben ...« Gonsção hielt inne, als ein junger Dominikaner mit hochrotem Kopf und staubiger weißer Robe auf sie zugeeilt kam.

»Ah, der Abgesandte kehrt zurück«, sagte Sadrinho. »Seid mir gegrüßt, Bruder Marco. Ich habe Padre Antonio gerade die guten Neuigkeiten überbracht. Wir haben die Gefangenen doch in sicherem Gewahrsam, oder?«

Der junge Mann war heftig erregt und vermied es, sie anzusehen. »Padre. Domine, es hat einen ... einen unglückseligen Zwischenfall gegeben.« Sadrinhos Gesicht wurde ausdruckslos. »Unglückseligen Zwischenfall?«

»Ich, das heißt, der Mann, den wir Euch ... bringen sollten ...«

»Atmet ganz ruhig, Bruder«, empfahl Gonsção. »Schildert uns so einfach wie möglich, was geschehen ist.«

»Und ich will nicht hören«, sagte Sadrinho, »daß dieser Zauberer aus dem Nichts eine englische Flotte heraufbeschwor, die ihn weggezaubert hat.«

»Nein, Domine. Ich bin mit den *soldados* zur Straße nach Panaji gezogen, wie Ihr befahlt. Dort stießen wir auf die *muçulmano*-Karawane. Doch als wir verlangten, daß man uns den Zauberer übergibt, sagte man uns, er sei tot und ein anderer Engländer sei mit der Hexe geflohen.«

»Tot«, sagte Sadrinho. »Habt Ihr das überprüft?«

»Ja, Domine. Wir haben die Leiche untersucht. Es war der Mann, den Ihr beschrieben habt.«

Sadrinho schlug sich mit der Faust in die offene Hand und stieß einige lästerliche Flüche aus.

»Wie es scheint«, sagte Gonsção seufzend, »hat unser Zauberer sich endgültig hinweggezaubert.«

»Ich glaube nicht«, erklärte Sadrinho langsam, »daß wir über eine Seele scherzen sollten, die jetzt an die Hölle verloren ist.«

Ich glaube nicht, dachte Gonsção, *daß du aus diesem Grund wütend bist.* »Verzeiht mir, Domine. Eine taktlose Bemerkung. Sagt, Bruder, konntet Ihr herausfinden, wie der Zauberer gestorben ist?«

»Nein, Padre. Wir haben keine tödliche Wunde an ihm feststellen können, obwohl er übel zugerichtet war. Um den Mund herum war etwas Blut. Er hatte sich beschmutzt, aber die *muçulmanos* meinten, sie hätten ihn mit Stechapfel betäubt, und das ist eine natürliche Folge.«

»Ist es möglich, daß er an einer Krankheit starb?« wollte Gonsção wissen.

»Ich nehme es an«, antwortete der junge Dominikaner. »Obwohl wir keine erkennbaren Anzeichen für Pocken oder Cholera an ihm fanden.«

»Eine äußerst praktische Krankheit«, grollte Sadrinho. »Er hat sich für seinen Tod den Augenblick ausgesucht, kurz bevor er uns in die Hände fiel.«

»Wir wissen nicht, wann genau er gestorben ist«, sagte Gonsção.
»Aber der Domine könnte recht haben«, meinte Bruder Marco. »Die *muçulmanos* sagten, sie hätten ihn noch, kurz bevor sie den Verschlag öffneten, in seinem Karren mit dem anderen Mann sprechen hören.«
»Einem anderen Mann?«
»Ja. Ein Engländer befand sich bei De Cartago im Karren.«
»Derselbe Engländer, der seine Auslieferung arrangierte?«
»Ich glaube nicht, Domine.«
»Und ist dieser Engländer ebenfalls tot?«
»Nein, Domine, aber er ist entflohen. Anscheinend hat es einen Streit gegeben. Kurz vor der Stadt glaubten die Kaufleute, die die Gefangenen brachten, daß eine konkurrierende Seeräubergruppe sie in einen Hinterhalt lokken wollte. Es gab ein großes Durcheinander. Der Engländer und die Hexe nutzten diesen Augenblick zur Flucht.«
Sadrinho knurrte: »Das habe ich nun davon, daß ich Ketzern vertraute. Wenn ich mich recht erinnere, war das Ihre Idee, Padre.«
»Ich entschuldige mich«, erklärte Gonsção, »wenn mein Plan fehlerhaft war, aber noch ist nicht alles verloren. Wissen wir, wie der Engländer aussieht?«
»Die *muçulmanos* sagten, er sei jung, groß und blond.«
»Wenn er sich mit der hiesigen Sprache und den Gebräuchen nicht auskennt, wird es ihm schwerfallen, in Goa Zuflucht zu finden. Vielleicht hält er sich noch in der Gegend auf, dann könnten wir ihn aufspüren.«
Der junge Dominikaner nickte. »Ich kenne ein paar Orte,

an denen er versuchen könnte, unterzukommen. Die *soldados* durchsuchen bereits die Stadt.«

»Also gut«, sagte Sadrinho. »Geht und helft ihnen. Und kommt erst wieder, wenn Ihr bessere Neuigkeiten habt.«

»Ja, Domine.« Der junge Dominikaner verbeugte sich und rannte durch den Garten wieder hinaus.

»Padre, verzeiht mir, daß ich so begriffsstutzig bin, aber warum sollten wir nach dem Mann suchen, der mit De Cartago zusammen gefangen war? Fremde sind in Goa eine zivile Angelegenheit, die uns normalerweise nichts angeht. Was kann er uns schon nützen?«

»Bedenkt doch, Domine ... ein Engländer hält einen Landsmann gefangen, um ein Lösegeld für ihn zu erpressen. Was für ein Lösegeld kann das schon sein, wenn der junge Mann nicht etwas weiß? Vielleicht gehört der Blonde ebenfalls zu De Cartagos Klüngel, vielleicht wurde er erst kürzlich bekehrt? Vielleicht hat der Zauberer ihm auf dem Sterbebett etwas gestanden? Es ist nur eine geringe Hoffnung, zugegeben, aber es ist unsere einzige Chance, aus diesem Mißgeschick noch einen Vorteil zu ziehen.«

Sadrinho starrte ihn anerkennend an. »Ihr könntet recht haben, Padre. Wie ich sehe, hat Großinquisitor Albrecht Euch nicht grundlos zu uns geschickt. Ihr seid wie ein guter Jagdhund: Wenn Ihr Euch einmal in etwas verbissen habt, laßt Ihr nicht mehr so schnell locker. Ich werde Euch Nachricht geben, falls ich etwas erfahre.« Mit einer leichten Verbeugung wandte er sich zum Gehen.

»Eines noch, Domine. Wegen Bruder Timóteo ...«

Sadrinho wurde sehr still. »Ja?«

»Ihr habt gut daran getan, ihn mit der Aufgabe eines Verteidigers zu betrauen. Mir scheint, der Junge hat hervorragende Anlagen. Ihr könnt versichert sein, daß ich dem Großinquisitor bei meiner Rückkehr nach Lissabon nur Gutes über ihn und Eure vorzügliche Ausbildung berichten werde.«

»Ich ... fühle mich geehrt, Padre.«

»Doch heute morgen habe ich ihn kurz gesehen, und er schien wegen etwas sehr erregt zu sein. Er wollte mir nicht sagen, worum es ging. Ich tat mein Bestes, um den Jungen zu beruhigen, denn was auch immer ihm im Kopf herumgeht, ich bin sicher, es war nicht seine Schuld.«

Sadrinho warf ihm mit undeutbarer Miene einen Blick über die Schulter zu. »Natürlich nicht. Er ist über alle Maßen gehorsam und tut stets, was man von ihm verlangt. Ganz gleich, wer es verlangt. Wie könnte ich ihm an etwas die Schuld geben? Guten Tag, Padre.«

BELLADONNA:

Diese Pflanze bringt glockenförmige Blüten mit rötlich-brauner oder violetter Färbung hervor und danach schwarze Beeren. Man nennt sie auch Nachtschatten oder Tollkirsche. Die Früchte und blassen Wurzeln finden vielfältige medizinische Verwendung, um Rheuma, Koliken und Fieber zu lindern. Doch in zu großer Menge genossen ist sie ein tödliches Gift. Die Alten glaubten, daß die Schicksalsgöttin die Beeren benutzt, um das Leben der Sterblichen zu beenden. In der Sprache der Italiener bedeutet ihr Name »schöne Frau«. Es ist nicht bekannt, ob man sie so nennt, weil sie den Augen junger Frauen frischen Glanz verleiht oder weil man sie mit ihrer Hilfe vergiftete …

Die goldene und scharlachrote Gestalt wiegte sich, flackerte, verschwand und tauchte vor Thomas unter dem Blätterwerk wieder auf. *Als wäre sie ein Irrlicht der Hindu-Sümpfe in Frauengestalt.* Er hoffte, sein Gedanke wäre lediglich ein oberflächlicher Vergleich. Es gab welche, die behaupteten, daß Sumpflichter verlorene Seelen seien, die Menschen ins Verderben führten. Doch Lady Aditi schien zu wissen, wo die trockenen Wege verliefen, und Thomas' Füße, die jetzt nackt waren, dankten es ihr. Nach einer Weile gelangten sie zu der alten Ruine einer Stadtmauer, die mit Efeu bedeckt und wenigstens fünf Meter hoch war. Es gab einen Spalt, durch den Lady Aditi einfach eintrat. Thomas folgte ihr ohne große Mühe. *Ein Wunder, daß sie mich noch nicht gesehen oder gehört hat. Ich muß wie ein wilder Eber durchs Unterholz gebrochen sein, um mit ihr Schritt zu halten.*

Auf der anderen Seite der Mauer befand sich ein freier Basar. Thomas schwebte ständig in Gefahr, abgelenkt zu werden, als er an großen Messingschüsseln voller Zimt, Pfeffer, Ingwer und Kardamom vorbeikam; Gewürze, mit denen ein Mensch in Europa sein Glück hätte machen können. Er kam an Decken mit Früchten vorbei, die er noch nie zuvor gesehen hatte, und sein Magen erinnerte ihn daran, daß er schon seit geraumer Zeit nichts mehr gegessen hatte. Lady Aditi führte ihn an einem Händler mit eleganten Pferden mit schlankem Hals vorbei, an einem Kaufmann, der Räucherwerk, aromatische Gummibonbons und Hölzer verkaufte, an einer Frau, die karminrote Blumen, Fuchsien, sowie weiße feilbot, an einem Stand mit Schmuck aus Gold, Silber und Kupfer. Seine Sinne drohten von all der Verlockung überwältigt zu werden, doch Thomas mußte Lady Aditis sich bewegende Gestalt im Auge behalten.

Die Menge auf dem Basar schien ihm bei diesem Unterfangen beizustehen. Keiner schenkte ihm große Beachtung, doch instinktiv teilten sich die Menschengruppen vor ihm, ohne daß ihn jemand anrempelte oder behinderte. *Meine Verkleidung leistet mir anscheinend gute Dienste – kaum jemand würdigt mich eines zweiten Blickes.*

Am anderen Ende des Basars ging Lady Aditi auf ein niedriges, fensterloses Haus mit Strohdach zu. Zwei sehnige Männer in *dhotis* saßen unmittelbar neben dem Eingang, der mit einer Stoffbahn verhangen war, auf einer Bank. Aditi verbeugte sich vor ihnen, und die Männer sprangen sichtlich überrascht und erfreut, sie zu sehen, auf. Nach einer kurzen lebhaften Unterredung verbeugte Aditi sich abermals und trat durch den Eingang.

So. Und was jetzt, du Narr? Thomas hatte keinen Grund anzunehmen, daß die Frau, die De Cartago verraten hatte, ihm aktiv Hilfe leisten würde. *Aber er sagte, daß sie es getan hatte, weil sie einem höheren Zweck dient – einem Zweck, der nichts mit mir zu tun hat. Oder den ich auch nur kenne.* Er ließ seinen Blick über den Basar schweifen und lauschte den unverständlichen fremdländischen Zungen. Die Farben der Baldachine flirrten, und er spürte eine Woge des Hungers und der Erschöpfung. *Wenn ich selbst*

nach einer Unterkunft suche, breche ich vielleicht auf der Straße zusammen und bin ein leichtes Opfer für jeden Fremden. Besser, ich versuche es bei der Fremden, mit der ich schon ein wenig bekannt bin.
Thomas begab sich zum Eingang. Die beiden Männer, die Aditi begrüßt hatten, schwatzten wieder miteinander auf der Bank und bemerkten ihn gar nicht. Thomas räusperte sich, doch das schien sie nicht von ihrem Gespräch abzubringen. Er ging schnurstracks auf sie zu und verbeugte sich so, wie Lady Aditi es getan hatte, mit vor dem Gesicht aneinandergepreßten Handflächen, als bete er. »*Rasa Mahadevi*«, sagte er, weil das die einzigen Hinduworte waren, die er kannte. »Aditi.« Er deutete zum Eingang. »*Rasa Mahadevi.*«
Die Wachen runzelten die Stirn und warfen ihm einen schrägen Blick zu, als wollten sie ihn nicht sehen. Einer der beiden stand auf, zog den Vorhang zur Seite und rief ins Haus: »Sri Aditi!« Dann sprach er einige Worte, die Thomas nicht verstand.
Der Vorhang wurde jäh aufgerissen, und Lady Aditi erschien wieder im Eingang. »Ihr«, sagte sie auf griechisch. »Der treulose Alchimist. Weshalb verfolgt Ihr mich noch?«
»Vergebt mir, Despoina, doch ich bin hier fremd. Ich kann nirgendwo hin. Ich brauche Eure Hilfe.«
»Meine Hilfe! Reicht es denn nicht, daß ich Euch den Weg in die Stadt gezeigt habe? Warum sollte ich Euch noch weiter helfen?«
Thomas hatte sich nicht überlegt, wie er sie um Hilfe bitten wollte, in der Hoffnung, daß weibliches Mitleid genügen

würde. Doch nun fiel ihm eine List ein, die ihm vielleicht Rettung bringen konnte. »Weil wir Suchende auf demselben Pfad sind, Despoina.«

»Ha. Ihr wißt nichts von meinem Pfad.«

»Ich war mit Despos De Cartago auf dem Karren der Entführer. Wir waren mehr bei Bewußtsein als beabsichtigt und sprachen die ganze Zeit miteinander. Ich habe viel von ihm erfahren.«

Aditis Blick brannte wie blaues Feuer. »Bernardo hätte nie seinen Eid gebrochen.«

»Er hat keine Eide gebrochen, Despoina. Doch er befand mich für würdig, die Reise des Philosophen anzutreten. Wenn ich mich bewährte, erführe ich, woher das *Rasa Mahadevi* stammt. Was er mir erzählte, veranlaßte mich, den Pfad der Wahrheit zu suchen. Auf diesen Pfad könnt nur Ihr mich führen.«

»Pscha.« Sie warf den Kopf zurück, bedachte ihn jedoch mit einem Blick, den er von Besuchern in Coulters Laden her kannte; jemand, der kaufen möchte, aber erst noch überzeugt werden will.

»Mit dem, was ich lernen würde, könnte ich nach England heimkehren und das Wort unserer Göttin, deren Name Kraft ist, in meinem eigenen Land verbreiten. Bitte, Despoina. Laßt mich eintreten und ruhen, und dann möchte ich weiter mit Euch sprechen.«

»Ihr könnt nicht herein.« Sie redete barsch mit den Männern an der Tür, ging ins Haus zurück und zerrte den Vorhang hinter sich zu.

Tja. Einen Versuch war es wert gewesen. Die Männer an der Tür zogen Krummdolche aus den *dhotis* und gestikulierten verächtlich, winkten ihm zu gehen. Seufzend machte er einen Schritt von ihnen weg und fragte sich, was als nächstes zu tun war. Ihre Rufe rissen ihn aus seinen düsteren Grübeleien, und ihre Gesten sagten ihm, daß er durch ein Tor in der niedrigen Mauer neben dem Haus treten sollte.

Einer der Männer hielt Thomas das Tor auf und schloß es wieder hinter ihm, sobald er eingetreten war. Thomas fand sich in etwas wieder, was große Ähnlichkeit mit einem äußerst ungepflegten Garten hatte, nur teilte der Geruch ihm mit, daß es wohl eher eine Müllhalde war.

Eine Holztür in der Mauer des Hauses sprang auf, und ein kleines Mädchen in einem braunen Sari erschien. Es trug ein Holztablett, auf dem ein einfacher Holzbecher mit einer weißen Flüssigkeit stand und eine Schüssel mit etwas Reis, der mit gelben Obststücken gemischt war. Sie stellte es einige Meter vor Thomas auf dem Boden ab und kehrte ins Haus zurück, ohne ihn auch nur angesehen zu haben.

Der Hunger besiegte seinen Sinn für Anstand, und Thomas setzte sich auf den Boden und schaufelte den Reis und das Obst so schnell es ging in den Mund. Er nippte an dem Becher und stellte fest, daß es fermentierte Kokosnußmilch war. In seinem ausgedörrten, verhungerten Zustand schmeckte sie ihm köstlich. »Purer Nektar«, murmelte er.

»Man nennt es *feni*«, sagte Aditi aus dem Eingang.

»Meine Lady«, blubberte Thomas. »Ich danke Euch. Ich dachte schon, Ihr hättet mich fortgeschickt.« Er hob den Becher in ihre Richtung, ehe er wieder davon trank.

»Hätte ich auch, wenn ich klüger gewesen wäre. Ihr

seid ein schlechtes Omen, Tamas. Weshalb seid Ihr nicht Eurem Freund gefolgt? Ihr seid sein *dharma,* nicht meines.«

»Ihr meint Lockheart? Ich habe ihn nicht gesehen. Ich habe nur Euch gesehen, und deshalb folgte ich Euch.«

Sie schüttelte den Kopf und schnalzte mit der Zunge. »Ihr seid schmutzig.«

»Ah. Der Schlamm. Ich wollte mich verkleiden. Es scheint funktioniert zu haben, denn keiner hat mich weiter beachtet.«

»Weil Ihr wie ein *Mala* ausseht – ein Angehöriger der untersten Kaste, der lediglich dazu taugt, Schmutz und tote Wesen wegzuräumen. Keiner würde Euch anrühren. Doch es gibt etwas, was Euch verrät.«

»Meine Augen?«

»Ein echter *Mala* hat mehr Würde.«

»Ihr seid unfreundlich. Wo ist diese Sanftmut des Herzens, die Eurem Geschlecht zur Ehre gereicht?«

Sie lächelte freudlos. »Ihr wißt wenig von den Frauen.«

Eine Wolke zog über Thomas' Herz. Die einzige Frau, die zu beobachten er bisher Gelegenheit gehabt hatte, war Anna Coulter gewesen, und sie war ganz anders als diese Hinduhexe. Anna war süß, zurückhaltend, gehorsam und freundlich; sie war längst nicht so arrogant wie dieses Wesen. Und sie bewegte sich, ehrlich gesagt, auch nicht so anmutig wie Lady Aditi und hatte auch nicht ihr wunderschönes Gesicht.

»Und wie man einen Turban wickelt, wißt Ihr auch nicht«, fuhr sie fort. »Der Turban eines Mannes zeigt an, welcher Familie und Kaste er entstammt. Hier …« Sie näherte sich

Thomas und beugte sich über ihn. Ohne ihn anzufassen, riß sie ihm entschlossen das Hemd vom Kopf.
Auf die kurze Entfernung konnte Thomas ihren mit Patschuli vermischten Schweiß riechen. Durch den transparenten Sari hindurch erkannte er ihre Figur, die Rundung ihrer Brüste. Das Blut pochte ihm laut in den Ohren. Mit vom *feni* benebeltem Kopf konnte er sich gerade noch davon abhalten, die Hand nach ihr auszustrecken und sie an sich zu reißen.
Sie setzte ihm das neugewickelte Hemd wieder auf den Kopf und trat einen Schritt zurück. »So. Jetzt seht Ihr nur noch halb so lächerlich aus.«
»Vielen Dank«, sagte Thomas mit einem schweren Seufzer. *Herr, warum werden wir armen Sterblichen so versucht?* Angestrengt dachte er an Anna, stellte aber fest, daß er Mühe hatte, sich ihr Gesicht vorzustellen.
»Also. Was hat Bernardo Euch enthüllt?« fragte Lady Aditi.
»Genug. Er sagte mir, wie weise und mächtig Eure Göttin ist.« *Gott verzeih mir, aber ich muß sie in Sicherheit wiegen.* »Er sagte mir, daß der Name des Pulvers *Rasa Mahadevi* lautet. Er sagte mir, daß es von einem Ort südöstlich von Bijapur stammt.«
Sie zögerte, biß sich auf die Lippe. »Das ist eine lange und gefährliche Wallfahrt.«
»Ich habe bereits einen langen Weg zurückgelegt, Despoina.«
»Ja, aber auf der Suche nach Reichtum. Der Lohn, den Ihr am Ende dieses Pfads empfangt, ist vielleicht weniger angenehm. Wie ging es Bernardo, als Ihr ihn das letzte Mal saht? Ist auch er geflohen?«

»Nein. Er ruhte friedlich, als unsere Gelegenheit kam, und ich konnte ihn nicht aufwecken. Ich hatte ihm aus einem Beutel, den er um den Hals trug, das *Rasa Mahadevi* verabreicht. Es ist eine wahrhaft mächtige Arznei, Despoina. Mich wundert, daß Ihr mich ermahnt habt, sie nicht zu verwenden.«

Ihr Blick war undeutbar. »Ich zweifle nicht an meinem Urteil. Doch wenigstens ruht Bernardo in Frieden.«

»Ich nehme an, nun, da die Karawane sich zerstreut hat und Lockheart geflohen ist, braucht er jene, die ihn loskaufen wollten, nicht mehr zu fürchten.«

»Nein. Er braucht sie nicht mehr zu fürchten.«

»Wißt Ihr, wo ich Lockheart finden könnte? Wohin er sich vielleicht gewandt hat?«

»Nein. An Eurer Stelle würde ich ihm nicht trauen. Er ist ein seltsamer Mann; die Dämonen setzen ihm auf vielerlei Weise zu. Er fürchtet sein *dharma* und versucht, davor wegzulaufen.«

Auch Thomas hatte hinsichtlich des Schotten eher gemischte Gefühle. *Er hat mich zu schonen versucht, indem er mich ans Ufer schickte, doch er hätte mich an die Portugiesen verkauft. Er hätte mich töten können, hat es aber nicht getan. Er hat sich auf der Fahrt mit mir angefreundet, ohne ersichtlichen Grund.* »Ja, er ist ein seltsamer Mann, Despoina.« Thomas aß den restlichen Reis auf.

Leise sagte Aditi: »Der Pfad, auf dem Ihr wandeln wollt, ist tückisch und tödlich. In Goa stellen uns die Priester des Orlem Gor nach, des Geweihten Hauses der Portugiesen. Ich würde Euch keinen Gefallen erweisen, wenn ich Euch bei mir bleiben ließe, denn ich brächte Euch nur in Gefahr. Und Ihr wärt eine Gefahr für mich. Ihr müßt Eure Reise allein unternehmen. Aber soviel will ich für Euch tun; es gibt da einen Mann in Goa, einen Mönch, der jenen aus Eurem Land hilft. Man kennt ihn als Padre Stevens. Wenn Ihr Euch eine Weile ausgeruht habt, führe ich Euch zu ihm. Mehr kann ich nicht für Euch tun.«

Thomas verbeugte sich nach Art der Hindu. »Das wäre mir wahrhaft eine große Hilfe, Despoina. Ich danke Euch.«

Aditi drehte sich um und rief etwas durch den Eingang hinein. Das Mädchen im braunen Sari erschien wieder, einen Ballen aufgerollten Kaliko in Händen. Sie breitete ihn auf dem Boden vor der Tür aus und ging wieder ins Innere.

»Hier ist Euer Bett«, sagte Aditi. »Auch wenn man mich für verschwenderisch halten wird, weil sie den Stoff vernichten müssen, nachdem Ihr darauf gelegen habt. Gewöhnlich schlafen *Mala* im Schmutz.« Sie verbeugte sich vor Thomas, trat wieder ins Haus und schloß hinter sich die Tür.

Stöhnend kroch Thomas auf den Stoff zu und legte sich hin. Es war angenehm, sich einmal auf einer Oberfläche auszustrecken, die sich nicht bewegte und seinen Armen Freiraum ließ. Er schloß die Augen.

Und schlug sie scheinbar nur wenige Momente später wieder auf. Das Mädchen im braunen Sari stocherte mit einem Stab an ihm herum. Sobald er sie ansah, ließ sie den Stab fallen und lief ins Innere des Hauses. Die Palmwedel über ihm waren golden vom Licht der frühen Abendsonne.

Stunden müssen vergangen sein. Habe ich so lange geschlafen?

Lady Aditi kam heraus, bürstete sich dabei eitel das lange dunkle Haar. Sie trug nun einen blauen Sari und an den Handgelenken mehrere goldene Armreife. An einem Unterarm trug sie einen silbernen Armreif in Form einer Schlange, die sich in den Schwanz beißt. »Wie fühlt Ihr Euch, Kräuterkundler?«

Thomas erhob sich mit noch immer schmerzenden Knochen, aber ausgeruht. »Besser, Despoina.«

»Gut. Dann laßt uns rasch gehen. Ich habe erfahren, wo man Pater Stevens um diese Tageszeit vielleicht finden kann. Einige Männer werden mich in einem *dholi* dorthin tragen. Wenn wir an dem Mönch vorbeikommen, werde ich etwas fallen lassen, damit Ihr Bescheid wißt.«

»Sehr wohl. Ich danke Euch abermals.«

»Möge Eure Reise erfolgreich sein, Tamas. Möge Euch die Göttin gnädig aufnehmen.« Sie ging und schloß hinter sich die Tür. Thomas hörte Lärm vor dem Tor, dann schwang es auf. Einer der Männer fuchtelte mit einem langen Messer in seine Richtung. *»Choli, choli, choli!«* rief er.

Als er durch das Tor trat, sah er, wie Lady Aditi sich in einer überdachten Sänfte niederließ. Zwei Männer hoben die Stangen an, einer vorn, einer hinten. Sie begannen zu laufen, und Thomas stellte fest, daß es ihm schwerfiel, Schritt zu halten.

Wieder drohten die Straßen von Goa ihn ständig abzulenken: ein Hexenkessel aus Osten und Westen, bevölkert von jedem erdenklichen Menschenschlag aus Europa, Afrika,

Arabien und Asien. Die Häuser wurden zweistöckig und waren mit bunten Schindeln bedeckt. Rundliche, sichtlich begüterte Männer saßen auf den Balkonen und fächerten sich Luft zu. Sklaven und Bedienstete eilten vorbei, trugen Wasserkrüge oder Körbe oder führten beladene Esel. In europäische Gewänder aus feinem Damast oder Samt gekleidete Frauen flanierten munter umher, von Zofen begleitet. Muslimische Frauen glitten gespenstisch in langen, kremfarbenen Gewändern vorüber, die lediglich ihre Hände und Füße zeigten. Hindumädchen in Zweiteilern, die den Bauch freiließen, und durchsichtigen Röcken und großen, durch die Nase gezogenen Goldringen zogen lachend und singend an ihm vorbei. Alles war eine einzige Folge von Farben, Kostümen, Gerüchen und Lärm. Doch es schien, als mache die Mischung alles noch sehr viel eindringlicher, so wie gemahlener Knoblauch und Ingwer zusammen eine mächtigere Arznei abgaben als jedes Mittel für sich allein.

Nur mit Mühe konnte Thomas sich auf die hüpfende Sänfte vor ihm konzentrieren, während er auf Lady Aditis Zeichen wartete.

Endlich streckte sie ihren schlanken Arm aus der Sänfte, und ein dunkler Gegenstand fiel aus ihrer Hand. Schnaufend blieb Thomas an der Stelle stehen, an der er lag, und sah zu, wie die Sänfte in der Menge verschwand. Ein heftiges Gefühl von Bedauern überkam ihn, weil er Lady Aditi vielleicht nie mehr wiedersehen und auch nicht erfahren würde, wer sie wirklich war.

Thomas stellte fest, daß er sich in einer ruhigen Nebenstraße befand, mit einem kleinen Park zur Linken. Unter einem gewaltigen Feigenbaum saß ein grauhaariger Jesuit, der mit einem farbenfroh gekleideten Hindu sprach.

Welch wundersame Wechselfälle die Welt doch für einen bereithält ... daß mein Leben jetzt von einem päpstlichen Mönch abhängen soll. Ich nehme an, Pastor Hoopes daheim würde mir vergeben.

Als Thomas sich näherte, nahm der Hindu kurz Notiz von ihm und wandte den Blick ab.

Thomas blieb einige Meter entfernt stehen und rief mit lauter Flüsterstimme: »Pater Stevens?«

Der Mönch blickte ein wenig überrascht auf und entschuldigte sich bei dem Hindu. Er erhob sich und kam zu Thomas herüber.

»Pater Stevens, ich bin Engländer und fremd hier. Man sagte mir, Ihr könnt mir vielleicht helfen.«

Der Mönch machte leise »Psch!« und sagte dann: »Kniet nieder, als erteilte ich Euch meinen Segen, mein Sohn.«

Thomas kniete nieder, und der Mönch legte ihm eine Hand auf die Schulter. »Pater, ich bin gekleidet wie ein Angehöriger der untersten Kaste. Vielleicht solltet Ihr mich nicht anrühren.«

Pater Stevens lächelte. »Ich bin wie ein Jesuit gekleidet, mein Sohn, und wir berühren jeden. Sagt mir, seid Ihr erst neulich von einem der beiden Schiffe gekommen, die im Süden gestrandet sind?«

Erstaunt sagte Thomas: »Ja, Pater, das bin ich.«

»Und seid Ihr als Gefangener arabischer Piraten nach Goa gekommen?«

»Wahrhaftig, Pater, Ihr seid mit Vorauswissen gesegnet.«

Der alte Mann seufzte und schüttelte den Kopf. »Die

örtlichen *soldados* waren hier und haben mit mir gesprochen. Ich fürchte, daß sie mich in diesem Moment beobachten. Man sucht nach Euch, mein Sohn, und bezichtigt Euch des Mordes.«

»Mord? Aber ich habe niemanden getötet!«

»War denn kein goanischer *fidalgo* bei Euch im Karren, als man Euch in die Stadt brachte?«

»Schon, aber …« Thomas durchlief es eiskalt. De Cartago hatte sich nicht gerührt, als Thomas ihn gerufen hatte. *Aber das Pulver hätte ihn heilen sollen! Hat er es durch Gift ersetzt, ohne mir etwas zu sagen?* »Ein Schlangenbiß für den, der atmet«, hatte auf dem Zettel gestanden, der dem Fläschchen beigegeben war. »Für den, der nicht atmet, eine Schlangenhaut.« *Die Auferstehung für jemanden, der tot ist, aber Gift für denjenigen, der noch lebt. Und Aditi und De Cartago hatten es beide gewußt!*

»O weh, Pater, ich fürchte, man hat mich hereingelegt. Ich bin Apotheker von Beruf und habe dem Mann etwas gegeben, was ich für eine Arznei hielt, nicht Gift.«

Pater Stevens klopfte ihm auf die Schulter. »Euer Kummer geht mir zu Herzen, mein Sohn – er läßt mich glauben, daß Ihr wirklich unschuldig seid. Ich verstehe, daß manche Arzneien bei jemandem, der zu schwach ist, um ihnen zu widerstehen, zu Gift werden können, und der Osten stellt wahrhaft mächtige Arzneien her. Es mag wohl sein, daß Ihr frei von Schuld seid.«

»Könnt Ihr mir helfen, Pater?«

»Wenn es Euch keine Probleme bereitet, das Habit zu tragen, will ich zusehen, ob ich Euch nicht eine Weile unter meinen Brüdern verstecken kann. Wir sind ein

Wanderorden, und es wird keinen Verdacht erregen, wenn Ihr auf diese Weise gekleidet an Bord eines Schiffes geht. Kommt, wir müssen schnell von der Straße herunter, bevor man Euch sieht.« Der alte Mann begann die gepflasterte Straße hinunterzugehen, und Thomas trottete neben ihm her und versuchte, demütig zu wirken.

»Darf ich fragen, aus welcher Gegend Englands Ihr stammt, Pater?«

»Aus Wiltshire, mein Sohn. Aus Bushton. Ich habe in Winchester und Oxford studiert, wenn auch nicht sehr lange.«

»Wie hat es Euch an so einen fernen Ort verschlagen?«

»Oh, über Rom und Lissabon. Das ist eine lange Geschichte. Im Saint Andrew's College habe ich das Werk des heiligen Franz Xaver gelesen, und das veranlaßte mich, Missionar im Osten zu werden. Also kam ich her. Ich nehme an, Ihr habt weltlichere Gründe dafür, hier zu sein.«

«Ich hatte gar nicht die Absicht, hierherzukommen. Meine Expedition sollte nach Kathai gehen.«

»Mhmm, zweifellos steckt ein Sinn dahinter, daß Ihr nach Goa gekommen seid. Die Wege des Herrn sind rätselhaft … doch schweigt jetzt, wir kommen in eine Gegend mit mehr Menschen.«

Die Straße mündete auf die Ecke einer großen Plaza mit einem Springbrunnen in der Mitte. Pater Stevens wollte gerade in eine Seitengasse einbiegen, als fünf Männer mit weiten Hemden und dunklen Hosen und Schwertern an der Seite unter einem Säulengang hervortraten und auf sie zugingen.

Mit beiläufiger Feindseligkeit verstellten sie Thomas und

Pater Stevens den Weg. *»Dominus vobiscum, senhores«*, sagte der alte Mönch.
Thomas kauerte sich hinter den Mönch, unsicher, wie er sich verhalten sollte.
»Padre Estevão«, sagte einer der Bewaffneten mit einem Nicken. *»Boa noite. Quem é seu amigo?«*
Pater Stevens plapperte eine Weile auf portugiesisch. Thomas hatte den Eindruck, daß er ihn als neuen Konvertiten für die Kirche ausgab. Die Bewaffneten schien das jedoch nicht zu überzeugen. Einer von ihnen ging zu Thomas und riß ihm den Turban vom Kopf. *»Louro«*, sagte der Mann mit einem verächtlichen Schnauben. Er packte Thomas unter dem Arm und zog ihn hoch. *»Levante-se, já!«*
»E alto«, sagte einer der anderen, als ihm auffiel, wie groß Thomas war. Ein Streit entbrannte zwischen dem alten Mönch und den *soldados*. Doch nach einer Minute des Gebrülls war klar, daß Pater Stevens keinen Erfolg haben würde. Der alte Mönch bekreuzigte sich. »Vergebt mir, mein Sohn, aber ich kann sie nicht aufhalten. Ich werde tun, was ich kann, um Euch Schutz und Sicherheit zu bieten. Gebt nicht auf. Gott ...«
»Nein, vergebt *mir,* Pater«, sagte Thomas, als er den alten Mönch grob unter die Soldaten stieß. Thomas drehte sich um und lief so schnell er konnte den Weg zurück, den sie gekommen waren. Seine Füße hämmerten auf das harte Straßenpflaster, doch er ignorierte die Schmerzen, suchte nach dem Eingang zu einer Gasse, einer Tür, einem Ort, an dem er sich vielleicht verstecken konnte. Die Schwertträger schrien und folgen ihm dichtauf. Thomas duckte

sich unter einem Kamel mit aufgerollten Teppichen hindurch, warf einen lendenbeschürzten Knaben um, der einen Parasol trug, schlug einem erschreckten Esel aufs Hinterteil und trieb ihn zu seinen Verfolgern. Die Menschen auf der Straße schrien hinter ihm her, aber er wußte nicht, ob sie ihn anfeuerten oder den Soldaten mitteilten, daß er vorbeigekommen war. Seine Beine brannten und drohten unter ihm nachzugeben, müde vom Marsch durch die Sümpfe und dem Schritthalten mit Aditis Sänfte. Zu seiner Linken tat sich eine dunkle Gasse auf, und er eilte hinein.

Katzen, Hühner und Kinder stoben auseinander. Frauen verhängten ihre Gesichter und beschimpften ihn. Es war, als wären seine Alpträume, als Beute gejagt zu werden, zum Leben erwacht. Er roch Kardamom und gekochte Linsen. Er fuchtelte sich den Weg durch feuchte und trockene Stoffbahnen frei. Mit Gesicht und Brust prallte er gegen eine Stuckmauer und stürzte rücklings in den Schmutz.

Thomas keuchte erschöpft und benommen; er konnte nur dasitzen und warten, während ihm Blut aus der Nase floß. Stimmen näherten sich, umringten ihn. Wieder wurde er grob auf die Beine gezerrt, und man bog ihm schmerzhaft die Arme auf den Rücken. Zu schwach, um zu kämpfen, ließ er zu, daß ihm die Handgelenke gefesselt wurden und die Bewaffneten ihn dem sicheren Verderben entgegenführten, wie auch immer es aussehen mochte.

13

BAMBUS:

Dieses hohe Gras wächst im Osten. Es hat einen hohlen Stengel, der vielfältigen Verwendungen zugeführt wird, und Blätter, die wie Dolchklingen geformt sind. Das Mark des Stengels ist eßbar, muß aber zuerst gekocht werden, sonst ist es giftig. In Indien ist Bambus ein Symbol für Freundschaft und Feuer göttlichen Ursprungs. Es heißt, er sei der Asche eines Mädchens entsprossen, das man gezwungen hat, in eine niedere Kaste zu heiraten. Im Osten glaubt man, daß blühender Bambus Hungersnöte und anderes Unheil verheißt …

Sri Aditi saß mit um die Knie geschlungenen Armen da, während ihr *dholi* hüpfte und stieß. Ihre Leute wußten, wo sie sie hinbringen sollten: Doch sie wußte nicht, ob sie dort auch willkommen war. Sie wagte nicht nachzusehen, ob der Fremde ihr noch folgte.

Endlich verlangsamte sich der Schritt ihrer Träger, und der Lärm draußen ließ nach. Das *dholi* wurde zu Boden gelassen und der Stoffvorhang hochgeschlagen. So anmutig wie möglich streckte sie sich und stand auf.

Sie befanden sich im seitlichen Garten eines großen, prächtigen Steinhauses, das schon gestanden hatte, bevor die Portugiesen oder auch nur die *mughul shahs* nach Goa gekommen waren. Der Garten lag im Schatten von *asoka*-Bäumen, hell mit scharlachroten Blüten. Schillernde Pfauen bahnten sich pickend einen Weg durch den üppigen Farnwuchs und die Tschampaksträucher.

Sri Aditi streifte zwei goldene Armreife von ihren Handgelenken und reichte jedem der Träger einen. »Ich danke euch. Geht, aber nehmt nur die Seitenstraßen. Kommt erst zurück, wenn ich nach euch schicken lasse.«

Die Männer verbeugten sich und entfernten sich schweigend.

Ein Diener in einer langen kremfarbenen *jama*-Tunika und mit Turban erschien an der Tür, und seine Augen weiteten sich vor Schreck. »Sri Aditi. Wir hatten gehört, daß Ihr fort wärt.«

Aditi verbeugte sich. »Das war ich auch, Dwarpal. Aber der Odem Indras wehte mir in den Rücken. Ich muß deine Herren noch einmal um Hilfe bitten.«

Der Diener schaute flüchtig zum Gartentor. »Hat Euch auch niemand kommen sehen?«

»Ich glaube nicht, daß jemand weiß, wo ich bin.«

Er schien unschlüssig zu sein. »Kommt am besten herein und wartet. Doch ich weiß nicht, was meine Herrschaften sagen werden.«

»Ich verstehe. Ich bin ebensosehr in Sorge, wie sie es sein werden. Ich kann nur hoffen, daß sie noch etwas Herzensgüte für mich übrig haben.«

»Lakshmi hat schon größere Wunder bewirkt. Kommt herein, schnell.«

Aditi folgte Dwarpal durch prachtvoll ausgestattete Nebenkorridore und kam sich eher wie ein ertappter Dieb vor denn wie ein Gast.

Dwarpal blieb stehen und wies auf einen Torweg, der in den Hauptgarten führte. »Dort ist eine Stelle, an der Ihr getrost warten könnt. Wenn Ihr wünscht, lasse ich Euch Nelkentee bringen.«

»Das wäre sehr freundlich. Ihr spiegelt den Liebreiz Eurer Herren wieder, wie immer, Dwarpal.« Aditi verbeugte sich und ging in den mit Kolonnaden versehenen Garten hinaus. Den größten Teil davon nahm ein rechteckiger Teich ein, auf dem blasse Lotosblüten trieben. Jasmin und Narzissen wuchsen daneben, erfüllten die Luft mit ihrem Wohlgeruch. Es begann zu dämmern, und am indigoblauen Himmel war schon der Abendstern zu sehen.

Sie hörte die zaghafte Notenfolge eines ihr vertrauten *raga* und schaute zum anderen Ende des Gartens. Ein blinder Musiker saß auf einer Stufe und spielte die *vina,* ein Bambusrohr mit zwei lose angehängten Kalebassen.

»Gandharva!« Aditi ging hinüber und setzte sich neben ihn. »Ich hätte nie erwartet, Euch hier zu sehen.«

Der Blinde legte den Kopf schräg. »Könnte das ... Aditi sein? Ich hatte gehört, Ihr seid entkommen und auf das weite Meer hinausgesegelt.«

»Ganz recht, Gandharva. Wenigstens habe ich es versucht. Bernardos Schiff wurde gekapert, von Fremden, die nicht einmal die Portugiesen mögen.«

»Welch ein Unglück. Ist Euer Freund Bernardo ...«

»Er hat von Eurem Gift gekostet und ist verschieden. Das ist auch besser so, wenn man bedenkt, was ihm im Orlem Gor widerfahren wäre, was er hätte ausplaudern können.«

»Ah.«

»Es ist ja alles dermaßen schiefgegangen, Gandharva. Alles. Wir haben versagt. Nun bin ich ein Flüchtling an einem Ort, der einmal mein Zuhause war.«

»Aditi, Aditi, du mußt müde sein. Ich habe dich noch nie so verzweifelt sprechen hören.«

»Ich war auch noch nie so ohne jede Hoffnung.«

»Verzweiflung ist eine Illusion, meine Lady. Eine Blindheit, die einen ebensosehr zum Krüppel macht wie meine. Die Mahadevi hat großes Vertrauen in deinen Verstand und deine Kraft, genau wie ich. Es wird sich alles zum Guten wenden.«

Aditi seufzte und stützte das Kinn auf die Handfläche. »Unbegründete Hoffnung kann auch eine Illusion sein, Gandharva.«

Ein Dienstmädchen in einer grünen *kurti*-Bluse kam herein und stellte ein Silbertablett vor Aditi ab. Auf dem Tablett stand eine Tasse Nelkentee, und daneben lag ein kleiner runder Betelkeks. Gewöhnlich kaute Aditi keinen Betel, doch an diesem Abend bedurfte sie dringend der Entspannung.

Mit einer tiefen Verbeugung ging das Dienstmädchen wieder.

»Mhmmm.« Gandharva schnüffelte in der Luft herum. »Die Dienerinnen des Herrn werden mit jedem meiner Besuche schöner.«

»Woher wißt Ihr das? Sie hat uns etwas *pan-supari* gebracht. Möchtet Ihr welchen?«

»Ich danke Euch, aber nein. Da mir ein Sinn fehlt, muß ich mich auf alle anderen umso mehr verlassen können. Mit ihrer Hilfe kann ich den anmutigen Schritt eines Mädchens hören oder ihr sorgsam ausgewähltes Parfüm riechen. Schönheit kann man in Finsternis ebenso gut sehen wie im Licht.«

»Wirklich?« Aditi biß von dem Betelkeks ab, kaute gewissenhaft die Mischung aus Palmnuß, Zitronellenbrei, Weinblättern, Opium und Gewürzen. »Finsternis und Licht. Heute wurde mir ein Omen der Finsternis gesandt. Was glaubt Ihr wohl, wird geschehen, wenn die Mahadevi von meinem Versagen erfährt?«

Der blinde Musiker zuckte mit den Achseln. »Ihr müßt wissen, Sie betrachtet diese Dinge aus einem anderen Blickwinkel. Für Sie sind unsere Sorgen lediglich widrige Winde, die Ihre Gedanken weniger beeinträchtigen als eine Bö das Gras, über das sie hinwegstreicht.«

»Was, wenn Sie sich doch mehr Sorgen macht?«
»Das hängt von Ihrer Laune ab, nehme ich an. Was könnte schlimmstenfalls geschehen? Ihr würdet zu einer wunderschönen Bereicherung Ihres Gartens.«
»Ihr beruhigt mich nicht gerade, Gandharva.«
»Das sage ich nur, weil ich es für äußerst unwahrscheinlich halte. Erzählt mir, was für schreckliche Dinge sich zugetragen haben.«
»Zalambur ist tot. Serafina befindet sich jetzt im Orlem Gor und erleidet die Folter. Bernardo ist tot. Um mein eigenes Leben zu retten, bin ich in der Begleitung von Piraten nach Goa zurückgekehrt. Ich mußte einem der Fremden die Phiole mit dem Gift geben. Bernardo vertraute einem jungen Mann etwas Wissen darüber an, allerdings weiß ich nicht, welches. Dieser junge Fremde ist mir nach Goa gefolgt, als ich vor den Piraten floh. Außerdem habe ich ihm geholfen, ihm den Weg zu einem seiner Landsleute gewiesen. Ich bin mir nicht sicher, weshalb.«
»Es dient doch gewiß dem eigenen *dharma,* wenn man Fremden in Not hilft, oder nicht?«
»So sagt man. Dieser junge Mann war seltsam. Wißt Ihr, daß er sich im Schlamm wälzte, weil er dachte, sich auf diese Weise tarnen zu können?«
»Tiere wälzen sich im Schlamm, um ihren Geruch zu überdecken, sagte man mir. Vielleicht denkt der junge Fremde wie ein Tier. Wer aus dem Westen kommt, tut doch sicher gut daran, seinen Gestank zu überdecken, nicht wahr?«
»Sie scheinen nicht oft zu baden, das stimmt. Doch der Schlamm hat ihn nicht genügend bedeckt. Es war deutlich

zu sehen, daß sein Haar und seine Haut von eigenartiger Farbe sind. Bernardo nannte ihn einen jungen Löwen, weil das Haar des Fremden gelbbraun ist, wie ein Löwenfell. Dieser junge Mann ist wahrhaft Finsternis und Licht, Gandharva; er nennt sich selbst *Tamas.*«

»Ihr habt viel über diesen Burschen nachgedacht. Fühlt Ihr Euch zu ihm hingezogen?«

Aditi biß ein weiteres Mal von dem Betelkeks ab und kaute eine Weile, bevor sie antwortete. »Ich weiß nicht. Gandharva, Ihr seid weiter gereist als ich und habt trotz Eures fehlenden Augenlichts mehr von der Welt gesehen. Habt Ihr jemals das Gefühl gehabt, als Ihr jemandem begegnetet, daß Euch ein unsichtbares Band mit ihm verbindet? Irgendwie ist das sehr wichtig. Habt Ihr das?«

»Ich nicht, aber ich hörte, daß es anderen passiert ist. Es gibt welche, die behaupteten, es bedeute, daß man diese Person schon in einem früheren Leben gekannt hat.«

»Ich glaube nicht an andere Leben. Aber Bernardo muß einen Grund gehabt haben, diesem Tamas zu vertrauen oder ihn zu ermutigen. Vielleicht, weil er Kräuterkundler ist; ihr Wissen ähnelt dem der Alchimisten.«

Der blinde Musiker nickte. »Männer mit verwandtem Geist neigen dazu, Geheimnisse zu haben. Ihr und die Mahadevi haben Geheimnisse, und ich glaube, Ihr seid in mancher Hinsicht wie Sie.«

»Niemand kann wie Sie sein.«

»Keineswegs. Ich habe Sie selbst sagen hören, daß Sie zwei Schwestern hatte, damals in uralter Zeit.«

»Ah. Was für ein Zeitalter der Wunder das gewesen sein muß.«

»So sagen auch die Geschichten, meine Lady. Doch ich glaube, mit der Zeit und dem Erzählen werden Wunder immer wundersamer, wie wucherndes Unkraut.«
»Hin und wieder, Gandharva, glaube ich, daß Ihr die Göttlichkeit der Mahadevi anzweifelt.«
Er hob abwehrend die Hände. »Zweifelt nicht an mir, meine Lady. Seit die Mahadevi mich ins Land der Lebenden zurückgeholt hat, gehöre ich ganz und gar Ihr. Doch ich bin ein Geschichtenerzähler und weiß, was man sich erzählt.«
»Hm. Seid Ihr deshalb in Goa? Um den Marathas Geschichten zu erzählen?«
Wieder zuckte er mit den Achseln. »Ich komme. Ich gehe. Morgen breche ich nach Bijapur auf.«
»Ich sollte mit Euch gehen.«
»Weshalb?«
»Weshalb sollte ich bleiben? Hier machen sie Jagd auf mich, und wenn man mich fängt, wird es mir nicht besser ergehen als der armen Serafina.« Aditi rieb sich mit den Fäusten die Stirn. »Warum erwartet die Mahadevi so viel von uns? Es wäre viel leichter, wenn Sie einfach herkäme und sich zeigte, Ihre Macht unter Beweis stellte.«
»Wenn Sie das täte, bliebe von Goa nicht mehr viel übrig. Außerdem würde es uns niedrigen Sterblichen das Spiel verderben.«
»Ihr haltet all das für ein Spiel?«
»Sie ganz gewiß.«
»Wo die Menschen bei dem Bemühen umkommen, Ihr Wort zu verbreiten?«
»Soweit ich weiß, sind die aufregendsten Spiele die, bei

denen am meisten auf dem Spiel steht. Welchen kostbareren Einsatz gibt es als das eigene Leben? Es steht den Göttern ja gut an, groß und mächtig zu sein, doch wenn sie alles täten, was bliebe uns Sterblichen dann noch übrig?«

Aditi schüttelte den Kopf. »Vielleicht, beiseite zu treten und zu lachen, voller Dankbarkeit, daß nicht wir es sind, die arbeiten und leiden? Aber Ihr habt mir noch immer keinen Grund genannt, weshalb ich in Goa bleiben sollte.«

»Weil Ihr von Eurer Abreise nichts habt. Wenn Ihr jetzt die Stadt verlaßt, flieht Ihr vor Eurem *dharma,* seht bloß noch Ungerechtigkeit in allem und, was am schlimmsten ist, bringt der Mahadevi nichts von Belang. Ihr wißt doch, wie sehr Sie Weichlinge verabscheut. Wartet Ihr aber, so könnte das Rad sich eher zu Euren Gunsten drehen. Vielleicht erfahrt Ihr etwas Wichtiges und könnt Sie dadurch von Ihrem Mißfallen an Euch abbringen. Wenn Ihr mit leeren Händen zur Mahadevi zurückkehrt …«

»Ihr habt recht. Das würde Sie nur noch mehr erzürnen. Ich bin einem Mann begegnet, der vor seinem *dharma* davonlief – ein äußerst armseliger Mensch. Ich möchte nicht wie er werden. Fast wäre es soweit gekommen.«

»Da, seht Ihr? Wartet auf Eure Chance, meine Lady. Das ist mein Rat an Euch. Ich sage noch einmal, Ihr seid intelligent und gescheit. Wenn der Augenblick kommt, werdet Ihr ihn erkennen. Wird Agni nicht aus seinem eigenen verzehrenden Feuer wiedergeboren? Sicher läßt sich dieses Unglück noch zum Guten wenden. Ihr werdet sehen.«

14

ASA FOETIDA:

Dieses Harz ist von rötlich-brauner Farbe und stammt von einem in Persien wachsenden Fenchel. Es ist berüchtigt wegen seines Gestanks und bitteren Geschmacks. Manche nennen es auch Teufelsdreck oder Stinkasant. Dennoch wird es im Osten als Gewürz verwendet, und dort nennt man es Speise der Götter. Pulverisiertes Asa foetida hilft bei Magenbeschwerden wie beispielsweise Koliken. In einem Amulett um den Hals getragen, soll es Krankheiten und Hexenwerk fernhalten …

Thomas achtete nicht sonderlich darauf, wohin man ihn führte, bis sie am Stadtrand an eine Felswand gelangten. Ein Eisentor versperrte eine darin befindliche Öffnung. Drei weitere *soldados* standen an dem Tor Wache. Als seine Häscher mit den Torwächtern scherzten, fiel Thomas ein widerlicher Gestank auf, der aus dem schmalen, höhlenartigen Eingang drang. *Erwartet mich da drin ein ungewaschenes Orakel, das mir die Zukunft weissagen will?*

Schließlich sperrte ein *soldado* das Tor auf, und Thomas wurde hineingestoßen. Er stolperte einen dunklen, abschüssigen Tunnel hinab und versuchte den Atem anzuhalten, als der Gestank zunahm. Seine Häscher hielten sich Taschentücher vor die Nase, boten Thomas jedoch keines an.

Er bog um eine Ecke und fiel gegen ein weiteres eisernes Gittertor. Die Kammer dahinter war dunkel und wimmelte von Schatten in Menschengestalt. Der Gestank war überwältigend: eine satte Mischung aus Exkrementen, Urin, Schweiß, allen möglichen menschlichen Ausdünstungen, verrottenden Pflanzen und verwesendem Fleisch. Thomas hustete und rang seine Übelkeit nieder.

Die Gitter schwangen vor ihm auf, und Thomas stürzte nach vorn, kippte über einen Sims. Er landete seitlich auf einem Steinboden, der glitschig war und abscheulich roch. Er quälte sich auf die Knie und würgte unablässig. Außer

Galle kam nichts hoch. Doch sein Magen produzierte einen solch heftigen Brechreiz, daß er fürchtete, sich noch die Organe aus dem Körper zu speien. *Was für eine unwürdige Art zu sterben das doch wäre.*

Er dachte an all die Arzneien auf Master Coulters Regalen, die den Magen beruhigten: Minze und Narzisse, Weißdornblütentee, Pfirsichzweigsirup. Alles weit weg und nutzlos. Doch der Gedanke schien die Krämpfe zu lindern, und Thomas wurde sich der Menschen rings um ihn herum bewußt, der Finger, die an seinem Haar zupften, seiner Hose, seinen Füßen. Er hörte leises Gelächter und Männer, die in verschiedenen Sprachen miteinander redeten. Jemand neben ihm sagte: *»Bem-vindo, estranho. Bem-vindo a Aljouvar.«*

Ich muß nicht erst sterben, um in die Hölle zu kommen, dachte Thomas. *Ich bin bereits da.*

Jemand brüllte die anderen beiseite und packte Thomas an den Schultern, half ihm, sich aufzurichten. In gebrochenem Latein sagte der Samariter: »Atmet rasch, mein Freund. Wie ein Hund im Sommer. Das hilft. Kommt.«

Thomas hechelte, als man ihn zu einer Wand führte und dagegen lehnte. Aus unsichtbaren Rissen im Fels über ihm strömte schwaches Licht, und allmählich konnte er etwas von seiner Umgebung erkennen. Thomas wandte sich seinem Wohltäter zu, um ihm zu danken, und erschrak. Neben ihm befand sich ein dunkles Gesicht wie die Negermasken Afrikas, ein Hindugesicht mit breiter Nase und braunen Augen.

»Gut«, sagte der Hindu. »Fühlt Ihr Euch nun besser?«

»Ja«, brachte Thomas hervor. »Vielen Dank, Fremder.«

Der Hindu nestelte an Thomas' Fesseln und sagte: »Eure Hände sind jetzt wieder frei.«
»Gott sei's gedankt«, seufzte Thomas auf englisch und rieb sich die Handgelenke. Als seine Augen sich an die Dunkelheit gewöhnt hatten, sah er, daß er sich in einer tiefen Grotte aufhielt, deren Steinboden durch das Werk zahlreicher Füße glattgeschliffen war. Ratten quiekten und kletterten allerorts herum. Mehrere Dutzend zerlumpter, bärtiger Männer befanden sich in der Kammer: Manche liefen auf und ab wie Tiere in einem Käfig, manche schaukelten stumm an ihrem Sitzplatz. Manche lagen auf dem Boden und riefen laut nach der Jungfrau Maria oder Allah oder einer vielsilbigen heidnischen Gottheit. Manche lagen ganz reglos da, schliefen, waren krank oder tot. Der Rest, ob Araber mit Turbanen, vornehm gekleidete Goaner, fast nackte Afrikaner, Hindu in langen Umhängen oder Menschen unbestimmbarer Rasse oder Nation, saßen gelassen herum und sprachen miteinander, beteten oder spielten Spiele mit Steinen. Nicht wenige sahen Thomas mit dumpfer Neugier an.
»Jesus«, sagte jemand, der dicht bei ihm saß, auf lateinisch mit fremdländischem Akzent. »Ich glaube, Ihr habt uns einen Briten angeschleppt, Sabda.«
Thomas blickte hinunter und sah einen Mann in fleckigem und verschlissenem Seidenwams und Kniehose. Sein blonder, unbeschnittener Bart war ebenso gekämmt wie seine Haare. Die Augen des Mannes waren blau. »Seid Ihr ebenfalls aus England, Sir?«
Nach einigem Zögern hielt der Mann eine breite Hand hoch. »Pieter van der Groot aus Rotterdam.«

Vorsichtig ergriff Thomas die Hand, seine Handgelenke schmerzten noch.

»Ich heiße Sabdajnana«, sagte der Hindu mit einer Verbeugung. »Und dürfen wir auch Euren Namen erfahren, werter Sir?«

»Chinnery. Thomas. Aus Londinium.«

»Chinritamas.«

»Ehm, nein. Nur Thomas.«

»*Tamas?* Hmmm …« Der Hindu murmelte etwas.

Der Holländer lachte. »Sabda meint, daß es sicher Euer Name war, der Euch hergebracht hat. Tamas bedeutet in seiner Sprache ›Dunkelheit‹.«

»Wirklich? Dann bin ich fürwahr in meinem Element, weil meine Aussichten mir niemals düsterer erschienen sind. Ist dieser Mann Sabda Euer Diener?«

Stirnrunzelnd sagte van der Groot: »Er ist mein Freund. Er ist ein gelernter Doktor und ein Brahmane, die vornehmste Kaste in diesem Land. Die Mohammedaner nennen ihn einen *hakim.*«

»Ich verstehe. Verzeiht mir, ich wollte Euch nicht kränken.« Thomas verbeugte sich nach Hinduart vor Sabdajnana. »Und Ihr habt mir an diesem Ort unerwartete Güte entgegengebracht … wo auch immer wir hier sind.«

Der Brahmane verbeugte sich seinerseits mit einem Lächeln.

»Dies ist das Aljouvar«, erklärte van der Groot, »das Burgverlies des Gouverneurs, in dem jeder Goaner oder Fremde mit Blut in den Adern und Mißerfolg im Leben seine Zeit verbringt. Doch laßt Euch sagen, ich habe in

dieser Höllengrube mehr Nächstenliebe und edle Gesinnung gesehen als jemals in der Welt da draußen. So tief gesunken, werden wir alle zu Brüdern in der Not.«
Ein dürrer, sehniger Mann mit spärlichem schwarzen Kinnbart und Schnauzer schlenderte herbei und ließ sich geschmeidig neben van der Groot auf den Boden plumpsen.
»Mit Ausnahme von Joaquim hier«, fuhr der Holländer mit lauterer Stimme fort, »der niemandes Bruder ist. Habe ich nicht recht, Joaquim?«
»Ihr tut mir unrecht«, sagte der kleine Mann auf lateinisch mit portugiesischem Akzent. »Ihr verbeugt Euch nicht einmal, um mich zu grüßen, wie ein ehrenwerter Herr das tun sollte. Bringt mich nicht dazu, Euch wegen Eurer Grobheit zu fordern. Das wäre nicht sehr liebenswürdig vor Eurem neuen Freund, Pedro.«
»Das ist ungerecht von Euch, Joaquim. Ihr wißt, daß meine Beine noch nicht verheilt sind und ich mich nie und nimmer so gut verbeugen kann wie Ihr.«
»Ah, das hab ich vergessen. Wir müssen den Verkrüppelten vergeben. Also, wer ist dieser Engel mit dem goldenen Haar, der uns in der Hölle besucht?«
»Gewährt mir die Ehre, daß ich Euch Thomas Chinnery aus Londinium vorstelle. Er ist ein *inglês,* Joaquim.«
Der kleine Mann keuchte drollig auf. »Ein *inglês! Madre de Deus,* rettet mich vor diesem kinderfressenden Ketzer, Pedro!«
»Ich bitte um Verzeihung«, sagte Thomas kühl.
»Dieser fragwürdige Charakter«, meinte van der Groot, »ist Joaquim Alvalanca, der unterhaltsamste Hundesohn, mit

dem ich je das Vergnügen hatte, mir ein Gefängnis zu teilen.«

»Ah, nun habt Ihr mich zum zweiten Mal beleidigt, Pedro. Wahrhaftig, Ihr werdet mir zu familiär.«

»Vergebt mir, Joaquim, ich bin nur ein grober Kaufmann und weiß nichts vom zarten Gemüt und Stolz eines Ehrenmannes.«

»Zartes Gemüt und Stolz«, schniefte Joaquim, »zeichnet einen Ehrenmann überhaupt erst aus.«

»Wenn das so ist«, warf Thomas ein, »habe ich die Ehre, die Bekanntschaft mit jemandem zu machen, der fraglos ein Ehrenmann ist.« Er versuchte sich so imposant zu verbeugen, wie er es auf den Straßen von Goa gesehen hatte. Doch als er den Kopf senkte und wieder hob, begann vor seinen Augen alles zu verschwimmen, und er stürzte nach vorn.

Der Brahmane Sabdajnana packte einen seiner Arme. Joaquim sprang auf und nahm seinen anderen Arm. Gemeinsam ließen sie Thomas auf den Boden hinab.

»Setzt Euch, Senhor, bitte«, sagte Joaquim. »Ihr erweist mir zuviel Ehre. Habt keine Angst, Euch zu beschmutzen. Eurem Geruch nach ist das bereits geschehen.«

»Ich fürchte, ich bedarf der Nahrung«, sagte Thomas.

Sabdajnana legte seine kühle Handfläche auf Thomas' Stirn und Nacken. »Anzeichen von Fieber. Ihr müßt vorsichtig sein, werter Herr.«

»Ach, Senhor, man hat uns schon seit geraumer Zeit nichts mehr zu essen gebracht«, bemerkte Joaquim. »Ich hoffe, Ihr verhungert uns nicht. Auch wenn Ihr ein vermaledeiter Ketzer seid, der es mit dem Teufel treibt.«

»Habt Dank«, antwortete Thomas trocken. »Auch wenn Ihr ein elender Papist seid, der Götzen huldigt.«
»Ah! Er trifft mich ins Herz, Pedro! Soll ich ihn fordern?«
»Geduld, Joaquim. Er hat schon dadurch genug zu leiden, daß er sich hier und in deiner Gesellschaft befindet. So ein Ehrenmann seid Ihr nun auch wieder nicht, daß Euer Stolz nicht ein paar Kratzer ertragen könnte. Außerdem könnte er das Duell gewinnen, und Ihr wißt, daß ich ohne Euch Plagegeist hier verrückt werden würde.«
Ein Licht tauchte auf, zuckte unweit des Eisentors hin und her. Männer erhoben sich vom Boden der Grotte, kamen von den Mauern herbei, die Arme ausgestreckt, und flehten in vielerlei Sprachen. Vor dem Tor hielt ein *soldado* eine Laterne hoch und beleuchtete zwei Mönche in braunen Kutten und tief in den Kapuzen verborgenen Gesichtern. Thomas spürte einen Hoffnungsschimmer.
»Paulistas«, meinte Joaquim und beäugte sie neugierig.
»Jesuiten«, sagte van der Groot zu Thomas. »Sie kommen manchmal auf Betreiben von jemandes Familie oder um Barmherzigkeit zu üben. Sie helfen den Unglückseligen und hegen keine große Liebe für die Santa Casa.«
Der *soldado* deutete in ihre Richtung, und die Mönche blickten Thomas an, gestikulierten untereinander.
»Ah, vielleicht bringen sie Euch etwas zu essen, Senhor.«
Doch eine Minute darauf verschwanden die Mönche stillschweigend wieder. Der Laternenträger folgte und ließ die Grotte in einer Finsternis zurück, die sogar noch tiefer war als zuvor. Resigniert begaben die Gefangenen sich an ihre früheren Plätze und nahmen ihre vorherigen Tätigkeiten wieder auf.

»Ich hatte gehofft«, seufzte Thomas, »daß es Padre Stevens wäre. Ich habe vor meiner Verhaftung mit ihm gesprochen. Er bot mir Hilfe an.«
»Ich habe von ihm gehört«, sagte van der Groot. »Einst habe auch ich auf seine Hilfe gehofft. Doch ich erfuhr, daß Padre Stevens den Gouverneur vor einigen Jahren verprellt hat, indem er dreien Eurer Landsleute half, aus Goa zu entfliehen. Die Behörden trauen ihm nicht, und ich glaube nicht, daß er viel ausrichten kann.«
»Ja. Er brachte mich gerade zu seinen Mitjesuiten, als Soldaten uns anhielten. Sie schenkten seinen Entschuldigungen für mich keinen Glauben, und so wurde ich hierher verschleppt. Senhor Alvalanca, Ihr spracht von der Santa Casa. Ist das …«
»Die Inquisition, Senhor«, sagte Joaquim. »Und betet, daß das Geweihte Haus sich nicht für Euch interessiert, ketzerischer *inglês*.«
Thomas hatte über die Foltern der Inquisition schon zahllose Geschichten gehört, die man sich im Flüsterton als weiteres verdammenswertes Zeugnis gegen die Papisten erzählte. Oftmals waren die Geschichten so entsetzlich gewesen, daß er sich gefragt hatte, wie viele davon der Wahrheit entsprachen.
»Also, welches schauerliche Verbrechen bringt unseren Senhor Chinnery denn nun ins Aljouvar?«
»Ihr vergeßt, Joaquim«, sagte van der Groot, »daß es in dieser Stadt schon Verbrechen genug ist, ein Fremder zu sein. Selbst hier hat sich vor noch gar nicht langer Zeit ein Gerücht verbreitet, wonach eine mächtige Flotte englischer Kriegsschiffe die größten Carracks von Goa gejagt

und sie beinahe gekapert hätte. Ihr stammt nicht zufällig von einer solchen Flotte?«

»Nein«, sagte Thomas und unterdrückte ein Lächeln. »Meine Flotte bestand lediglich aus zwei Schiffen, und auch wenn wir eine Carrack angegriffen haben, so haben wir sie doch nicht gekapert. Wir trugen schwere Schäden davon und mußten unweit von Kalkutta zu Reparaturzwecken einen Hafen aufsuchen, doch als wir dort waren, fielen arabische Piraten über uns her. Ich versuchte einen Freund zu retten, von dem ich glaubte, daß sie ihn gefangen hätten, und wurde bei diesem Bestreben selbst gefangen und unter Drogen gesetzt. Als ich erwachte, befand ich mich in einem Karren auf einer Straße nach Goa.«

»Seltsam«, meinte van der Groot und rieb sich den Bart. »Ich hätte nicht gedacht, daß die Seeräuber aus Oman diesen Teil der Indischen See befahren.«

»Aber selbst wenn«, warf Joaquim ein, »es schon Verbrechen genug ist, ein *inglês* zu sein, muß noch mehr dahinterstecken. Sonst würde man den *paulistas* doch erlauben, für Eure Sicherheit zu bürgen. Beschuldigt man Euch nicht noch anderer Dinge, Senhor?«

Thomas seufzte. »Man glaubt, ich hätte einen goanischen Ehrenmann ermordet.«

Van der Groot zog hörbar den Atem ein. »Dann möge Gott Euch helfen, mein Freund.«

»Aber natürlich!« sagte Joaquim. »Ein Duell, nicht wahr? Dieser hübsche Junge hat sich eine Lady mit einem eifersüchtigen Gatten angelacht.«

»Nein, nichts derart Abenteuerliches«, entgegnete Thomas. »Ich bin von Berufs wegen Apotheker. Ich habe jemandem eine Arznei verabreicht. Doch wie es scheint, hat sie sich statt als Heilmittel als giftig erwiesen.«

»Was war das für eine Arznei«, fragte Sabdajnana, »die Ihr ihm gegeben habt?«

Einen Moment lang war Thomas verblüfft, dann fiel ihm ein, daß der Brahmane ein Doktor war und sich für so etwas interessierte. »Es war ein braunes Pulver. Soweit ich weiß, nennen Eure Leute es *Rasa Mahadevi.*«

»Rasa Mahadevi!« keuchte Sabdajnana auf.

»Kennt Ihr es?«

»Nur Gerüchten nach, Tamas. Der Name bedeutet ›Blut der Göttin‹, und man hält es für eine überaus heilige und mächtige Arznei.«

»Und das ist es auch, denn ich habe es einmal dazu verwendet, einen Mann von den Toten wiederzuerwecken, doch dem Goaner wurde es zum Verhängnis.«

»Ihr habt diese erstaunliche Substanz verwendet?«

»Nur zweimal.«

»Wie wunderbar! Wo hattet Ihr sie her? Habt Ihr noch etwas davon bei Euch?«

»Nein. Was ich davon besaß, wurde mir auf dem Piratenschiff genommen. Ich hatte es von eben dem Mann erhalten, der daran starb – einem portugiesischen Alchimisten. Von welcher Gottheit soll es stammen? Kennt Ihr seine Herkunft?«

Sabdajnana hob die Brauen. »Von der Mahadevi natürlich, das heißt ›Große Göttin‹. Doch woher das Pulver kommt, weiß niemand. Manche sagen, man findet es tief in der Dekkanwüste oder im bengalischen Dschungel. Manche sagen, es ist das Blut eines *naga.*«

»*Naga?* Was ist das?«
»Die *naga* sind ein sagenumwobenes Volk, halb Mensch, halb Schlange. Ich weiß nicht, ob es sie wirklich gibt.«
Vielleicht rührt daher die Bemerkung über die Schlangen, die dem Fläschchen beigegeben war. Kein Wunder, wenn es wahr wäre.
»Also«, stellte Joaquim fest, »seid Ihr nicht nur ein Ketzer, sondern auch ein Zauberer.«
Thomas starrte den kleinen Mann an. »Der richtige Gebrauch von Arzneien, Rauschmitteln und Kräutern hat nichts mit Zauberei zu tun.« Es war schon schwer genug, die Verleumdungen des Royal College of Physicians zu ertragen, ganz zu schweigen einen ignoranten, spitzzüngigen Iberer. Thomas spürte, wie sein Gesicht rot anlief, und ihn durchwogten abwechselnd Hitzewallungen und Kälteschauer. Er vergrub sein Gesicht in den Händen.
Sabdajnana ergriff seine Schultern. »Wie fühlt Ihr Euch?«
»Nicht gut.«
Der Brahmane und Joaquim halfen Thomas, sich umzuwenden und wieder an die Mauer zu lehnen. »Ich wollte Euch nicht kränken, Senhor, verzeiht mir«, plapperte Joaquim. »Hört, ich werde Euch meine Geschichte erzählen. Das wird ein Lächeln auf Euer Gesicht bringen, ja? Ich bin im Aljouvar zu Gast, weil ich ein Dieb bin. Noch dazu ein unfähiger Dieb. Was habe ich gestohlen? Einen Laib Brot, Senhor.«
»Wart Ihr so arm?« fragte Thomas. »Ihr scheint recht gebildet zu sein. Oder seid Ihr ein Student?«
Joaquim lachte. »In Goa, Senhor, sind die einzigen Fächer, die ich studierte, die, wie man trinkt, kämpft, hurt und auf

hunderterlei Weise einen Menschen tötet. In Lissabon war ich ein richtiger Student an einem Seminar, weshalb auch mein Latein so gut ist. Doch meine Familie fiel in Ungnade; ich hatte keine Zukunft mehr in Lissabon. Also segelte ich nach dem Goldenen Indien, von dem es hieß, daß dort Rubine und Smaragde von den Bäumen hingen und die dunkelhäutigen Mädchen einem jeden Wunsch erfüllten. In Goa wurde ich *soldado,* wie jeder Mann ohne Weib oder Titel. Wir kämpfen zum Schutz unserer kostbaren Kolonie. Ich werde mit zehn anderen in Baracken gesteckt, und man erzählt uns, daß wir, wenn wir gute Dienste leisten und uns ein Weib nehmen, *fidalgos* werden und nicht mehr arbeiten müssen, sondern prächtige Anwesen unser eigen nennen und mit Sklaven, die Parasols über unsere Köpfe halten, über die *avenidas* flanieren.

Joaquim beugte sich näher heran und senkte seine Stimme. »Aber, Senhor, sie haben uns nicht erzählt, daß wir nur zwei *reis* am Tag verdienen. Daß zwei Männer sich ein gutes Hemd teilen müssen. Daß man uns nur Reis und Stockfisch zu essen gibt und nur Wasser zu trinken. Daß der *governador* sein Geld lieber für sein Weib und seine *amigas* ausgibt als für seine *soldados.*«

»Vorsicht, Joaquim«, warnte van der Groot.

»Es ist mir ganz gleich, Pedro. Also, Senhor, stehlen wir. Manche haben Damen, die ihnen im Tausch gegen Liebe etwas zu essen bringen. Ich, ich habe keine *amiga solteira,* also stahl ich einen Laib Brot. Doch ich wurde erwischt, und unser *sargento* mußte ein Exempel statuieren, darum bin ich jetzt hier. Eine spannende Geschichte, nicht wahr?«

»Wie lange seid Ihr schon hier?« wollte Thomas wissen.
»Zwei, vielleicht drei Monate.«
»So lange? Hat denn noch kein Staatsdiener mit Euch gesprochen?«
»Nein, und wenn ich Glück habe, werden Sie vergessen, daß ich überhaupt hier bin.«
Thomas seufzte. Es war ebenso tröstlich wie bedrückend, das Leid anderer zu hören. »Was ist mit Euch, Sir?« sagte Thomas zu van der Groot. »Darf ich auch Eure Geschichte erfahren?«
Der Holländer kratzte sich am Bart. »Meine scheint es kaum wert zu sein, erzählt zu werden. Doch aus der Sicht des *governador* bin ich ebenfalls ein Dieb. Die Schiffe meiner Landsleute sind in diesen Gewässern so wenig willkommen wie Eure. Man kennt uns Holländer als geschickte Kaufleute, und Portugal wacht eifersüchtig über seine eroberten Gebiete. Man nahm mich gefangen, als ich versuchte, Handelskontakte mit einigen Kaufleuten unter den Marathas zu knüpfen. Die Behörden waren nicht sehr angetan.«
»Und auch Ihr habt mit niemandem gesprochen?«
»Wie Joaquim hoffe ich, daß das noch lange Zeit dauert. Ich fürchte, es geht nicht gut für mich aus, wenn das abschließende Urteil gefällt wird.« Der Holländer rückte im Sitzen unruhig umher, und Thomas bemerkte, daß seine Beine unnatürlich steif waren.
»Was ist Euch geschehen?«
»Ich versuchte zu fliehen und wurde von den Wachen geschlagen. Es ist nichts.«

»Ich verstehe.« Thomas sah, daß es alles andere als nichts war, beschloß aber, den Holländer in dieser Sache nicht weiter zu bedrängen. »Könnt Ihr mir sagen, was vielleicht mit mir geschieht? Könnt Ihr mir einen Rat geben?«

»Wenn sie überzeugt sind, daß Ihr ein Mörder seid, oder sie Euch als solchen hinstellen wollen, bleibt Euch kaum etwas anderes übrig als die Flucht. Die Wachen sind mitunter nachlässig oder bestechlich. Eine Weile könntet Ihr Euch vielleicht unter den Mohammedanern oder Juden in Goa verstecken; einige sind den Portugiesen nicht wohl gesinnt und würden Euch nicht verraten. Die größte Chance habt Ihr, wenn Ihr über Land flieht. Geht nach Osten, in die Region Bijapur. Der dortige Sultan Ibrahim 'Adilshah mag die Portugiesen nicht, heißt alle anderen Fremden aber willkommen.«

Bijapur. Von diesem Ort habe ich doch schon gehört … Ah! Das ist der zweite Punkt auf De Cartagos Karte; der Weg zur Herkunft des Rasa Mahadevi.

»Und Ihr, *Magister*«, wandte sich Thomas an Sabdajnana. »Was bringt einen studierten Menschen wie Euch an diese Stätte?«

Der Brahmane schüttelte traurig den Kopf. »Männern des Wissens, die keine Christen sind, bringt man in diesen Zeiten in Goa Argwohn entgegen.«

»Männern des Wissens, die reich sind, meint Ihr wohl«, sagte van der Groot. »Sie hatten es vermutlich auf Euer Vermögen abgesehen, Sabda. Ihr werdet ja sehen, ob noch etwas davon übrig ist, wenn Ihr heimkehrt.«

Der Brahmane seufzte und blickte zur Seite.

»Ich danke …« Thomas hustete, und die Welt um ihn

herum begann sich zu drehen. Hitze stieg in ihm auf, als drohte ein inneres Feuer, ihn zu verzehren. Er wollte schmelzen oder sich wie Brot in einem Ofen ausdehnen. Seine Arme und Beine fühlten sich schwer wie Blei an.

»Das Fieber«, hörte er Sabdajnana über ihm sagen. »Es wird schlimmer.«

Natürlich war es das Fieber, er hatte es schon oft genug behandelt. Nun ja, etwas Flohkraut und Lavendel sollte seinen Zweck eigentlich erfüllen, nicht wahr, Dame Smythe? Und da war auch Dame Coulter, die auf ihn hinabstarrte und mit einem Schütteln ihrer plumpen Wangen sagte: »Gott sollte einem solchen Vater kein Kind schenken.« Aber wen meinte sie? Seinen Vater natürlich, kurz bevor sie darauf bestand, daß Master Coulter ihn auf seine Reise schickte, weit weg von den berittenen Frauen, die ihn in diesem brennenden, nachtdunklen Wald verfolgten und jagten. Er konnte ihre Rufe und furchtbaren Schreie hören, und er lief durch das Feuer, bekam jedoch keine Luft in seine Lungen, und beim Laufen schlugen ihm die Zweige ins Gesicht …

Ein mächtiger Schlag, und Thomas sah das Gesicht eines Dämons über sich schweben.

Nein, es war Sabdajnana, der sehr besorgt wirkte. »Tamas?«

»Senhor!« flüsterte ihm Joaquim ins Ohr. »Senhor, Ihr müßt aufwachen. Sie kommen, um Euch zu holen.«

Sein ganzer Körper tat ihm weh, und Thomas ließ zu, daß sie ihn hochzerrten.

Am Tor stand ein Mönch, ein Taschentuch vor dem Mund. Ein Schlüssel klirrte im eisernen Schloß.

»Padre Stevens?« hauchte Thomas. Er sah sich um und erwartete, daß die Gefangenen wieder im Chor jammerten und flehten. Statt dessen herrschte Stille. Niemand rief nach dem Mönch am Tor oder gab zu erkennen, daß er ihn bemerkte. Wenn sie sich überhaupt rührten, so zogen die Gefangenen sich noch tiefer in die Schatten zurück und wandten die Gesichter ab.

Der Mönch betrat allein die Grube, eine Laterne in der Hand. Seine Kutte war nicht braun, sondern weiß mit dem schwarzen Umhang eines Dominikaners. Der Mönch ging geradewegs auf Thomas zu.

»Ach, Senhor«, wisperte Joaquim. »Ich fürchte, Ihr seid doch der Santa Casa geweiht.«

Der Dominikaner blieb vor ihnen stehen und deutete auf Thomas. Er sagte zu Joaquim: *»É ele inglês?«*

Joaquim nickte, den Blick zu Boden gewandt.

»Mut, Thomas«, sagte van der Groot.

Der Mönch gab den Wachen am Tor ein Zeichen. Als die Männer in die Grotte hinabstiegen und Ketten brachten, flüsterte Joaquim Thomas wieder etwas ins Ohr. »Denkt an uns, Senhor. Wenn Ihr nämlich erst einmal die Gastfreundschaft der Santa Casa erfahren habt, wird Euch das Aljouvar wie das Paradies erscheinen.«

Padre Gonsção verweilte noch ein wenig in den zunehmenden Schatten der Kathedrale der Sancta Katharina. Die Messe war schon lange vorbei, doch es war ihm zuwider, die tröstlichen iberischen Bogengänge, den Altar und die Bänke zu verlassen. Die hohen Fenster waren aus Perlmutt zusammengesetzt und ließen diffuses, milchiges

Licht herein, als befände man sich unter Wasser. *Wie passend dieses Gotteshaus doch ist. Ich fürchte nämlich, ich bin nicht fähig, im reißenden, düsteren Wasser des Lebens in Goa zu schwimmen. Gott bewahre, daß ich darin ertrinke.*

Die großen Holztüren hinter ihm öffneten sich, und eine einzelne Person, ein Mönch, kam herein. Er beugte am Mittelgang das Knie und ging zu der Bank hinüber, wo Gonsção kniete. Erst als der Mönch neben ihm stand, erkannte Gonsção Bruder Marco.

»Möge Gott Euch einen schönen Abend gewähren, Padre.«

Gonsção seufzte und bekreuzigte sich, als beendete er sein Gebet. »Euch auch, Bruder Marco.«

»Das hat er, Padre, uns allen. Endlich bringe ich Euch frohe Kunde.«

»Ich bin erfreut, das zu hören. Doch teilt mir die Botschaft draußen mit. In diesen Mauern hallt es so sehr, daß die Tauben im Gebälk unser Geflüster hören könnten.«

»Gewiß, Padre.«

Gonsção ließ zu, daß Bruder Marco ihn hinaus zur Treppe vor der Kathedrale führte. Die Sonne verschwand bereits hinter den hohen Häusern und warf lange Schatten über die noch immer dicht bevölkerte Hauptplaza. »Gehen diese Leute denn niemals nach Hause, Bruder Marco?«

Der junge Mönch lachte. »Sie ziehen es vor, zu den anderen nach Hause zu gehen, Padre. Goa ist eine gesellige Stadt.«

Gonsção schnalzte mit der Zunge. »Ich bin erstaunt, daß hier überhaupt noch ernsthaft gearbeitet wird.«

»Nicht sehr viel«, meinte Bruder Marco. »Doch nun zu

meiner Botschaft. Der *inglês,* den wir entronnen geglaubt hatten, ist gefunden worden. Man hatte ihn ins Aljouvar geworfen, doch einer unserer Brüder hat ihn herausgeholt und in die Santa Casa gebracht.«

»Na, das nenne ich einen Fortschritt. Es wäre besser gewesen, De Cartago lebend vorzufinden, aber wir müssen uns mit dem Zweitbesten zufriedengeben. Ich nehme also an, daß es heute abend zu einer Befragung kommen wird?«

»So bald nicht, Padre. Der *inglês* war krank und fieberte, und Domine Sadrinho wünscht, daß er vor dem Verhör noch etwas Zeit hat, um sich zu erholen.«

»Ich verstehe.« Nach soviel Verzögerungen und Irreführungen fragte Gonsção sich unwillkürlich, ob das nicht nur wieder ein Trick war. »Wißt Ihr, Bruder Marco, ich finde, daß wir diesem *inglês* angesichts der Bedeutung, die ihm für unsere Untersuchungen zukommt, den besten aller Fürsprecher zur Seite stellen sollten. Ich denke, Bruder Timóteo wäre der Richtige für ihn, oder?«

Bruder Marco lächelte. »Die Münder der Weisen laben sich wahrhaftig am selben Quell, Padre. Inquisitor Sadrinho hat Bruder Timóteo diese Aufgabe bereits zugewiesen.«

»Hat er das? Das sind fürwahr erquickliche Neuigkeiten.«

Auf der anderen Seite der Plaza erweckte etwas einen Moment lang Bruder Marcos Aufmerksamkeit. »Ich ... ich muß zurück, um den Vorbereitungen für unseren neuen Gast beizuwohnen. Bitte entschuldigt mich, Padre.« Er drehte sich um und ging schnellen Schrittes in eine

Richtung davon, die zu der, in der er etwas gesehen hatte, entgegengesetzt lag.

Gonsção hob erstaunt die Brauen. *Aber so vieles ist hier seltsam, daß es sich sicher nicht lohnt, danach zu fragen.* Mit einem Seufzer ging er die Stufen der Kathedrale hinunter und folgte Bruder Marco gemächlich.

Aus dem Augenwinkel heraus sah er zwei Gestalten in braunen Kutten, die sich vom Springbrunnen auf der Plaza her in seine Richtung begaben. Er schickte ein Stoßgebet zum Himmel, weil er die jesuitische Vorliebe für Armut, Barmherzigkeit und missionarischen Eifer peinlich fand. Sein Gebet kam anscheinend zu spät, denn die *paulistas* strebten geradewegs auf ihn zu. Gonsção nickte freundlich und beschloß, das Beste daraus zu machen.

»Möge Gott Euch einen schönen Abend gewähren, Brüder.«

»Und möge er Eurem Geist Ruhe geben, Padre.« Der Jesuit, der das sagte, war ein weißhaariger Mann um die Sechzig, und sein Portugiesisch hatte einen eigenartigen Akzent. Der Bruder neben ihm war untersetzt und hatte schwarzes Kraushaar. Aus der Art, wie der Mann in seiner Kutte die Schultern bewegte und sich wand, folgerte Gonsção, daß die Kleidung neu für ihn war.

»Ich habe Euch in der Nähe der Santa Casa noch nicht gesehen«, sagte der alte Mönch scharfsinnig. »Seid Ihr erst kürzlich in Goa eingetroffen, Padre?«

»Ich bin erst seit zwei Wochen hier, Bruder.«

»Dann darf ich Euch in der aufregendsten Gemeinde auf Gottes weiter Erde begrüßen. Ich bin Padre Tomás Estevão.«

»Ah, Ich glaube, ich habe von Euch gehört. Ihr seid ein *inglês,* nicht wahr?« *Und ich habe auch schon eine Vermutung, weshalb du mich ansprichst.*
»Nun, das ist mein Heimatland, doch man hat mich verbannt, bis Seine Heiligkeit seine Bulle aufhebt oder Ihre Hoheit Majestät Elizabeth wieder in den Schoß der Mutter Kirche zurückkehrt. Beides kommt mir nicht sehr wahrscheinlich vor. Dies ist Bruder Andrew aus Schottland, einem Land, das in Glaubensdingen etwas gemäßigter ist, wenn auch nicht hinsichtlich des Wetters.«
Gonsção nickte dem struppigen Mönch höflich zu und bekam ein kühles Lächeln zur Antwort. *Sein Blick hat etwas Verschlagenes. Es ist nicht alles so, wie es den Anschein hat.* »Man sagte mir, Padre Estevão, daß Ihr die heidnischen Sprachen in diesem Land studiert.«
»Nun ja«, sagte Pater Stevens stolz. »Ich habe eine kanaresische Grammatik zusammengestellt, und zur Zeit arbeite ich an einem frommen Gedicht im Stil und in der Sprache der Marathas. Ich nenne es Christian Purana.«
Gonsção versuchte, seinen Verdruß nicht zu zeigen. »Wenn ich fragen darf, Padre, was ist nur in Euch gefahren, daß Ihr so etwas tut?«
»Oh, das ist eine große Herausforderung, ich weiß. Aber ich denke, es ist den Versuch wert, um den christlichen Glauben auf eine Weise zu offenbaren, die dem Hindu vertraut ist. Und auch, um den Gläubigen die Schönheit der von den Einheimischen verwendeten Sprache und ihrer poetischen Formen nahezubringen. Doch ich will mich nicht, wie so viele Schriftsteller es tun, lange in Geschichten über mein derzeitiges Schaffen ergehen. Ich

habe erfahren, daß einer meiner Landsleute nun in der Santa Casa zu Gast ist. Ein junger blonder Mann, der so heißt wie ich, Thomas. Ich halte ihn der Vorwürfe, die man gegen ihn vorbringt, für nicht schuldig, und möchte zu seinen Gunsten aussagen und ihm mit Rat und Tat zur Seite stehen.«

Das dachte ich mir. Gonsção setzte das huldvollste Lächeln auf, das er fertigbrachte. »Natürlich, Padre, sorgt Ihr Euch um Euren unglückseligen Landsmann. Doch leider muß ich Euch mitteilen, daß ich lediglich als Beobachter hier bin. Ich habe in diesem Fall keine unmittelbare Amtsgewalt. Ich weiß nicht, auf welche Vorwürfe Ihr Euch bezieht. Ich weiß allerdings, daß es kein Fehler von der Santa Casa war, ihn zu ihrem Gast zu machen; Inquisitor Sadrinho ist sehr an seiner Aussage interessiert. Man wird ihn anständig behandeln, das versichere ich Euch. Nun habe ich Euch schon mehr gesagt, als meine Position mir erlaubt. Wenn Ihr möchtet, schicke ich dem Inquisitor maior eine Nachricht, daß Ihr eine Audienz bei ihm wünscht. Wißt Ihr, es kann sein, daß seine Antwort längere Zeit braucht. Inquisitor Sadrinho ist ein vielbeschäftigter Mann.«

Der alte Jesuit lächelte ebenfalls. »Ich hatte bereits mit Domine Sadrinho zu tun, Padre. Ich weiß, wie beschäftigt er sein kann, wenn er es für erforderlich hält.«

»Ich bin froh, daß Ihr so geduldig und verständnisvoll seid, Padre Estevão. Wenn Ihr mich jetzt entschuldigen möchtet, ich muß mich um dringende Angelegenheiten kümmern.«

»Einen Augenblick, Padre«, sagte Bruder Andrew. Sein

hartes Portugiesisch schien eher das eines Soldaten als eines Gelehrten zu sein. »Es gibt da etwas, was Padre Estevão nicht erwähnte. Ich glaube, man will den jungen *inglês* weniger um seiner selbst willen sprechen, sondern aufgrund dessen, was er möglicherweise von dem Mann erfahren hat, den er nach Goa begleitete. Einem gewissen Senhor Bernardo De Cartago.«

»Mehr habe ich dazu nicht zu sagen«, erwiderte Gonsção. »Es wird Euch …«

»Aber wißt Ihr«, fuhr Bruder Andrew fort, »es ist ein Irrtum anzunehmen, daß dieser De Cartago tot ist.«

»… keinen Vorteil bringen, wenn Ihr … was habt Ihr gerade gesagt, Bruder?«

»Daß selbiger Senhor De Cartago, den man für einen Zauberer hält, gar nicht tot ist.«

Gonsção stellte fest, daß er sprachlos war. *Es ist, als hätten sie auf der anderen Seite der Plaza meine Gedanken gelesen. Kann das wahr sein, oder ist es nur wieder eine List? Ich darf nicht zeigen, daß es mir wichtig ist.* Doch irgendwie konnte er nicht verhindern, daß ihm der Unterkiefer herunterklappte und er den schottischen Mönch fassungslos anstarrte.

»Ist das nicht etwas, was die Santa Casa interessiert?« sagte Bruder Andrew und zwinkerte unschuldig.

»Wie … wie seid Ihr an dieses Wissen gelangt?«

»Wenn Ihr ein klein wenig von Eurer Zeit für uns übrig habt, Padre«, meinte Padre Estevão, »werden wir es Euch gern erklären.«

Ich weiß nicht genug, um das beurteilen zu können. Ich weiß nicht, wo De Cartagos Leiche liegt oder ob es sie überhaupt gibt. Ich kann diesen Männern nicht vollauf vertrauen, doch Sadrinho vertraue ich auch nicht. Wenn er von dieser Sache nichts weiß oder sie vor mir verbirgt, dann ist es von größter Wichtigkeit für meine Mission, daß ich mehr erfahre. »Also gut. Ich höre.«

15

MOHN:

Diese Pflanze hat silbrig-grüne Blätter. Im Hochsommer bringt sie weiße, rote oder violette Blüten hervor und im Spätsommer runde Samenkapseln. Aus Mohn hergestellter Sirup ist eine ausgezeichnete Arznei, denn sie nimmt einem alle Sorgen, jede Erinnerung an Schmerz, Gefahr oder widrige Umstände und bringt seligen Schlaf. Doch muß man bei der Verwendung vorsichtig sein, weil zu starke Tinkturen zu tiefen Schlaf bringen und es Knoblauch oder anderer starker Substanzen bedarf, um den Schläfer wiederzubeleben. Bei den Alten war der Mohn Ceres und Diana geweiht, und man hielt ihn für eine Todespflanze. Manche sagen, die roten Blüten erwuchsen erstmals aus dem Blut eines Drachen, den die heilige Margarete erschlug. Andere sagen, er entfaltete sich aus dem Blut Christi, als es vom Kreuz tropfte. Es ist allgemein bekannt, daß Mohn gut auf Schlachtfeldern gedeiht …

Thomas erwachte von einer kühlen, trockenen Brise, die über sein Gesicht fächelte, der Sorte morgendlicher Zephyr, die sengende Mittagshitze verheißt. Er hörte das Gezwitscher und Geschrei tropischer Vögel hinter der Wand in seinem Rücken. Aus der Ferne drangen die Rufe von Straßenhändlern und der Lärm von Kirchenglocken herüber. Unter den Düften von Meer und Obstgärten war auch der schwache Geruch nach Kalktünche. Einen Moment lang glaubte er, wieder an einem Sommermorgen in London zu sein. Doch seine anderen Sinne und Erinnerungen sagten ihm, daß das nicht sein konnte.

Über ihm war eine gewölbte weiße Decke. Die Wand zu seiner Rechten war ebenfalls weiß getüncht, mit einem kleinen Gitterfenster, das hoch oben eingelassen war. Thomas sah zu, wie Staubflocken auf den Sonnenstrahlen nach unten trieben. Er versuchte, sich aufzusetzen, mußte sich aber benommen wieder hinlegen. Sein ganzer Körper schmerzte, und er stöhnte auf. *Jetzt weiß ich wieder. Ich war am Fieber erkrankt. Wo ich mich wohl befinde?*

Er schaute an sich hinunter. Er trug nun saubere Kleidung, die nicht seine eigene war; Baumwollhosen und ein weites Baumwollhemd, aber keine Schuhe. Man hatte ihn gebadet. Thomas langte nach oben, um sich am Kopf zu kratzen, und stellte fest, daß man ihm das Haar geschnitten hatte, ganz kurz. *Wahrhaftig, ich bin nicht mehr der Mann, der ich meiner Erinnerung nach war.*

Er befand sich in einer Zelle von etwa fünf Schritten im Quadrat. In einer Ecke stand ein einfacher Holztisch mit zwei Steinguttöpfen. Neben dem Tisch lehnte ein Strohbesen an der Wand, und dort lag auch eine bedeckte Sitzpfanne. Ihm gegenüber im Raum gab es eine Tür mit einem vergitterten Fenster in der oberen Hälfte.

Ob das hier die schreckliche Santa Casa ist? Ich befinde mich in einer Zelle, gewiß, aber sie ist eher wie ein Zimmer in einer bescheidenen, gut geführten Herberge eingerichtet.

Ein rundes, dunkelhäutiges Gesicht erschien im Türfenster. Es stieß ein erstauntes Grunzen aus und wandte sich ab, um mit jemandem zu sprechen, den Thomas nicht sehen konnte. Das Klirren eines Schlüssels erklang im Eisenschloß, und lautlos schwang die Tür auf.

Der Besitzer des breiten Narbengesichts war ein untersetzter Mann, der einen Knüppel am Gürtel trug. Lächelnd trat er ein.

»Morgen«, murmelte Thomas nickend.

Der Mann sagte nichts, sondern stellte sich neben die Tür. Ein Knabe von etwa zwölf, dreizehn Jahren in brauner Kutte kam herein. Sein schwarzes Haar war zu einer Tonsur geschnitten, und er hatte große braune Augen und helle, zimtfarbene Haut. Er trug einen Holzteller, den er auf der Pritsche neben Thomas abstellte. Auf dem Teller befanden sich Reis, ein Fischfilet und eine Wurst.

Mit vor Hunger knurrendem Magen nahm Thomas eilig den Teller auf. »Seid gesegnet und bedankt, kleiner Bruder«, sagte er zwischen Mündern voll Reis.

»Deus lhe dê bom dia, senhor«, erwiderte der Knabe mit ernster, aber erwartungsvoller Miene.

Thomas schlang etwas hinunter und sagte: *»Utorisne lingua latina?«*

»Ja«, sagte der Knabe in derselben Sprache. »Welch glücklicher Umstand, daß Ihr sie auch sprecht. Ich bin Bruder Timóteo.«

Der hochgewachsene Mann, sichtlich eine Art Wächter, räusperte sich und warf dem Knaben, noch immer lächelnd, einen warnenden Blick zu.

»Ich heiße Thomas Chinnery. Hättet Ihr wohl die Güte, mir zu sagen, wo ich hier bin?«

Der Knabe blinzelte. »Ihr seid im Geweihten Haus, Senhor. Ah, doch das könnt Ihr ja gar nicht wissen. Ihr seid krank gewesen.«

Die Wache schnalzte mit der Zunge. Der Knabe seufzte und kniff verärgert die Lippen zusammen. Thomas fragte sich, was wohl los war. *Vielleicht bricht der Junge eine Mönchsregel. Das hier ist also wirklich die gefürchtete Inquisition. Dem Anschein nach ist sie bisher redlich genug. Ob sie auch in ihren Handlungen redlich ist? Was veranlaßte De Cartago, den Tod seiner Gefangenschaft hier vorzuziehen, und was brachte Joaquim dazu, zu sagen, daß das Aljouvar im Vergleich hiermit das Paradies sei?*

Thomas aß noch einige Happen Fisch, Wurst und Reis, während seine Besucher geduldig warteten. Schließlich fragte er: »Wann kann ich mit einem Verantwortlichen sprechen?«

»Bald«, sagte Bruder Timóteo. »Ich werde Euer Anwalt sein.«

Thomas wäre fast an seinem Reis erstickt. »Ihr?« *Ein Kind*

soll mein geistiger Beistand sein? Was für eine Art Gericht ist das?

»Fühlt Ihr Euch nicht wohl, Senhor?« fragte der Knabe mit aufrichtiger Besorgnis.

»Verzeiht mir. Mir geht's gut. Ich habe mich nur an einem Reiskorn verschluckt.«

»Und Euer Fieber, ist das fort?«

»Es scheint so. Hat man mich mit irgendeiner Arznei behandelt?«

Der Knabe legte den Kopf schräg. »Weshalb fragt Ihr?«

»Ehm, Neugier. Mehr nicht.« Thomas hatte gelernt, daß es mancherorts gefährlich war, seinen Beruf zu verraten.

»Ich habe Euch selbst behandelt«, erklärte der Knabe stolz. »Mein Großvater hat mir die Kräuterkunde beigebracht, Garcia de Orta.«

»De Orta?« staunte Thomas. »Wirklich? Ich habe sein Buch *Kolloquium über indische Heilkräuter und Arzneien* gelesen.«

Bruder Timóteo bekam große Augen. »Ihr habt von meinem Großvater gehört? Und sein Buch gelesen? So weit weg?«

»In der Tat. Dieses Buch war mit ein Grund, weshalb mein Herr mich in den Osten entsandte.«

Die Wache hüstelte laut und sah den Knaben finster an. Bruder Timóteo senkte den Blick und wandte sich ab.

Wie seltsam. Der Junge darf nicht frei mit mir sprechen.

»Da Ihr mein Anwalt seid«, sagte Thomas und beobachtete dabei die Wache, »könnt Ihr mir vielleicht sagen, was mit mir geschehen wird?«

Den Blick zu Boden gewandt, erwiderte der junge Bruder:

»Ihr müßt Eure Gedanken darauf lenken, welche Sünden Euch hierhergeführt haben, Senhor. Meine Herren, die Inquisitoren, werden Euch jegliche Gnade erweisen, wenn Ihr ihnen und Gott Euer Herz öffnet.«

Diese Worte, die dazu gedacht gewesen waren, ihn zu beruhigen, ließen Thomas frösteln. »Vielen Dank. Das werde ich.« Er hoffte, das war die erwartete Antwort. »Ich kann es kaum erwarten, diese Gelegenheit zu bekommen.«

»Sobald Ihr wieder wohlauf seid, Senhor.«

»Mir geht es schon gut genug.« Thomas stand auf und spürte, wie seine Knie unter ihm nachgaben. Der Knabe eilte an seine Seite und ergriff seinen Arm, ließ ihn vorsichtig auf den Boden herunter.

»Ihr müßt ruhen, Senhor. Seht zu, daß Euer Körper und Eure Seele zu Kräften kommen.«

Die Wache verdrehte die Augen und murmelte etwas auf portugiesisch. Vor der Tür war eine weitere Stimme zu hören. *»Irmão Timóteo!«*

Bruder Timóteo ließ Thomas' Arm los. »Verzeiht, Senhor.« Der Knabe ging ängstlich zur Tür hinaus. Die Wache nickte vor sich hin, als hätte sich für sie ein Verdacht bestätigt.

Thomas wartete, verärgert über seine Schwäche. Er fragte sich, ob ein Rest von Fieber oder fehlende Nahrung daran schuld war. *Fleischbrühe wäre eine gute Arznei, oder ein Duftkissen mit Kümmel und Thymian. Vielleicht ein Aufguß aus Holunderblättern. Solche Arzneien gibt es hier nicht. Vielleicht könnte ich den Jungen dazu bewegen, mir etwas Knoblauch zu bringen. Ich frage mich, mit wem er da redet. Er klingt nicht gerade glücklich.*

Bruder Timóteo erschien wieder, die Stirn gerunzelt. Er trat neben Thomas. »Senhor«, sagte er, »Ihr werdet jetzt meine Herren sehen.«
»Gut«, antwortete Thomas. Er stand langsam auf und befahl seinen Knien, ihn zu tragen. Zu seiner Überraschung gehorchten sie.
Die Wache kam auf sie zu und rupfte dabei ein schwarzes Stofftuch aus ihrem Gürtel.
»Das ist für Eure Augen«, erklärte Bruder Timóteo. »Ihr werdet nur das sehen, was man Euch erlaubt. Und wir müssen Euch die Hände binden. Und Ihr dürft nicht sprechen, bevor man es von Euch verlangt. Die Gäste der Santa Casa müssen stumm bleiben. So lautet die Regel.«
Thomas empfand zunehmendes Grauen, als man ihm die Handgelenke fesselte und die Augen verband. *Nicht sehen. Nicht sprechen. Dieses redliche Gefängnis ist vielleicht doch der Stoff, aus dem die Alpträume sind.*
Nach einem kurzen, unbeholfenen Fußmarsch durch Korridore, in denen nur der Widerhall ihrer Schritte zu hören war, nahm man ihm das schwarze Stofftuch wieder von den Augen. Der Raum vor ihm bildete einen starken Gegensatz zu seiner hellen und luftigen Zelle.
Der Audienzsaal war ein langer Raum mit einem langen schweren Tisch, an dem Männer mit langen Gesichtern in schwarzen Roben saßen. Das enorme Kruzifix, das die ganze gegenüberliegende Wand einnahm, erweckte eher Gedanken an Bestrafung als an Erlösung.
Am anderen Ende des großen Tisches saß ein Sekretärsmönch über einen riesigen Wälzer gebeugt, den Federkiel

wie ein Wurfmesser in der Hand. Zu seiner Rechten saß ein Mann, dessen bärtiges Gesicht pockennarbig und zerfurcht war wie die gepflasterten Straßen Londons. Links vom Schreiber saß ein kleiner Mann, der gelangweilt wirkte, Thomas jedoch unter seiner Kapuze hervor unverwandt ansah.
Bruder Timóteo ging zu dem hochgewachsenen, narbigen Mann und sagte mit einer respektvollen Verbeugung: »Er spricht Latein, Domine.«
»Gut. Dann werden wir keinen Dolmetscher brauchen. Setzt Euch.«
Die Wache stieß Thomas zu einem Holzstuhl am Ende des Tisches. Trotz seiner gebundenen Hände gelang es Thomas, sich zu setzen, ohne hinzufallen. *Na, wenigstens erlauben sie mir diese kleine Bequemlichkeit.*
Der hochgewachsene Inquisitor nickte in Richtung eines ledergebundenen Gebetbuchs auf dem Tisch vor Thomas. »Legt Eure rechte Hand auf das Missal.«
»Verzeiht, Domine«, sagte Thomas, »aber meine Hände sind gebunden.«
Der Inquisitor schlug auf den Tisch. »Ihr habt erst zu sprechen, wenn man Euch darum ersucht.« Er nickte der Wache zu, und Thomas spürte, daß man ihm die Fesseln abnahm. Thomas rieb sich die Handgelenke, dann legte er seine rechte Hand auf das Buch.
»Ihr müßt schwören, daß alles, was Ihr vor uns sagt, die Wahrheit ist und daß Ihr das Schweigegebot einhaltet und nichts von dem, was hier geschieht, weitertragt.«
»Ich schwöre, die volle Wahrheit zu sagen.«
Bruder Timóteo trat auf Thomas zu. »Ihr müßt auch

schwören, das Schweigegebot einzuhalten, Senhor, sonst bringt man Euch in Eure Zelle zurück.«

Wie stark wird mich dieser Eid binden? überlegte Thomas. *Würde ich es fertigbringen, nicht über diese Stätte zu sprechen, wenn ich sie je wieder verlasse? Wieviel mehr wird meine Seele verdammt sein, wenn ich mich weigere? Und wie lange würden sie mich dann in meiner Zelle schmachten lassen?* »Ich schwöre«, sagte er schließlich.

»Euer Name?«

»Thomas Chinnery. Dürfte ich wohl die Namen derer erfahren, an die ich mich wende?«

Die Inquisitoren runzelten die Stirn.

»Euch sind keine Fragen erlaubt!« zischte Bruder Timóteo fast flehentlich. »Nur die Domines Sadrinho und Pinto dürfen welche stellen.«

Der hochgewachsene Inquisitor starrte den Knaben an. »Mehr brauchen unsere Gäste nicht zu wissen«, sagte er finster.

Wenigstens traut der Junge sich, mir zu antworten, auch wenn es mir nicht viel Gutes bringen wird, dachte Thomas.

»Aus welcher Stadt in welchem Land kommt Ihr?«

»London, England.«

Die Inquisitoren schauten einander wissend an. »Eure Profession?«

»Ich bin Apothekergehilfe.«

»Ein Apotheker. Das ist doch einer, der mit Kräutern, Rauschmitteln, Giften und alchimistischen Substanzen handelt, nicht wahr?«

Thomas begann die Falle zu spüren, in die man ihn locken wollte. »Bis auf die alchimistischen Substanzen trifft das zu.«
Der Inquisitor erkannte Thomas' Einschränkung nicht an. »Welche Geschäfte führten Euch nach Goa?«
Thomas brachte es fertig, nicht zu sagen: *Ich habe hier keine Geschäfte.* »Ich wurde von arabischen Seeräubern gefangengenommen und hierhergebracht. Zu welchem Zweck, weiß ich nicht.«
»Das ist ein langer Weg für Piraten, nur um einen *inglês* herzubringen. Wißt Ihr, weshalb Ihr ein Gast der Santa Casa seid?«
»Nein, Domine.«
»Ihr habt nicht die geringste Ahnung?«
Thomas zögerte erstaunt. *Glaubt er allen Ernstes, daß ich das wissen sollte?* »Ich denke, Domine, daß es an Euch ist, mir das zu sagen.«
Bruder Timóteo wirkte schockiert. Der größere Inquisitor seufzte und tippte mit dem Zeigefinger auf den Tisch. Thomas hob unschuldig die Brauen und wartete. *Wenn schon, denn schon, wie es so schön heißt.*
»Senhor, Ihr müßt ihnen sagen, weshalb Ihr hier seid«, sagte Bruder Timóteo.
Was für ein Anwalt bist du eigentlich? dachte Thomas. Schließlich sagte er. »Vermutlich bin ich hier, weil ich ein Fremder bin.«
Der Inquisitor maior starrte Thomas ausdruckslos an. »Welches Interesse sollte die katholische Kirche an jemandes Nationalität haben?«
Was spielen die hier für ein verrücktes Spiel? »Aufgrund

meiner Nationalität könnte man glauben, daß ich mich illegal in Goa aufhalte.«
»Das ist eine weltliche Frage und beschäftigt uns hier nicht weiter. Welcher geistige Irrglaube sollte uns auf Euch aufmerksam gemacht haben?«
Zähneknirschend sagte Thomas: »Aufgrund meines Geburtslandes könnte man glauben, ich bin ein Ketzer.«
»Notiert, daß er sich zur Sünde der Ketzerei bekennt.«
»Daß man *glauben* könnte, ich bin ein Ketzer!«
»Seid Ihr ein Christ des achten Tages, Senhor?«
»Ich bitte um Verzeihung?«
Der Inquisitor seufzte. »Seit wann seid Ihr Christ?«
»Seit meiner Geburt, Domine.«
»Wurdet Ihr von der Mutter Kirche getauft?«
»Mich hat die … Kirche von England getauft.«
»Und befolgt diese Kirche der Engländer alle Vorschriften der Heiligen Mutter Kirche von Rom?«
Thomas verstummte und wünschte, er hätte Lockhearts flinke Zunge.
»Andere aus Eurem Land«, fuhr der Inquisitor fort, »haben uns berichtet, daß sie das nicht tut.« Der Anflug eines Lächelns umspielte seine Lippen. »Und daß man Anhänger des wahren Glaubens der Mutter Kirche in Eurem Land verfolgt.«
»Das ist eine politische Angelegenheit.«
»Finden wir nicht. Ihr habt Euch in der Gesellschaft eines Mannes befunden, den wir als gewohnheitsmäßigen Zauberer kennen. Diese Santa Casa sucht schon seit langer Zeit nach ihm.«
Ah, nun kommen wir zur Sache. Vorsichtig sagte Thomas:

»Ich wurde im selben Karren nach Goa gebracht wie ein Mann, von dem manche behauptet haben, er sei ein Zauberer. Ich bin von dem Karren geflohen, er nicht. Später hörte ich, er sei tot.«

Die Inquisitoren warteten, sagten aber nichts.

»Beschuldigt man mich des Mordes?«

»Mord«, sagte der Inquisitor maior, »ist zwar eine schwere Sünde, aber nichtsdestoweniger eine Angelegenheit der weltlichen Instanzen und nicht unsere Sache. Ich wiederhole, was hat Euch hierhergeführt?«

Thomas starrte vor sich hin und konnte kaum begreifen, was er hörte. »Glaubt ... glaubt Ihr vielleicht, ich hätte über den Mann einen Zauber verhängt?«

»Habt Ihr das?« fragte der Inquisitor mit gesenkten Lidern.

»Nein! Was für eine Art Prozeß ist das eigentlich? Ich will verdammt sein, wenn ich weiter mit Euch Rätselraten spiele!«

Die Augen des Mannes in der schwarzen Robe weiteten sich, und Thomas erkannte, daß er seine Zunge besser hätte im Zaum halten sollen. Mit glühendem Gesicht starrte er auf den Tisch hinunter.

Bruder Timóteo berührte leicht seine Schulter. »Bitte beruhigt Euch doch, Senhor«, bat er. »Glaubt daran, daß Gott zusieht, und verhaltet Euch geziemend, denn dies ist Sein geheiligtes Haus.«

Wieder starrte der Inquisitor maior den Knaben an. Bruder Timóteo sah zu Boden und murmelte auf portugiesisch eine Entschuldigung.

»Mir scheint, Ihr seid eher ein Störenfried als ein guter

Anwalt, Timóteo. Ich schließe Euch von der Anhörung aus.«

Schweigend wandte der Knabe sich um und verließ die Kammer. Obwohl der kleine Bruder Thomas keine große Hilfe gewesen war, empfand er sein Weggehen als Verlust.

Mit eisiger Ruhe musterte der Inquisitor Thomas wieder. »Es ist hier nicht unsere Absicht, Senhor, ›Rätselraten zu spielen‹. Und wir befürchten in der Tat, daß Ihr verdammt seid. Wir haben das hier in Eurer Kleidung gefunden.« Er hob die kleine Pergamentrolle hoch, die De Cartago Thomas geschenkt hatte.

Ich habe mir noch nicht einmal angesehen, was darauf steht, dachte Thomas und fühlte Panik in sich aufsteigen. *De Cartago sagte, es ist eine Karte.*

»Leugnet Ihr nach wie vor, daß Ihr Zauberei praktiziert habt?«

Thomas schloß die Augen. »Ich weiß nicht, was auf diesem Pergament steht. De Cartago hat es mir gegeben, damit ich es für ihn aufbewahre. Ich bin kein Zauberer.«

»Notiert, daß Senhor Chinnery noch immer nicht bußfertig ist.«

»Wie könnt Ihr … Ihr habt keinerlei Beweise, keine Zeugen! Was erdreistet Ihr Euch, irgendwelche Anschuldigungen gegen mich vorzubringen?«

»Wir können Zeugen beibringen, Senhor, die gehört haben, wie Ihr und der Zauberer im Flüsterton Bannsprüche austauschtet. Sie glauben, daß Ihr durch Zauberkraft Chaos in ihren Reihen gesät habt, damit Ihr fliehen konntet.« Der Inquisitor zuckte mit den Achseln. »Doch das ist nicht weiter wichtig. Es ist die heilige Pflicht und

Schuldigkeit der Santa Casa, jeden Gast selbst nach der Sünde in seiner Seele forschen zu lassen. Nur wenn er selbst diese Sünde anerkennt, kann er willig gestehen, seine Seele vom Bösen läutern und von Gott Gnade erfahren. Es wäre in der Tat falsch von uns, Anschuldigungen vorzubringen und Euch Euren Irrtum vorzuhalten, denn es würde Euch um die Selbsterkenntnis bringen. Ihr könntet einfach unsere Worte nachplappern und dadurch vermeiden, dem Himmel gehorsam zu sein.«

Großer Gott. Nicht nur, daß sein Gesicht den Straßen von London ähnelt, sein Denken weist auch noch ebenso viele Irrwege auf. Bin ich denn von Wahnsinnigen umgeben?

»Vielleicht liegt der Fehler ja bei uns«, fuhr der Inquisitor fort. »Unsere Güte könnte Euch erspart haben, eingehend Eure Seele zu erforschen, was der einzige Weg zur Offenbarung ist. Vielleicht werden Euch Eure Irrtümer durch hohe Not deutlicher werden. Vielleicht sind auch noch weitere Befragungen erforderlich, um Euch die Wahrheit vor Augen zu führen. Wir sind bereit, alles Notwendige zu tun, um das segensreiche Werk zu vollbringen, Eure Seele zu retten. Und wir sind sehr geduldig, Senhor.«

16

LILIE:

Diese Pflanze hat einen langen Stengel, eine Knollenwurzel und Blüten, die trichterförmig bis glockig sind. Sie ist der heiligen Katharina geweiht, und es heißt, sie sei erstmals aus den Tränen Evas erwachsen, als diese aus dem Garten Eden vertrieben wurde. Der Saft einer Lilie heilt giftige Bisse, und die Wurzel lindert Verbrennungen. Für manche ist die Lilie die Pflanze der Verderbten und Feigen. Andere sagen, sie stehe für die Seele, sei eine Todesblume und wachse auf dem Grab eines Mannes, den man unschuldig hingerichtet habe. In der Kirche ist die Lilie seit langer Zeit das Symbol für Reinheit und Wiederauferstehung …

Padre Gonsção stand im letzten Morgenlicht am hinteren Tor der Santa Casa. Er lehnte mit dem Rücken an der Stuckwand und wartete. Er hatte die Nacht damit verbracht, sich zu vergewissern, daß die Santa Casa wirklich den Leichnam des Zauberers De Cartago hatte, in einer Kiste in einem kühlen, feuchten Keller. Niemand war gekommen und hatte Anspruch auf ihn erhoben. Vielleicht verständlich; jeder, der das täte, geriete sofort in Verdacht, mit dem intriganten Zauberer unter einer Decke zu stecken.

Gonsção hatte mit dem Mönch gesprochen, der den Leichnam untersucht hatte. Der Mönch war sich ganz sicher gewesen: De Cartago war über jeden Zweifel hinaus tot.

Sind diese Jesuiten schon so tief gesunken, daß sie zu Schlichen und Lügen Zuflucht nehmen, um ihren Landsleuten zu helfen? Haben sie vergessen, daß die Pflicht gegenüber Gott vor der Pflicht gegenüber der Nation kommt?

Hinten auf der Straße tauchten im Trubel der Leute forschen Schrittes der alte Padre Estevão und der beleibte Bruder Andrew auf.

Ach, sie werden noch viel zu beweisen haben, diese paulistas. *Und wenn sie das nicht können, werden sie lernen, daß wir von der Santa Casa solche Narreteien nicht einfach hinnehmen.*

Das Tor neben ihm öffnete sich, und mit wirbelnden Armen und Beinen rannte Timóteo heraus. »Da seid Ihr ja, Padre!« Er eilte herbei und ergriff Gonsção am Ärmel. »Der *inglês!* Domine Sadrinho hat sein Tribunal begonnen, obwohl er noch nicht wohlauf ist. Ihr müßt kommen!«

»Madre Maria!« keuchte Gonsção auf, dann schalt er sich wegen des Ausbruchs. *Natürlich hat Sadrinho mich nicht informiert.* Er warf einen Blick nach hinten zu den sich nähernden Jesuiten. *Sind sie ein Teil seines Plans, mich abzulenken, oder stellen sie ein Problem für sich dar?*

»Padre, bitte!«

»Ja, Timóteo. Habt Dank, ich gehe gleich. Doch ich muß Euch um etwas bitten. Diese beiden *paulistas* kommen, um mit mir zu sprechen. Was sie zu sagen haben, ist sehr wichtig, daher möchte ich, daß Ihr sie zum Tribunal einladet. Habt keine Angst vor dem Domine; er wird hören wollen, was sie zu sagen haben. Ich übernehme die volle Verantwortung.«

Verblüfft, aber gehorsam sagte der Knabe: »Wie Ihr wünscht, Padre«, und lief auf die Straße hinaus, um die Jesuiten abzufangen.

Gonsção ging durch das Tor hinein und begab sich so schnell er konnte zum Audienzsaal. *Wenn die* paulistas *eine List Sadrinhos waren, bringe ich ihn zumindest in Verlegenheit. Wenn nicht, könnten sie sich als Ärgernis erweisen und mir Zeit verschaffen, um mehr zu erfahren. Wenn sie in der Lage sind zu tun, was sie von sich behaupten … nun, man wird nicht jeden Tag Zeuge eines Wunders.*

Die Wachen an der Pforte zum Audienzsaal erschraken,

verwehrten Gonsção jedoch nicht den Zutritt. Gonsção stieß die Türen des Saals auf und sah erfreut die Überraschung auf Sadrinhos Gesicht.

Das Tribunal lief eindeutig schon geraume Zeit, war aber kläglich besetzt. Die Inquisitoren Sadrinho und Pinto waren anwesend, außerdem der Sekretär, der verdutzt zwischen den Inquisitoren und Gonsção hin und her blickte. Doch nirgends waren die erforderlichen sieben Zeugen zu sehen, geschweige denn der Erzbischof. *Sehr seltsam.*

Am Tischende vor Gonsção saß, das Gesicht von ihm abgewandt, der blonde junge *inglês* in Begleitung seiner äußerst muskulösen Zellenwache. Der *inglês* wirkte blaß und erschöpft.

»Verzeiht mein verspätetes Erscheinen, Domines«, sagte Gonsção mit einer hastigen Verbeugung. »Aber ich habe eben erst erfahren, daß dieses Tribunal stattfindet.«

Sadrinho brachte ein schwaches Lächeln hervor. »Verzeiht uns, Padre, doch wir konnten Euch nicht ausfindig machen, um Euch zu informieren.«

»Natürlich. Ich war außer Haus und habe Informationen gesammelt, die für diesen Fall zweckdienlich sind. Tatsächlich sind durch einen erstaunlichen Zufall gerade zwei Männer an mich herangetreten, die wertvolle Beweise vorbringen können. Sie werden in Kürze hier sein.«

Gonsção ging um den Tisch herum und stellte sich hinter den Sekretär. »Gestattet Ihr mir, durchzusehen, was bereits gesagt wurde?« Gonsção blätterte die Seiten des Wälzers zurück und überflog die Notizen.

Sadrinhos Lächeln zerschmolz, und er runzelte die Stirn.

»Ihr habt ohne meine Erlaubnis andere gebeten, an diesem Tribunal teilzunehmen? Das ist unstatthaft, Padre.«
»Mag sein. Normalerweise wäre ich nie auf den Gedanken gekommen, so etwas zu tun. Doch was diese Männer mir berichtet haben, ist so … außergewöhnlich, Domine, daß, wenn Ihr sie erst gehört habt, Ihr meiner Entscheidung sicher zustimmen werdet. Ah, da sind sie schon.«
Die Jesuiten standen in der Tür und spähten ängstlich herein.
Inquisitor Sadrinho starrte sie einen Moment an, dann erhob er sich von seinem Stuhl. »Padre Estevão. Irgendwie bin ich nicht überrascht. Padre Gonsção, ich muß Euch leider mitteilen, daß Ihr einem Irrtum erlegen seid. Padre Estevão bittet für jeden seiner früheren Landsleute um Gnade. Ich bin sicher, daß er zu diesem speziellen Fall nichts beizutragen hat.«
Gonsção konnte der ausdruckslosen Miene des Inquisitors nichts entnehmen. »Wenn Ihr sie nur anhören möchtet, Domine, werdet Ihr vielleicht eines anderen belehrt.«
Er bedeutete den beiden Mönchen einzutreten. Der alte Jesuit begab sich sofort an die Seite des jungen *inglês* und flüsterte in seiner rauhen, zischenden Sprache eindringlich auf ihn ein. Der junge Mann wirkte überrascht und anscheinend erstaunt, ihn zu sehen.
Der schottische Mönch näherte sich mit größerer Vorsicht. Nicht ohne Grund, wie es schien, denn als der junge *inglês* den untersetzten Mönch sah, stand er auf und knurrte ein Wort, das sogar Gonsção verstand. *Scheint, als wäre das Wort für »uneheliches Kind« in allen Sprachen gleich. Sie kennen sich also. Das wird ja immer interessanter.*

»Eure Besucher regen unseren Gast auf«, sagte Sadrinho. »Bei allem Respekt, Padre Gonsção, ich muß darauf bestehen, daß diese Männer gehen, bevor wir das Tribunal fortsetzen.«
»Ich bitte nur um einen Augenblick Geduld, Domine. Ich glaube nämlich ganz sicher, daß Kardinal Albrecht ihre Aussage interessant finden wird, und daher sollte man sie Euch zur Kenntnis bringen.«
Der Name des Großinquisitors ließ Sadrinho zögern. »Also gut. Einen kurzen Augenblick. Sprecht.«
»Dies ist Bruder Andrew aus Schottland. Schildert diesem Gericht bitte, was Ihr mir erzählt habt.«
Der füllige Mönch lächelte den Inquisitor an. »Freuet Euch, denn ich bringe Euch frohe Kunde, Domine. Der Mann, nach dem Ihr so lange gesucht habt, Bernardo De Cartago, ist nicht tot.«
Gonsção keuchte auf. *Dieser Mönch wagte es, mit der Heiligen Schrift seinen Scherz zu treiben? Natürlich wird Sadrinho das gar nicht merken.*
»Nicht tot?« wiederholte Sadrinho und hob eine Braue. Sein Mund verzog sich zu einem amüsierten Lächeln, und er warf Inquisitor Pinto einen Blick zu. Der kleinere Mann schüttelte den Kopf. »Wie eigenartig«, fuhr Sadrinho fort. »Dann ist es also nicht sein Leichnam, der in einem Sarg bei uns im Keller liegt?«
»Es mag sehr wohl sein *corpus* sein«, sagte Bruder Andrew, »doch im Zustand tiefen Schlafs, nicht tot. Wie ich dem guten Padre schon erklärt habe, sind die heidnischen Fakire und Yogis in diesem Land fähig, für lange Zeitspannen den Tod vorzutäuschen. Ich möchte Euch unter-

breiten, daß De Cartago diesen Kniff vielleicht erlernt hat, um einer Prüfung durch Euch zu entgehen. Dem armen, unschuldigen Senhor Chinnery hier zuliebe biete ich Euch an, den Zauberer für Euch zu wecken.«
»Ihn zu wecken?« fragte Sadrinho. »Durch welche Mittel?«
»Durch Gebet und eine Reliquie.«
»Was für eine Reliquie soll das sein?«
»Ein Pulvergemisch aus Benediktenkraut und dem getrockneten Blut der heiligen Margarita. Aus meinem Heimatland. Ich trage es stets bei mir.«
»Pulverisiertes Blut.« Sadrinho wurde ganz still, wie eine Katze, die eine Bewegung im Gras erspäht hat.
»Ja, Domine.«
Konnte das dasselbe Pulver sein, von dem Timóteo sagte, er habe in den Büchern darüber gelesen? dachte Gonsção. *Das Pulver, das gute Menschen veranlaßt, an ihrem Glauben zu zweifeln? Kein Wunder, daß Sadrinho fasziniert ist.*
»Ihr solltet Eurer Zunge ein wenig mehr Vorsicht auferlegen, Bruder Andrew«, sagte Gonsção. »Sonst könnte man Euch selbst für einen Zauberer halten.«
»Mich? Möge Gott der Herr mich auf der Stelle tot umfallen lassen, wenn das so ist. Alles, was ich über Zauberei weiß, habe ich aus dem *Maleus Maleficarum* gelernt, einem Text, der dem Schutz vor Hexen dient, nicht dazu, es ihnen gleichzutun. Erlaubt Ihr mir, Domine, den Beweis für meine Behauptung anzutreten?« Bruder Andrew verschränkte die Hände vor seinem Bauch und wartete.
Wie es scheint, dachte Gonsção, *fällt die Überraschung,*

die ich Sadrinho machen wollte, sogar noch größer aus, als ich beabsichtigt hatte.

»Natürlich«, fuhr Bruder Andrew fort, »nur unter dem Vorbehalt, daß Ihr, wenn es mir gelingt, den Zauberer zu wecken, den jungen *inglês* in unsere Obhut gebt.«

Nun war es an Gonsção, überrascht zu sein. »Eine solche Vereinbarung habe ich nie mit Euch getroffen! Die Inquisition feilscht nicht um Seelen wie ein Geldwechsler auf dem Markt!«

»Meiner Erfahrung nach«, entgegnete Padre Estevão, »ist das nicht immer der Fall gewesen. Manchmal hat auch eine Seele ihren Preis. Selbst der alte Abraham feilschte mit Gott um die Seelen seines Volkes.«

»Domine, ich entschuldige …«

Doch Sadrinho hob die Hand. »Nein, es bedarf keiner Entschuldigung, Padre. Ihr habt gut daran getan, diese Männer hierherzubringen. Ich glaube, wir können von diesem Bruder Andrew eine Menge lernen.«

»Und wenn ich versage«, sagte der schottische Mönch, »bin ich überdies in Eurer Gewalt und Ihr könnt mit mir tun und lassen, was immer Euch beliebt.«

»Ihr sprecht, als suchte die Santa Casa bewußt nach Seelen, an denen sie ihr Urteil vollstrecken kann.«

»Die Begeisterung der Inquisition bei der Erfüllung ihrer Pflichten ist legendär«, stellte Bruder Andrew fest.

»Nur weil man unsere Absicht mißversteht«, erwiderte Sadrinho. »Doch wir nehmen Euer Angebot an, Bruder, unter der Bedingung, daß Padre Estevão im Falle Eures Versagens die gleichen Konsequenzen zu tragen hat wie Ihr.«

Padre Estevão warf dem schottischen Mönch einen besorgten Blick zu. Seufzend bekreuzigte er sich und sprach: »Ich bin einverstanden. Gott helfe mir.«

Sadrinho nickte. »Ausgezeichnet. Dieses Tribunal ist aufgehoben, solange wir Bruder Andrews Behauptung überprüfen.« Er nahm die Silberglocke vom Tisch und klingelte zweimal. Die beiden Türwächter traten ein, die Hände auf den Knüppeln. »Geht zur Leichenhalle und holt den Leichnam von Senhor Bernardo De Cartago.«

»Wir sollen ihn *hierher* bringen, Domine?«

»Das habe ich gerade gesagt, oder nicht?«

Die Wachen verbeugten sich und gingen flugs hinaus.

Eine unbehagliche Viertelstunde lang betete Padre Estevão mit dem jungen *inglês,* der nicht zu begreifen schien, was sich zutrug. Inquisitor Pinto rückte auf seinem Stuhl umher und zupfte an seinem Ärmel. Inquisitor Sadrinho musterte Bruder Andrew mit räuberischem Blick. *Was für einen Wahnsinn habe ich da in Gang gesetzt?* dachte Gonsção.

Die Wachen kehrten zurück, einen einfachen Holzsarg auf den Schultern. Ihre Gesichter verzogen sich vor Abscheu, als sie die Kiste auf dem langen Tisch absetzten, wobei sie das Missale und die Silberglocke aus dem Weg räumten. In den Sargdeckel waren die Buchstaben *M. N.* für *Morto Negatio* eingeschnitzt, was darauf hinwies, daß er Überreste von jemandem enthielt, der reuelos gestorben war.

Der aus dem Sarg dringende Geruch ließ keinen Zweifel an seinem Inhalt.

»Mir scheint«, meinte Gonsção, als er um den Tisch

herumging und sich neben die Jesuiten stellte, »daß Ihr viel zu beweisen habt, Bruder Andrew.«
Sadrinho sah mit mäßiger Neugier zu. Inquisitor Pinto stand auf und zog sich vom Tisch zurück, wobei er sich bekreuzigte. Auch der junge *inglês* wich zurück, bis er gegen seine Zellenwache stieß, die fest seine Schultern ergriff. Der Sekretär wurde blaß und schrieb ein paar hastige Notizen in seinen Wälzer. Die Wachen, die den Sarg gebracht hatten, sahen aus, als wären sie jetzt lieber woanders.
»Aufmachen«, befahl Sadrinho.
Die Wachen zuckten zusammen, doch dann zogen sie ihre Knüppel aus den Gürteln. Sie schlugen auf den Sargdeckel ein, bis er klappernd auf den Boden herunterfiel. Stinkende Luft quoll heraus, und hustend taumelten die Wachen zurück, die Hände vor dem Gesicht.
Gonsção hielt sich den Ärmel vor Nase und Mund und lugte in den Sarg hinein. Der bärtige Leichnam war bis auf ein beschmutztes Baumwolltuch über den Lenden nackt. Seine Haut war grau und der Unterleib von den Gasen leicht aufgedunsen. Jemand hatte dem Zauberer die Initialen *M. N.* auch noch in die Brust geritzt, wahrscheinlich der Mönch, der die abschließende Untersuchung vorgenommen hatte. Eine Ratte hatte die Gunst des Augenblicks genutzt und von einem der Handgelenke etwas Fleisch abgenagt. »Sagtet Ihr *vorgetäuschter Tod,* Bruder?«
»Ja«, sagte Bruder Andrew. »Beachtlich, nicht wahr?«
Gonsção trat zur Seite und deutete auf den Leichnam. »In diesem Fall weckt ihn, um Himmels willen. Oder zeigt uns das ganze Ausmaß Eurer Tollheit.«

Bruder Andrew zog ein gefaltetes Stück Pergament aus seinem Ärmel und öffnete es behutsam. »Wenn Ihr jetzt mit den Gebeten beginnen möchtet, Padre Estevão«, sagte er und beugte sich über den Sargrand. Der alte Mönch verdrehte die Augen zum Himmel und bekreuzigte sich. Leise begann er das Ave Maria anzustimmen.
Aus einem Beutel, der von seinem Gürtel hing, nahm Bruder Andrew eine kleine, bunt schillernde Flasche und zerrte an ihrem Korkstopfen.
»Nein!« rief der junge *inglês*. Er hechtete auf den schottischen Mönch zu, wurde jedoch von seiner Zellenwache zurückgehalten.
Bruder Andrew murmelte etwas in seine Richtung.
Sadrinho hob seine Brauen und ging zu dem jungen Mann hinüber. »Ihr erkennt die Flasche wieder, nicht wahr?« fragte er auf lateinisch.
Der blonde *inglês* starrte zu Boden und schwieg.
»Fahrt bitte fort, Bruder Andrew«, sagte Sadrinho.
Padre Stevens war gerade beim Vaterunser, als der schottische Mönch die Flasche entkorkte und daraus ein feines braunes Pulver in De Cartagos Mund schüttete. Das Pulver schlug Blasen und verflüssigte sich, nahm eine tiefrote Farbe an, als es zwischen die grauen Lippen sickerte.
Ich habe gehört, daß das Blut heiliger Märtyrer sich an Festtagen oder bei besonders wichtigen Gelegenheiten manchmal verflüssigt, dachte Gonsção. *Ist das ein solches Wunder? Oder handelt es sich um das Blut einer mythischen Bestie, wie Timóteo behauptet, und wir begehen hier eine abscheuliche Sünde?*
Bruder Andrew stöpselte die Flasche wieder zu und steckte

sie in seine Gürteltasche zurück. Eine lange Minute verstrich, in der alle den Mann im Sarg anstarrten.
»Also?« sagte Sadrinho.
»Vielleicht braucht das Pulver länger, um Wirkung zu zeigen, weil er so lange im Stupor gelegen hat.«
Gonsção seufzte angewidert und wandte sich ab.
Er hörte hinter sich einen dumpfen Aufprall.
Was war das? Widerwillig drehte er sich um, um nachzuschauen. Der Sarg auf dem Tisch wackelte heftig, ohne daß ihn jemand berührt hätte. *Herr im Himmel. Kann es sein ...*
Wieder hüpfte der Sarg.
Bruder Andrew sagte: »Seht Ihr? Endlich erwacht er aus seinem friedlichen Schlaf.«
»Gott helfe uns«, stieß Padre Stevens entgeistert hervor und bekreuzigte sich abermals.
Der junge *inglês* verbarg sein Gesicht in den Händen. Der blasse Sekretär schien unter den Tisch kriechen zu wollen. Die Wachen, die den Sarg gebracht hatten, wichen zurück, die Knüppel griffbereit. Klopfenden Herzens trat Gonsção an den Sarg und schaute hinein.
Der graue Leichnam erbebte. Die Augen öffneten sich.
»Erhebe dich, du stinkender Lazarus!« erklärte Bruder Andrew. »Im Namen des Allmächtigen, erhebe dich und stelle dich mit uns anderen leidenden Seelen der Welt.«
Seine Arme zitterten wie bei einem Mann mit Schlagfluß, doch der Zauberer langte hinauf und ergriff die Ränder des Sargs. Aus dem angenagten Handgelenk sickerte dunkles Blut, doch schon begann wieder Haut über die Wunde zu wachsen. Erneut bedeckte Gonsção sein Gesicht

mit dem Ärmel. *Pulverisiertes Blut, das die Toten zum Leben erweckt, genau wie Timóteo sagte. Das Blut eines Ungeheuers. Was haben wir getan? Haben wir eine gepeinigte Seele aus den Tiefen der Hölle heraufgeholt?*

Langsam richtete der ehemals Tote sich in sitzende Position auf. Sein Kopf baumelte auf dem Hals herum, und seine Gesichtsmuskeln zuckten unkontrolliert. Sein schrecklicher Blick schweifte durch den Raum und über alle darin Befindlichen, und aus seinen blutunterlaufenen Augen sprach Entsetzen und Anklage. Er heftete den Blick auf Sadrinho, öffnete seinen Mund und enthüllte eine schwarze Masse verwesenden Fleisches. Seine Kiefer mahlten bei dem Versuch zu sprechen, doch statt dessen drang nur ein lautes, ersticktes Grollen hervor.

»Also«, murmelte der Inquisitor, »ist es doch wahr.« Und er lächelte.

Das erwies sich als zuviel für den dürren Sekretär, der Gebete wimmernd aus der Kammer stürmte.

De Cartago rollte seinen Kopf so, daß er Bruder Andrew ansah, und knurrte etwas Dunkles und Unverständliches. *Wenn er Flüche ausspricht, hätte ich ebensolche Angst,* dachte Gonsção.

Bruder Andrew erblaßte, sagte jedoch: »Ist das der Dank, den Ihr mir dafür schuldet, Senhor, daß ich Euch aus Eurem verderblichen Schlaf erweckt habe?«

De Cartago sagte nichts, aber sein kläglicher Blick sprach Bände.

»Wißt Ihr, wo Ihr seid, Senhor De Cartago?« fragte Gonsção so energisch wie möglich. »Dies ist die Santa Casa. Blasphemie und Zauberei werden hier nicht geduldet. Welchem Alptraum Ihr auch immer entstammt, in diesem heiligen Haus werdet Ihr Euch anständig benehmen.«

De Cartago schwenkte den Blick auf Gonsção. Er nickte einmal wissend, und ein Schauder durchlief Gonsção bis ins Mark. Mit zitternder Hand griff Gonsção nach dem Rosenkranz an seinem Gürtel und hob das Kruzifix.

Der auferstandene Zauberer grinste teuflisch und stieß ein mächtiges, grunzendes Gelächter aus.

»Ich wäre nicht so unbekümmert, Senhor De Cartago«, sagte Sadrinho. »Euer Reisegefährte« – er deutete auf den *inglês* – »hat uns nämlich das hier überlassen.« Er hielt die kleine Pergamentrolle hoch.

De Cartago wandte den Kopf und starrte den jungen *inglês* vernichtend an.

Auf lateinisch sagte der junge Mann: »Nein, *Magister,* ich habe sie ihm nicht gegeben. Sie haben meine Kleider durchwühlt und sie dabei gefunden. Ich habe ihnen nichts verraten ...« Vielleicht weil ihm bewußt wurde, wie indiskret seine Worte waren, verstummte Senhor Chinnery, schloß die Augen und wandte das Gesicht ab.

Bruder Andrew holte tief Luft und schnalzte.

Sadrinho ignorierte den Ausbruch des *inglês* und hielt Bruder Andrew die Hand hin. »Gebt mir die Flasche.«

Bruder Andrew zögerte, und die Wachen rückten näher an ihn heran. Seufzend holte er die Flasche wieder aus seinem Beutel und gab sie dem Inquisitor. »Viel ist nicht mehr übrig.«

Aus dem Sarg drang ein weiteres Grollen, und De Cartago schwang seinen spindeldürren grauen Arm in Richtung des Inquisitors. Flink trat Sadrinho außer Reichweite des Zauberers. Doch De Cartago hatte sich zu weit vorgebeugt und kippte mitsamt Sarg vom Tisch auf den Boden.

»Armer Mann«, sagte Sadrinho. »Anscheinend ist er noch nicht wieder … ganz wach. Einer von euch – bringt ihn in eine leere Zelle, in der er sich ausruhen kann, bevor wir ihn verhören.«

Die Gesichter der Wachen wurden aschfahl. »Bitte nicht, Domine.«

»Wenn ihr ebenfalls Ruhe benötigt, so stehen euch noch jede Menge leere Zellen zur Verfügung.«

Gonsção wußte, daß er sich einmischen sollte – es geziemte sich nicht, Bediensteten der Santa Casa auf solche Weise zu drohen. Doch auch er war darauf erpicht, den schrecklichen, wieder zum Leben erwachten Zauberer nicht mehr sehen zu müssen.

Durch Gesten verständigten sich die Wachen untereinander, wer die grausige Pflicht übernehmen sollte. Der Unglückliche wuchtete den Sarg wieder auf den Tisch zurück und hob den Zauberer mit angewiderter Miene hoch. De Cartago fuchtelte mit Armen und Beinen und versuchte, mit den Fäusten auf die Wache einzuschlagen. Doch seine Muskeln schienen ihm noch nicht zu gehorchen, und seine Kraft ließ deutlich nach. Seine Hiebe wurden immer schwächer, und die meisten verfehlten ihr Ziel.

»Geht sanft mit ihm um«, befahl Sadrinho. »Seine Seele, die wir so teuer erkauft haben, ist wertvoll für uns. Wir wollen nicht, daß er so bald wieder so tief schläft.«

»Ja, Domine«, knurrte die unglückliche Wache und eilte mit ihrer grausigen Last davon.

Alle in der Kammer seufzten auf, sobald der Zauberer fort war. Gonsção ließ sein Kruzifix sinken. *Lieber Gott, vergib uns.*

»Die Luft riecht schon wieder süßer«, murmelte Sadrinho. Der junge *inglês* hustete und begann zu würgen.

»Seid so gut und bringt Senhor Chinnery in seine Zelle zurück«, sagte Sadrinho zur Zellenwache, die diesem Befehl anscheinend nur zu gern nachkam.

»Wartet!« sagte Bruder Andrew. »Ihr hattet zugestimmt, ihn freizulassen, wenn ich den Zauberer wecke.«

Gonsção staunte über die Maske des Mitgefühls, die auf dem Gesicht des Inquisitors erschien. »Aber Ihr seht doch sicher«, entgegnete Sadrinho, »daß der junge Mann zu krank zum Reisen ist. Er muß sich erst wieder erholen. Und die entsprechenden Formulare müssen geschrieben und unterzeichnet werden.« Sadrinho nickte der Zellenwache zu, die den *inglês* aus der Kammer führte.

»Ich hatte gehofft, Ihr wärt ein Mann, auf dessen Wort man vertrauen kann, Domine«, bemerkte Padre Stevens.

»Habe ich es denn gebrochen?« fragte Sadrinho. »Ich erwarte voll und ganz, daß Senhor Chinnery die Santa Casa bald verlassen wird. Ich versichere Euch, daß Ihr darüber informiert werdet, wenn er es tut. Nun muß ich Euch bitten, zu gehen, Padre Estevão. Wir haben bereits mehrere Regeln übertreten, indem wir Euch den Besuch gestatteten, doch angesichts der außergewöhnlichen Umstände will ich Euch das nicht zum Vorwurf machen.«

»Also gut«, grummelte Padre Stevens. »Wir werden warten. Kommt, Bruder«, sagte er zu dem schottischen Mönch.

»Nein«, mischte sich Gonsção ein. »Ich muß darum bitten, daß Bruder Andrew noch etwas bei uns bleibt. Immerhin könnte es durchaus sein, daß wir gerade Zeuge eines Wunders geworden sind, und darüber sollten wir soviel herausfinden wie möglich. Großinquisitor Albrecht in Lissabon würde sicher gern davon erfahren. Andererseits, wenn es Zauberei war, sollte Bruder Andrew um den Zustand seiner Seele bangen. Zu seinem eigenen Wohl sollte er bleiben und dieses erstaunliche Ereignis weiter mit uns besprechen.«

Sadrinho nickte Gonsção zu, ein Hauch von Bewunderung im Blick. »Genau meine Gedanken, Padre. An diesem Mysterium gibt es noch viel zu erkunden. Bitte bleibt, Bruder Andrew. Ich bin begierig darauf, alles über diese erstaunliche Reliquie, die Ihr uns gebracht habt, zu erfahren.«

»Aber ich versichere Euch, hier war weder ein Wunder noch Zauberei am Werk«, widersprach Bruder Andrew. »Nur ein Hindutrick, den ich durch Gebete und eine Prise Pulver zunichte machen konnte!«

»Oh, es bereitet mir großes Vergnügen, von Hindutricks zu hören«, erwiderte Sadrinho. »Vielleicht könnt Ihr uns beibringen, wie wir auf so etwas künftig nicht mehr hereinfallen. Guten Tag, Padre Estevão.«

Der alte Jesuit seufzte und nickte dem Inquisitor knapp zu. An den schottischen Mönch gewandt, sagte er: »Möge der Herr Euch leiten und beschützen … Bruder.« Er ging schleppenden Schrittes davon.

Sobald Padre Stevens zur Tür hinaus war, wandte Gonsção sich an den schottischen Mönch. »Bitte setzt Euch zu uns, Bruder Andrew. Erzählt uns genau, woher Ihr diese Reliquie habt. Das Blut der heiligen Margarita, sagt Ihr? Sie muß eine Märtyrerin von seltener Vollendung sein.«

Bruder Andrew rührte sich nicht und schwieg.

Sadrinho schüttelte den Kopf. »Padre, Ihr seid zu ungeduldig. Ihr habt vergessen, wie man Menschen dazu bringt, die Wahrheit zu sagen.«

»Ihr wollt mich doch wohl nicht der *Tortur* unterziehen?« fragte Bruder Andrew.

»Der Zustand Eurer Seele geht nur Euren Orden etwas an, Bruder. Wir haben die Pflicht, ihm alle Überschreitungen zu melden, die wir beobachten. Es ist Sache Eures Pater Superior, die angemessene Strafe zu verhängen. Doch ich bin sicher, daß das nicht nötig sein wird und Eure Antworten auf einige einfache Fragen uns zufriedenstellen werden. Mir fiel zum Beispiel auf, daß Senhor De Cartago sich offenbar an Euch erinnerte. Kennt Ihr ihn?«

»Ich … war Passagier auf dem englischen Schiff, das ihn gefangennahm.«

»Englische Ketzer haben einem Jesuiten erlaubt, mit ihnen zu segeln?«

»Nicht alle Engländer sind so schnell mit einem Urteil bei der Hand, und mein Geld für die Passage galt ihnen ebensoviel wie das eines jeden anderen Mannes.«

»Ich verstehe«, meinte Gonsção. »Und Senhor Chinnery schien sich ebenfalls an Euch zu erinnern. Befand er sich auch auf diesem Schiff?«

»In der Tat, Padre. Der junge *inglês* ist ein Kräuterkundler

und Heiler. Natürlich überschneiden sich unsere Tätigkeiten mitunter.«
»Ah. Aber die Art und Weise, wie er Euch vorhin begrüßte, würde ich nicht gerade freundlich nennen.«
»Nein. Wir ... hatten eine Auseinandersetzung, bevor unsere Wege sich trennten.«
»Hm. Es gibt Überschneidungen zwischen der Tätigkeit eines Kräuterkundlers und der von Hexen. Habt Ihr jemals gesehen, daß Senhor Chinnery einen solchen Zauber bewirkte?«
»Nein. Nie.«
»Mir fiel auf, daß Senhor De Cartago die Flasche mit dem wundertätigen Pulver wiedererkannte. Er muß sie schon einmal gesehen haben, nicht wahr?«
»Ja, ich hatte sie ihm gezeigt.«
»Und Senhor Chinnery auch?«
»Ja, natürlich.«
»Natürlich. Und in Anbetracht seiner Reaktion, als Ihr sie hier herauszogt, scheint Senhor Chinnery die Bedeutung ihres Inhalts gekannt zu haben. Habt Ihr ihm das Pulver jemals geliehen, um ... Fakire zu wecken?«
»Er benutzte es einmal, um einen Kammersteward aus dem Stupor zu holen.«
»Verstehe ich richtig?« fragte Gonsção. »Ein englischer Ketzer hat einer päpstlichen Reliquie vertraut? Ich hörte, daß manche lieber sterben, als so etwas zu tun.«
Der schottische Mönch zuckte mit den Achseln. »Er wußte um die Wirksamkeit, und die Heilung hatte für ihn Vorrang.«
»Vorrang vor der Seele?«

»Sicher«, sagte Bruder Andrew mit einem bangen Lächeln, »sprach er bei Verabreichung des Pulvers Gebete, die die Seele des Jungen vor Schaden bewahrten.«
»Wißt Ihr«, bemerkte Gonsção, »es gibt gewisse Personen, die sich Weißmagier nennen und behaupten, Gebete seien ein wichtiger Teil ihres Zaubers. Ich finde das noch schändlicher als die Schwarze Kunst, denn diese Personen würden sogar Engel versklaven, damit sie ihnen zu Gebote stehen. Ich glaube nicht, Bruder, daß ein Gebet ausreicht, um die Seele eines Menschen zu retten, wenn es von bösen Taten begleitet wird. Habt Ihr Senhor De Cartago erlaubt, das Pulver zu benutzen?«
»Nein!«
»Doch er wußte, was es war.«
»Wir hatten erfahren, daß er Alchimist ist, und Senhor Chinnery waren die Arzneien ausgegangen. Also besprachen wir mit ihm, was noch übrig war, und fragten ihn, ob er über Wissen oder Vorräte verfüge, um uns zu helfen.«
»Ihr habt dem Wissen eines Zauberers vertraut?«
»Ich hatte keinen Grund zu der Annahme, daß er ein Zauberer ist, und er hat es auch nie behauptet. Und selbst böse Menschen können nützliche Informationen liefern.«
Gonsção seufzte und machte einige Schritte auf das riesige Kreuz zu, das an der Wand hing. »Wir möchten Euch gern glauben, Bruder, wirklich. Doch wir haben gehört, daß eine Person an Bord Eures Schiffes De Cartago und Senhor Chinnery an die Piraten, die sie hierher nach Goa brachten, verraten hat. Nach allem, was ich weiß, könntet Ihr dieser

Judas gewesen sein. In welchem Fall ich nichts von dem, was Ihr sagt, Glauben schenken könnte.«

»Wenn ich sie auf diese Weise hätte loswerden wollen«, grollte Bruder Andrew, »weshalb hätte ich dann herkommen sollen, um ihnen beizustehen?«

»Das ist eine interessante Frage. Nein, nein.« Gonsção hob eine Hand. »Sprecht jetzt nicht weiter. Wenn jemand in Eile spricht, werden Fehler begangen. Doch Ihr seht, daß zu viele Stücke in diesem Puzzle noch fehlen. Das macht mir Sorge.«

»Ja«, sagte Sadrinho. »Vielleicht solltet Ihr bei uns bleiben, bis der junge *inglês* wieder wohlauf ist. Wenn Ihr hier seid, könnt Ihr ihm Rat erteilen. Vielleicht könnt Ihr ihm klarmachen, in welcher Gefahr seine Seele möglicherweise schwebt. Natürlich werdet Ihr beide gehen dürfen, sobald wir eine vollständige und vernünftige Erklärung haben. Von besonderem Interesse ist für mich die Herkunft dieser erstaunlichen Reliquie. Keine Santa Margarita, von der ich jemals gehört habe, hat heilkräftiges Blut vergossen. Es muß wohl so sein, daß die Erinnerung Euch einen Streich spielt. Wir wollen Euch Zeit zum Nachdenken und Beten geben, Bruder, bis Ihr mit einer vernünftigeren Antwort aufwarten könnt.«

»Mir wird nichts geschehen?«

»Ein Bruder in Christo wird uns doch sicher keinen Anlaß geben, ihm Schaden zuzufügen?« Sadrinho nickte der verbliebenen Wache zu.

»Hier entlang, wenn's beliebt, Bruder«, sagte die Wache. »Im Residenzflügel ist noch ein bequemes Zimmer für Euch frei.«

Der schottische Mönch ballte kurz die Fäuste und gab schließlich nach. »Also bis später, Domine. Padre.« Er ließ zu, daß man ihn aus der Kammer führte.
»Und möge Gott mit Euch sein, Bruder«, fügte Gonsção hinzu, obwohl Bruder Andrew ihn schon nicht mehr hören konnte.
Sadrinho starrte auf die bunt schillernde Flasche in seiner Hand und strich fast liebevoll darüber. »Ich muß Euch danken, Padre. Ihr habt mehr zu unseren Untersuchungen beigetragen, als ich jemals gehofft habe.«
»Wärt Ihr dann wohl so gütig, mir anzuvertrauen, was Ihr wißt, damit ich besser verstehe, was ich Euch eigentlich gebracht habe?« sagte Gonsção.
»Sicher. Ihr habt es verdient. Wißt Ihr, als Ihr hier eintraft, wußte ich nicht recht, was ich von Euch halten sollte, Padre. Ich war mir nicht sicher, ob wir … dieselben Ziele verfolgen. Nun scheint es, daß unabhängig von unseren ursprünglichen Absichten unsere Pfeile in dieselbe Richtung fliegen. Kommt morgen nach der Abendandacht in meine Amtsräume. Mein gesamtes Wissen soll Euch gehören.«
»Weshalb so lange warten? Könnt Ihr es mir nicht jetzt schon mitteilen?«
»Ich muß noch ein wenig Ordnung in meine Gedanken bringen, damit ich Euch mein Wissen als zusammenhängendes Ganzes präsentieren kann. Doch Ihr werdet alles erfahren, das verspreche ich Euch.« Lächelnd wie ein Kind, das ein lange ersehntes neues Spielzeug bekommen hat, drückte Sadrinho die Flasche an seine Brust und verließ die Kammer.

»Was habt Ihr getan?« erklang ein lautes Wispern hinter Gonsção. Er erschrak und drehte sich um. Inquisitor Pinto, der so still in einem abgelegenen Winkel der Kammer gestanden hatte, daß Gonsção ihn ganz vergessen hatte, kam auf ihn zu, wobei der Saum seiner schwarzen Robe über den Boden strich. Dicht vor Gonsção blieb er stehen, ein Stirnrunzeln im kleinen, hübschen Gesicht.
»Das hoffe ich selbst erst noch zu erfahren, Domine.«
»Begreift Ihr denn nicht? Ich dachte, Ihr wäret nach Goa gekommen, um dafür zu sorgen, daß diese Santa Casa sich wieder auf die ihr gebührenden Aufgaben und Pflichten besinnt. Darum stand ich Euch bei. Sadrinho ist von diesem … *pulvis mirabile* besessen, seit er zum ersten Mal davon hörte. Er hat kaum noch an etwas anderes gedacht. Nun bringt Ihr eben dieses Ding, dessentwegen ich betete, er möge endlich davon lassen, in unsere eigenen vier Wände. Nun ist kein Ende mehr abzusehen. Wir sind verloren. Gott sei unseren armen Seelen gnädig.«
»Vergebt mir«, begann Gonsção, stellte dann jedoch fest, daß Inquisitor Pinto ihm bereits den Rücken zugewandt hatte.
Gonsção ließ die Schultern hängen, ob wegen der Last der Verantwortung oder aus Müdigkeit, wußte er nicht. Da er der letzte war, der den Audienzsaal verließ, zog er die Türen hinter sich zu und blieb noch eine Weile im Korridor stehen.
Er bemerkte, daß er einen Wandbehang anstarrte, auf dem das Emblem des Dominikanerordens eingestickt war. Es stellte den heiligen Dominikus dar, der in einer Hand einen Olivenzweig und in der anderen ein Schwert hielt. Unter

dem Heiligen befanden sich ein Hund mit einer brennenden Fackel im Maul um eine Weltkugel laufend. Auf einem Banner über dem Kopf des Heiligen standen die Worte »Justitia et Misericordia«.

Es war der heilige Dominikus gewesen, der in seiner Zeit als Soldat gesagt hatte: »Tötet sie alle. Gott wird die Seinen erkennen.« *Herr im Himmel,* dachte Gonsção, *wenn Du uns doch diese Macht verleihen könntest; zu wissen, wer die Deinen sind und wer nicht, solange sie noch leben.*

17

STECHPALME:

Dieser immergrüne Strauch trägt dornige Blätter. Im Frühsommer bringt er weiße Blüten hervor, denen im Herbst rote Beeren folgen. Bei ihrem Gebrauch muß man Vorsicht walten lassen, weil die Beeren für Kinder giftig sind. Es heißt, das Kreuz Christi sei aus Stechpalmenholz gehauen worden, und zur Strafe wachse die Stechpalme nicht mehr hochauf. Außerdem glaubt man, die Dornenkrone habe aus Stechpalme bestanden, und die Beeren, die einst gelb waren, seien vom Blut unseres Herrn rot geworden. Die Waliser glauben, man lädt den Streit zu sich ein, wenn man am Weihnachtsabend Stechpalme nach Hause bringt. Sie in das Haus eines Freundes zu tragen bedeutet, den Tod zu bringen. Desgleichen ist es gefährlich, die Blüten der Stechpalme zu pflücken, und die Beeren zu zertreten verheißt Unglück …

Thomas schaukelte auf der Pritsche seiner Zelle hin und her, die Knie ans Kinn gezogen, die Gedanken so chaotisch wie eine Wolke Mücken. *Weshalb habe ich gesprochen, als De Cartago mich ansah? Sicher habe ich dadurch meinen Untergang besiegelt. Weshalb ist Lockheart in der Verkleidung eines Mönchs wieder aufgetaucht, hat der Santa Casa die Stirn geboten und den Alchimisten zum Leben erweckt? Hat er wahrhaftig geglaubt, mich so befreien zu können? Ich bin von Wahnsinnigen umgeben, zu gleichen Teilen Richter und Retter. Möge der Herr mir einen Rest gesunden Menschenverstand bewahren. Ich werde alles, was ich habe, brauchen, um auszuharren und diesem Ort zu entkommen.*

Die Zellentür rasselte, und die ihm schon bekannte Wache kam herein. Hinter ihm trat Timóteo ein, der eine mit einem Band verschnürte große Pergamentrolle hielt.

»Guten Abend, kleiner Bruder«, begrüßte ihn Thomas. »Ich danke Euch für die Hilfe, die Ihr mir bei meinem Tribunal zu leisten versuchtet. Ein Jammer, daß Ihr so bald gehen mußtet. Ihr habt einen höchst erstaunlichen Anblick verpaßt.«

Bruder Timóteo mied seinen Blick, und sein Gesicht war sehr ernst. »So sagte man mir, Senhor.« Er legte das aufgerollte Pergament neben Thomas auf die Pritsche.

»Was bringt Ihr mir da?«

»Ich bringe Euch den einzigen Rat, den man jemandem in

Eurer Lage geben kann, Senhor. Ihr müßt in Eure Seele schauen, Eure Sünden erforschen und Gott um Vergebung bitten. Dieses Dokument ist ein Schuldgeständnis, Senhor. Domine Sadrinho sagt, wenn Ihr es unterschreibt, wird er den Weg zu Eurer Entlassung freimachen. Er glaubt, daß Ihr von anderen verleitet worden seid, und weiß, daß man Euch vergeben kann.«

Thomas zuckte vor dem Pergament zurück, als wäre es ein Feuer. »Ich dachte, man würde Vorbereitungen treffen, um mich in Padre Stevens' Obhut zu überstellen.«

Timóteo seufzte. »Man wird Euch entlassen, Senhor. Doch es ist die Pflicht der Santa Casa, sich um Euer Seelenheil zu bemühen. Wenn wir Euch gehen ließen, ohne Euch eine Gelegenheit zum Bekenntnis zu geben, wäre das, als schickten wir Euch in die Hölle.«

Ah. Ich bin für sie noch immer ein Ketzer, den man nicht als solchen gehen lassen darf. »Welche Sünden … erlaubt mir dieses Dokument zu gestehen?«

Der Knabe warf der Wache, die gelassen ihre Fingernägel betrachtete, einen verstohlenen Blick zu. »Häresie, Senhor. Und Zauberei. Ich weiß nicht, was sonst noch.«

Und ich hatte meine Seele in Gefahr geglaubt. Häresie zu gestehen hieße, dem Glauben zu entsagen, in den er hineingeboren und auf den er getauft worden war. *Ihm zu entsagen!* In Fox' *Buch der Märtyrer* hatte Thomas über viele gelesen, die während Marys blutiger Herrschaft lieber den Foltertod gestorben waren, als abtrünnig zu werden. *Habe ich soviel Mut wie sie? Wo ich doch kurz davor stehe, diesem Wahnsinn zu entrinnen?* »Sicher«, sagte er zu Timóteo, »wißt Ihr nicht, was Ihr da von mir verlangt.«

Mit traurigem Blick antwortete der Knabe: »Nicht ich bin es, der etwas verlangt, doch wenn es an mir wäre, verlangte ich es ebenfalls. Ich will nicht, daß der Böse Anspruch auf Eure Seele erhebt.«

Der Junge glaubt wirklich an die Lehren der Inquisition.

»Das ist schwer zu erklären, kleiner Bruder, aber meinem Glauben nach träte genau das ein, wenn ich das hier unterschriebe.«

Timóteo schüttelte den Kopf. »Das kann nicht sein. Eure ketzerische Kirche hat Euch belogen.«

Oder die deine dich. Thomas hielt seine Wut im Zaum und sagte: »Wohl kaum.«

»Gott sieht die Wahrheit«, erklärte Timóteo, »und Domine Sadrinho und alle Inquisitoren folgen der göttlichen Eingebung.«

Wenn das stimmt, möge der Himmel uns beistehen, dachte Thomas. Angesichts des unerschütterlichen Glaubens des Knaben gingen ihm die Argumente aus. »Was wird Domine Sadrinho tun, wenn ich unterschreibe?«

Der Knabe kniff die Lippen zusammen. »Das weiß ich nicht genau, Senhor. Jene, die gestehen und Absolution erhalten, bleiben gewöhnlich bis zum nächsten Autodafé ein Gast der Santa Casa. Dann wird das Urteil gefällt, und man entläßt sie in die Welt, damit der *governador* Recht über sie spricht.«

»Verstehe. Wann ist das nächste Autodafé?«

»Das kann ich nicht sagen, Senhor.«

»Wann fand das letzte statt?«

»Voriges Jahr vor Weihnachten.«

»Und dasjenige davor?«

»Ich erinnere mich nicht, Senhor.«

»So. Dann könnte ich also Jahre hier verbringen. Wie gnädig.«

Bruder Timóteo schien den Tränen nahe zu sein. »Bitte, Senhor. Andere haben hier Frieden gefunden und Freude an der Gnade Gottes. Was sind schon Jahre in dieser sündigen Welt, verglichen mit der himmlischen Ewigkeit?«

Dieser Junge wird eines Tages einen hervorragenden Priester abgeben. Unglücklicherweise. »Bevor ich unterschreibe, könnt Ihr mir wohl sagen, was aus diesem anderen Jesuiten geworden ist, der bei meinem Tribunal anwesend war, Bruder Andrew?«

Die Wache an der Tür drehte sich um und räusperte sich vernehmlich.

»Ihr solltet Euch nicht mit anderen beschäftigen, Senhor. Nicht, solange Eure eigene Seele in solcher Gefahr schwebt.«

»Verstehe. Und ... wenn ich das Bekenntnis nicht unterschreibe?«

Bruder Timóteo starrte zu Boden. »Dann möge Gott Eurer Seele gnädig sein.«

»Soll das heißen, daß Ihr mich dann umbringt?«

Entsetzt blickte der Knabe auf. »Die Santa Casa bringt niemanden um!«

»Dann gibt es keine Folter? Keiner Eurer Gäste ist jemals durch die Hände des Inquisitors gestorben?«

Wieder mied Timóteo seinen Blick. »Die Domines tun alles, was sie können, damit die Gäste der Santa Casa die Wahrheit sehen.«

»Und wenn die Gäste dem Druck nicht standhalten können?«
Timóteo nahm die Pergamentrolle und schlug damit gegen Thomas' Brust. »Bitte, um der Liebe Gottes willen, unterschreibt, Senhor!«
Thomas spürte, wie sein Herz sich verkrampfte. Er hätte schon deshalb unterschreiben mögen, damit dieser peinigende Ausdruck des Mitleids vom Gesicht des Knaben verschwand. *Welcher Dämon dich auch immer beherrscht, kleiner Bruder, er hat eine Macht, die beängstigender ist als Satan selbst.* »Ich … werde darüber nachdenken. Bitte, ich brauche etwas Zeit.«
Timóteo seufzte und drehte das aufgerollte Dokument unbeholfen in den Händen, bevor er es wieder auf die Pritsche zurücklegte. »Wie Ihr wünscht, Senhor. Ich werde das hier bei Euch lassen. Möge Gott Euer Herz umstimmen.« Er wandte sich ab und ging wieder zur Wache. Die Zellenwache grunzte eine Frage, und Timóteo schüttelte den Kopf. Die Wache sah kurz zu Thomas, schüttelte ihrerseits den Kopf und schnalzte, als wäre Thomas ein unartiges Kind.
Die Wache und Timóteo gingen.
Thomas schaute das Pergament an und überlegte, ob er es wagen sollte, die Schnur zu entfernen und es zu lesen, oder ob er es einfach zerreißen sollte. Er bemerkte etwas Dunkles und Spitzes zwischen dem Pergament und der Bettdecke. Mit abergläubischer Vorsicht, nur das Dokument nicht anzurühren, zupfte Thomas an diesem neuen Gegenstand. Es war ein gelb-grünes Blatt, lang und spitz zulaufend wie das einer Kapsikumpflanze. Er roch daran.

Ob das Betel ist? Er hatte gehört, daß die Araber es verwendeten, um Skorbut zu vermeiden. Außerdem galt es als leichtes Narkotikum und linderte angeblich Schmerzen. *Weshalb sollte der kleine Bruder mir so etwas schenken? Ist es ein Hinweis auf das, was noch kommen wird?*

Wieder näherten sich Stimmen und Schritte seiner Zelle. Thomas stopfte das Blatt in seine Wange, wobei er unvermutet ätzende Bitterkeit schmeckte.

Die Tür zu seiner Zelle öffnete sich, und Inquisitor Sadrinho trat ein. »Gebe Gott, daß Ihr einen schönen Abend habt, Senhor«, sagte er mit freundlichem Lächeln.

»Ich hoffe, das wird er«, erwiderte Thomas. »Seid Ihr gekommen, um mich freizulassen?«

Das Lächeln des Inquisitors ließ nur einen Moment lang nach. »Noch nicht, Senhor. Wie ich höre, seid Ihr noch nicht soweit. Wir hatten gehofft, Ihr würdet Eure Seele der Wahrheit öffnen und die Freude an Gottes Gnade erfahren. Nun, diese Dinge haben Zeit. Ich dachte, daß ein Spaziergang Euch vielleicht hilft, Euch zu besinnen. Wir haben herausgefunden, daß so etwas unseren Gästen oft hilft. Gewährt Ihr mir das Vergnügen, Euch zu begleiten?«

Thomas zögerte verdutzt. »Bleibt mir denn eine Wahl?«

Sadrinho zuckte mit den Achseln. »Wenn Euch das lieber ist, könnt Ihr hier auch weiter abgeschieden nachdenken.«

Ist das wieder so ein Wahnsinn? Hat er vor, mich zu beschwatzen, damit ich das ›Bekenntnis‹ unterschreibe? Das geschenkte Betelblatt läßt auf eine schreckliche Möglichkeit schließen. Aber wenn ich ihn fortschicke, wird er lediglich später wiederkommen. »Also gut. Gehen wir.«

»Gut«. Sadrinho gab der Wache einen Wink.

Thomas stand auf, und die Wache kam herbei und nahm ihm die Fesseln von den Handgelenken. Einen Moment lang hoffte Thomas, daß nun wenigstens seine Hände frei waren. Doch die Wache drehte ihn herum und band seine Handgelenke auf dem Rücken wieder zusammen.

»Eine reine Vorsichtsmaßnahme«, erklärte Sadrinho. »Und eine Binde wird man Euch auch wieder anlegen.«

»Ist das nötig? Ich bin gefesselt. Weshalb solltet Ihr mir auch noch die Augen verbinden?«

»Ihr vergeßt, Senhor, daß unser Ziel darin besteht, die Seele zu läutern. Es gibt hier viel zu sehen, was Euch von diesem Ziel ablenken könnte. Ich hege nicht den Wunsch, daß unser Werk so schnell wieder zunichte gemacht wird. Daher die Augenbinde.«

Kaum sprach er dieses Wort aus, wurde das dunkle Tuch vor Thomas' Augen niedergelassen und an seinem Hinterkopf festgezurrt. Die Wache stieß ihn in den Rücken, und Thomas taumelte nach vorn, aus der Zelle hinaus.

»Darf ich fragen, ob Bruder Andrew sich noch hier befindet, als Gefangener, so wie ich?«

Thomas spürte einen leichten, brennenden Schlag auf der Schulter. »Scht«, zischte die Wache.

Der Inquisitor sagte: »Außerhalb Eurer Kammer dürft Ihr nicht sprechen, es sei denn, ich fordere Euch dazu auf. Wir dürfen die anderen beim Nachdenken über ihre Sünden nicht stören.«

Noch mehr Wahnsinn, dachte Thomas.

Er mußte seine ganze Aufmerksamkeit zusammennehmen, um gefesselt und blind zu laufen, auch wenn ihn die schwere Hand der Wache führte. Doch aufgrund des Widerhalls ihrer Schritte vermutete Thomas, daß sie einen Korridor entlanggingen, der nach rechts hin offen war, vielleicht ein Innenhof. Sie bewegten sich nicht im Erdgeschoß, denn von unten drangen Laute herauf.

Links von ihm schrie ein Mann und flehte auf portugiesisch: *»Jesu pau! Jesu pau!«* Die Wache entfernte sich von Thomas, und er hörte das Kratzen von Metall auf Metall, als eine Zellentür entriegelt wurde. Dann erklang eine Anzahl Übelkeit erregender Schläge, begleitet von *»Silêncio!«*-Rufen, auf die lautes Stöhnen folgte.

Thomas konnte während der Schläge nur machtlos dastehen und warten. Er biß auf das Betelblatt in seiner Wange und sog heftig an dem sauren Saft in der Hoffnung, die Wirkung würde ihn ablenken.

»Das hier ist der Männerflügel«, sagte der Inquisitor ruhig, als geschähe nichts Verkehrtes. »Der Frauenflügel ist unten.«

Und welche schimpfliche Behandlung müssen deine weiblichen Gäste erleiden, frage ich mich? dachte Thomas, ohne jedoch ein Wort zu sagen. Gleich darauf ging die Zellentür lärmend zu, und Thomas bekam wieder einen Stoß in den Rücken. *Klebt nun das Blut dieses armen Menschen an meinen Händen?*

Während er weiterstolperte, konnte Thomas sich die vielen Richtungsänderungen von einem Korridor in den nächsten nicht mehr merken und hatte bald den Eindruck, sich verirrt zu haben. Manchmal gab ihm der Inquisitor eine nutzlose kleine Information wie »Hier nehmen wir die Petitionen der Familien unserer Gäste entgegen« oder »Das

war früher einmal der Palast des Sultans von Goa; hier befand sich das Frauengemach, in dem sein Harem lebte«. Sie kamen an einem Zimmer vorbei, aus dem es nach gebackenem Brot, Zwiebeln und Gewürzen roch, und Thomas hörte das Klappern von Pfannen und Kesseln. Einige Schritte weiter sagte Sadrinho: »Hier geht es ein paar Stufen hinunter. Paßt gut auf, wohin Ihr tretet.«
Thomas schob den rechten Fuß vor und trat schwerfällig auf. Er zog den linken nach, um ein Maß für die nächste Stufe zu haben, bevor er es versuchte. Die Stufen waren in der Mitte abgewetzt, was darauf hinwies, daß hier schon viele Menschen gegangen waren. Dafür waren die Stufen aber ungefähr gleich hoch, so daß Thomas mit mehr Selbstvertrauen die Treppe hinuntergehen konnte.
Als er das untere Ende der Treppe erreichte, sagte der Inquisitor »Halt!« und ging an ihm vorüber. »Wir werden Euch nun die Ehre eines Anblicks erweisen, Senhor, den wir nur wenigen unserer Gäste gewähren.«
Schlüssel klirrten in einem Schloß vor ihm, und eine Tür öffnete sich. Eine Woge feuchter, kühler Luft trug Gerüche heran, die denen im Aljouvar ähnelten. Für einen Augenblick wünschte sich Thomas, er wäre wieder in der stinkenden Grotte des Gouverneurs, in Gesellschaft verständnisvoller Menschen. *Joaquim hatte recht. Ich möchte wissen, ob er hier einmal zu Gast war.*
»Gebt acht«, meinte der Inquisitor. »Hier sind noch mehr Stufen.«
Diese Treppe war schmaler und ungleichmäßig, und Thomas war gezwungen, sich behutsam voranzutasten, eine Schulter an der feuchten, kalten Steinmauer. Leise Stim-

men und Laute am Rand seines Hörvermögens jagten ihm einen Schauer über den Rücken und ließen ihm das Haar zu Berge stehen. Es war das Stöhnen von Männern und Frauen, die allen Verstand und jede Hoffnung verloren hatten und deren verzweifeltes Wimmern von den harten, tauben Mauern widerhallte.

Als Thomas hinabstieg, wurde das Stöhnen noch deutlicher und der Gestank noch widerlicher. Er begann sich zu fragen, ob die Santa Casa ihren eigenen Privateingang zur Hölle hatte. *Doch keine Beatrice oder Eurydike erwartet mich, um mich hinauszuführen. Nur der Inquisitor. Hätte er nicht behauptet, ein Mann Gottes zu sein, so würde ich diese Unterwelt für sein wahres Reich halten.*

Die Treppe mündete auf einen unebenen Steinboden. Thomas wurde nach rechts gelenkt und in einen Raum geführt, der so roch, als wäre er erst kürzlich getüncht worden. Eine Tür wurde hinter ihm geschlossen, und endlich nahm man ihm die Binde von den Augen.

Inquisitor Sadrinho stand gelassen vor ihm und hieß ihn wie ein großzügiger Gastgeber willkommen. »Dies ist unser Befragungszimmer. Wir erleben immer wieder, daß unsere Gäste sich über diese Werkzeuge wundern, die wir einsetzen, um eine verlorene Seele wieder zu Gott zu führen. Ich dachte, daß Ihr als Fremder sie vielleicht ebenfalls gern einmal sehen möchtet.«

Ah, so will er mich also herumkriegen. Thomas hatte von der rituellen Zurschaustellung der Instrumente gehört. Bei manchen Gefangenen genügte schon das, um sie abtrünnig zu machen und ihnen das Bekenntnis der Ketzerei zu entlocken. Die betäubende Wirkung des Betelblatts verlieh Thomas ein Gefühl der Distanz und der Ruhe. *Dieser Aufführung standzuhalten müßte mir eigentlich gelingen.*

Der weiße Raum wurde lediglich von dünnen Kerzen in Wandleuchtern in den Ecken erhellt. Formlose Schatten waberten hinter den Tischen und geheimnisvollen Apparaten aus Metall und Holz. »Das alles«, sagte Sadrinho mit einer weit ausholenden Geste seines Arms, »hilft uns, den weltlichen Verstand zur Reue zu bewegen. Hier auf dem Tisch führen wir zum Beispiel die *poltro* durch.« Er hielt stolz einen Krug mit einem Stofftuch hoch und erklärte seinen Gebrauch. »Da drüben haben wir den Thron der Heiligen Jungfrau.« Er deutete auf einen Stuhl mit Bleiumfassung, dessen Inneres von Eisenstangen strotzte, die sich in die Weichteile eines jeden bohrten, der sich darauf setzte. An einer anderen Wand stand das berüchtigte Gestell, auf dem man Gliedmaßen bis zum Zerreißen strecken konnte. In einer Ecke befanden sich die »Spanischen Stiefel«, mit dem sich das Bein eines Menschen zermalmen ließ; in einer anderen standen eine Daumenschraube und Töpfe mit siedendem Öl.

Sadrinho erläuterte alles wie ein Priester, der die geweihten Schätze seiner Kathedrale aufzählt. Unterdessen nestelte die Wache an den Schnüren herum, die Thomas' Handgelenke banden. *Jede Wette, daß sie meine Hände jetzt zu keinem guten Zweck lösen. Wenn ich sie frei habe, könnte ich mich auf den Inquisitor stürzen und ihn erwürgen. Ob ich es wagen soll? Sicher würde man mich dafür hinrichten und obendrein noch verfluchen, aber der Gedanke hat seinen Reiz.* Thomas hätte fast gelächelt.

»Und das hier«, rief Sadrinho, als etwas Neues um Thomas' Handgelenke gelegt wurde, »ist die *polé,* von manchen auch Strappado genannt!«

Thomas wurde nach oben gerissen, und ein furchtbarer Schmerz fuhr von seinen Handgelenken bis hoch zur Schulter. Pfeifend entwich die Luft aus seinen Lungen, und er konnte nur unter größten Mühen wieder einatmen. Er klappte den Mund auf, doch die Luft reichte nicht einmal mehr zum Schreien. Die Zunge baumelte nutzlos heraus, und das zerkaute Betelblattknäuel fiel zu Boden.

Sadrinho bückte sich und hob es auf. Er führte es unter seiner Nase hin und her, dann starrte er Thomas an. »Woher habt Ihr das?«

Thomas war nicht imstande, zu antworten. Er trat mit den Beinen um sich und verdrehte seine Schultern, die sich anfühlten, als wollten sie aus den Gelenken springen und seine Haut zerreißen. Die Bewegungen vergrößerten den Schmerz nur noch.

»Einerlei«, sagte der Inquisitor. »Der Einfluß des Betelblatts wird bald schwinden, und das Strappado zeigt seine volle Wirkung. Bis dahin verlasse ich Euch. Ich schlage vor, daß Ihr inzwischen über Eure Sünden nachdenkt und um Führung betet.«

»In Gottes Namen, Domine!« keuchte Thomas auf. »Wie ... wie könnt Ihr ...«

»Wie Ihr schon sagtet, Senhor. In Gottes Namen.« Sadrinho wandte sich ab und blies alle Kerzen bis auf eine aus. Er nickte der Wache zu, und sie gingen davon.

Thomas kämpfte die Panik nieder, die sein Denken auslöschen wollte. *Es gibt Menschen, die das überlebt haben.*

Die Schlimmeres überlebt haben. Ich muß ruhig bleiben. Unter Aufbietung all seiner Willenskräfte gelang es ihm, sich nicht mehr zu bewegen.

Großer Gott, diese Schmerzen. Wie soll ich sie nur ertragen, wenn die Wirkung des Betels nachläßt? Er hatte viele Kunden in Master Coulters Laden kommen sehen, jeder mit einer anderen Schmerzerfahrung. Manche erduldeten ihre ständige Pein mit einem traurigen, zuckenden Lächeln. Andere schrien schon bei der bloßen Berührung einer Aderlaßnadel auf. Für manche waren schmerzstillende Arzneien ein sofortiger Segen. Bei anderen wirkte rein gar nichts. *Zu welcher Sorte Mensch gehöre ich?*

Er erinnerte sich, daß sein Vater ihn als Kind die Birkenrute hatte spüren lassen, und auch an Prügel, die er als Schüler bezogen hatte. Doch das war ein kurzer Schmerz, und danach hatten die Wunden viel Zeit gehabt, wieder zu heilen. Thomas konnte nicht hoffen, daß diese Folter das Schlimmste war, was er aus den Händen der Inquisition erleiden würde. *Es sei denn, ich unterschreibe ihnen das verdammte Bekenntnis!*

Das Seil knarzte über ihm wie das Ankertau eines Schiffes. *Gott, wie gern wäre ich jetzt sogar wieder im stinkenden Laderaum des* Welpen. *Herr, wenn meine Seele Dir gehört, laß dieses Seil reißen und erlöse mich.* Doch das Seil hielt stand, während er leicht hin und her schaukelte, ein Pendel, dessen Zeit ablief.

Er versuchte, sich mit Gedanken an angenehmere Momente abzulenken. Er stellte sich Anne Coulters liebliches, rundes Gesicht vor und ihre sanften Hände, die haselnußbraunen Augen und das schüchterne Lächeln. Doch an die Stelle ihrer Züge traten rasch die von Lady Aditi und die Erinnerung an ihre Gestalt und ihren Geruch, als sie sich über ihn beugte, um ihm den Turban neu zu wickeln. *Es ist, als wäre ich verhext. Oh, Anne, vergib mir.*

Er versuchte an gar nichts zu denken, wie die östlichen Mystiker es angeblich konnten, damit die Schmerzen nur ein weiterer Bestandteil des Raums waren, fern von ihm. Er lenkte sein Augenmerk auf Geräusche: das Tropfen des Wassers, die leisen Schreie anderer Gefolterter, das Scharren von etwas an der Tür, vielleicht eine Ratte.

»Thomas?« wisperte jemand.

Unwillkürlich ruckte sein Kopf in Richtung des Lauts, was wieder einen jähen Schmerz zu seinen Schultern schickte.

»Eh … wer?«

»Scht … bewegt Euch nicht, mein Junge. Das macht alles nur noch schlimmer. Ganz ruhig.«

»Andrew!« stieß Thomas hervor und versuchte, jede Bewegung zu vermeiden. »Um Himmels willen, Mann, schneidet mich los!«

»Das kann ich nicht. Wir könnten nicht von hier fliehen. Sie haben mich zu Euch geschickt, damit ich mich um Eure Seele kümmere und Euch zum Bekenntnis ermuntere.«

»Wenn Euch auch nur ein Hauch christlicher Nächstenliebe geblieben ist, dann vermindert wenigstens das Gewicht an meinen Armen!«

»Ach, also gut.« Lockheart trat aus dem Schatten hervor und schlang die Arme um Thomas' Beine, hob ihn einige

Zentimeter an. »Aber es wird um so mehr schmerzen, wenn ich Euch wieder herunterlasse.«

»Habt Dank«, stöhnte Thomas und holte japsend Luft, als er gegen Kopf und Schultern des Schotten sackte.

»Man hat mir nicht viel Zeit gewährt, um mit Euch zu sprechen, mein Junge. Doch verliert nicht den Mut, es besteht Hoffnung.«

»Tatsächlich?« Die herrliche Luft in seinen Lungen lenkte Thomas ab, und das Denken fiel ihm schwer. »Habt Ihr Robe und Eide so ernst genommen, daß Ihr nun meint, Eure Gebete könnten mich retten?«

»Dieses Gewand ist nur eine Verkleidung, die Pater Stevens mir geliehen hat, damit ich mir Zutritt zu diesem weltlichen Kreis des Hades verschaffen kann. In mancher Hinsicht ist es mir angemessen, doch diese Geschichte erzähle ich Euch ein andermal. Wir müssen uns einen Fluchtplan für Euch ausdenken. Ich hatte gedacht, die Santa Casa hätte es nur auf einen wiedererweckten De Cartago abgesehen, doch ihr wahrer Wunsch geht darüber hinaus.«

»Und der wäre?«

»Das Blutpulver, mein Junge! Es ist nicht der Zauberer, den sie wollen, sondern sein Wissen um die Herkunft des Blutes.«

Wie seltsam, daß meine Interessen und die des Inquisitors sich so sehr gleichen. »Aber jetzt haben sie doch De Cartago. Er kann ihnen alles sagen.«

»Glaubt Ihr, Ihr wärt jetzt in dieser Lage, mein Junge, wenn er das täte oder könnte? Ich habe gehört, daß ihn das Pulver nur langsam heilt. Seine Zunge ist noch ganz modrig, und er kann nicht sprechen. Er hat kein Gefühl in den Gliedern – sie können ihn stechen und strecken, und es stört ihn nicht. Wie ich höre, treibt er ihre besten Folterknechte zur Verzweiflung.«

»Welch süße kleine Rache.«

»Klein, bei Gott, und der Grund, weshalb der Inquisitor es nun auf Euch abgesehen hat. Mir scheint, er hat eine Ahnung von der Wahrheit, weil er meine Lügen so leicht durchschaut. Doch egal – De Cartago hat sich mit Euch angefreundet, stimmt's?«

»Nicht ganz.«

»Nun ja, vielleicht hielt er Euch auch nur für einen Reisegefährten. Hat er Euch erzählt, wo man das Pulver finden kann? Wenn Ihr etwas wißt, liegt darin der Weg zu Eurer Freiheit.«

Die Karte! Sadrinho hat sie jetzt. Doch De Cartago mußte mir erst sagen, was die Symbole bedeuten. Also habe ich ein As im Ärmel. Aber kann ich Lockheart vertrauen? Gut möglich, daß er mir die Antwort entlockt und mich dann hier verrotten läßt. Bei einem so dünnen Hoffnungsschimmer muß ich sehr schlau vorgehen.

»Hat er Euch gesagt, mein Junge, woher das Pulver kommt?« Lockheart schüttelte eindringlich Thomas' Beine. »Hat er das?«

»Ah! Nicht bewegen, ich flehe Euch an. Er … ja, vielleicht. Ich muß darüber nachdenken. Die Schmerzen … ich kann mich so schlecht erinnern.«

Lockheart seufzte. »Dann denkt gut nach. Haben Sie Euch ein Bekenntnis zur Unterschrift gegeben?«

»Aye, haben sie.«

»Dann unterschreibt. Diese Männer lassen niemanden frei, ehe sie nicht ein Bekenntnis von ihm haben. Sie wollen, daß ihre Aufzeichnungen rein bleiben.«

»Ihre Aufzeichnungen?« keuchte Thomas. »Was ist mit der Reinheit meiner Seele? Soll ich sagen, daß ich auf dem Friedhof die Liebesdienste von Männern suche oder das Blut getaufter Säuglinge trinke? Wollt Ihr, daß ich die Verdammnis über mich bringe?«

»Wie unser guter Captain Wood vielleicht gesagt hätte, besser, man sündigt und bleibt am Leben und hat mehr Zeit für die Buße, als für nichts und wieder nichts zu sterben. Seid tapfer, mein Junge. Im Laufe der Jahre habe ich vielen Gefahren getrotzt, doch wann mich der Tod ereilt, bestimme immer noch ich.«

»Wahrhaftig? Sagt mir, Andrew, habt Ihr deshalb den Captain und uns alle verraten?«

Lockheart zögerte. »Mag sein. Vielleicht habe ich wirklich den Tod gefürchtet. Doch ich wollte niemandem ein Leid zufügen, nicht einmal Euch. Deshalb habe ich in jener Nacht alle ans Ufer geschickt, genau wie ich es mit Euch versuchte. Es traf mich tief ins Herz, Euch auf dieser Dhau zu sehen. Doch ich bemühte mich, meinen Fehler wiedergutzumachen. Als wir uns Goa näherten, zettelte ich mit einer rivalisierenden Räuberbande einen Streit an, und zwar zu einem Zeitpunkt, an dem sie Euch, wie ich wußte, vom Karren holten. Ihr seid geflohen, wie ich gehofft hatte, und ich und die Lady auch. Ich hatte geglaubt, damit wäre alles vorbei. Also suchte ich Pater Stevens auf, um seine Hilfe zu erbitten, und er sagte mir, daß man Euch verhaftet habe.

Wir sprachen eingehend miteinander. Er bot mir an, mir bei Eurer Befreiung zu helfen. Die Scham überwältigte mich, und ich nahm es als weiteres Zeichen dafür, daß unser beider Schicksal wahrhaft vorherbestimmt ist.«

»Ein Omen«, sagte Thomas leise.

»Wenn Ihr so wollt. Daher bin ich jetzt hier, ein Gefangener meiner Pflicht und somit auch der Santa Casa. Nur Ihr könnt uns befreien.«

»Könntet Ihr nicht allein fliehen? Wegen Eures Theaters hält man mich nun für einen Zauberer, und ich bin zur Folter verurteilt, wenn ich nicht das Urteil der Verdammnis über mich spreche. War es wirklich Barmherzigkeit, die Euch hierherbrachte? Oder hat Euch das wundertätige Pulver ebenso trunken gemacht wie den Inquisitor? Habt Ihr De Cartago zum eigenen Nutzen erweckt und setzt nun Eure Hoffnung auf mich? Vielleicht soll ich Euch mein Wissen enthüllen, damit Ihr es zu Eurem Vorteil nutzen könnt, und sobald Ihr es habt, laßt Ihr mich hier sterben.«

Lockheart ließ Thomas' Beine los, und er sackte nach unten durch. Sengender Schmerz schoß Thomas in die Arme, seine Schultern knackten, und die Luft wurde ihm aus den Lungen gepreßt.

»Wie könnt Ihr es wagen, Junge!« rief Lockheart mit härterer Stimme, als Thomas je eine gehört hatte. Sein Schatten zeichnete sich riesenhaft an der blassen Wand ab. »Ihr habt nicht die geringste Ahnung, was ich will! Ihr seid mir auf diese Dhau gefolgt und habt das ganze Schicksalsgeflecht mit Euch gezogen, als wärt Ihr an seine verschlungenen Fäden geknüpft und die Hexe wäre Eure Puppenspielerin! Was den Diebstahl Eurer Geheimnisse angeht und daß ich Euch hier zurückließ, so sage ich Euch: Weder ich noch derjenige, der mich auf unsere dreimal verfluchte Reise schickte, sind der Meinung, daß dies der Zeitpunkt oder der Ort ist, an dem Ihr sterben werdet.«

Lockheart wandte sich ab und ging zur Kammertür.

»Euch schickte?« keuchte Thomas durch seine Schmerzen hindurch. »Wer … schickte Euch? Andrew?«

Doch die Tür schlug zu und hinterließ nur ein Echo als Antwort.

18

BIRKE:

Dieser Baum hat eine weiße, papierähnliche Rinde und pfeilförmige Blätter. Im Sommer bringt er grüne Kätzchen hervor. Der Name stammt möglicherweise vom lateinischen Wort für ›schlagen‹, weil man zur Bestrafung oft Birkenruten verwendete. Es heißt, unser Herr Jesus Christus sei mit Birkenstöcken geschlagen worden. Ein Bündel Birkenruten diente als Symbol römischer Macht und brachte das Recht zum Auspeitschen mit sich. Birkenzweige wurden auch dazu verwendet, böse Geister von jemandes Land zu verscheuchen oder Wahnsinnigen den Dämon auszutreiben. Manche behaupten, daß Hexen ihre Besen aus Birke machten, doch andere sagen, solche Besen verjagen Hexen …

Die Ziege neben ihr meckerte empört, als Aditi sie auf den Tempel zuführte. »Sei friedlich, Dummchen«, sagte sie. »Du wirst bald das Paradies sehen und vielleicht ein besseres Leben kennenlernen.« Die Mahadevi hatte ihr einmal gesagt, daß Ihr unter allen Tieropfern die Ziege am liebsten sei. Als Aditi das stinkende Vieh hinter sich herzog, konnte sie sich beim besten Willen nicht vorstellen, warum. Sie war nur dankbar, daß die Familie der Marathas, die sie unterstützte, ihr als Entgelt für Gebete an die Göttin großzügig eine überlassen hatte.

Der Tempel der Mahadevi war klein und lag in einem Randgebiet von Goa, am Ufer des Mandovi. Bisher war er von fanatischen Jesuiten oder Mogulen verschont geblieben. Die Kuppel war einfach und getüncht, nicht vergoldet. Die an den Säulen und auf dem Architrav eingeschnitzten Frauengestalten waren bescheiden.

Nur wenige andere Menschen fanden sich an diesem Nachmittag zum *puja* ein. Trotzdem achtete Aditi darauf, daß der *orhni* ihr Gesicht bedeckte. Am Seiteneingang des Tempels reichte sie einem Brahmane den Strick mit der Ziege. Als Angehörige der *Komti*-Kaste hätte Aditi das Opfer auch selbst durchführen können, aber eine solche Zurschaustellung von Reichtum und Frömmigkeit hätte vielleicht unnötig Aufmerksamkeit auf sie gelenkt. Außerdem fügte sie Tieren nicht gern Schaden zu. Sie seufzte, als die Ziege mit traurigem Meckern hinter das Tor geführt wurde.

Tut mir leid, Dummchen. Es muß sein. Ahimsa mochte ja gut und schön sein, aber die Mahadevi hatte Hunger und mußte Nahrung zu sich nehmen, damit Sie Ihr Geschenk des Lebens hervorbringen konnte.

Aditi hatte dem Priester auch noch ein Palmblatt gegeben, auf das sie eine Botschaft an die Mahadevi geschrieben hatte. Mit Hilfe einer der Tempeltauben hatte sie eine bessere Chance, daß ihre Botschaft empfangen wurde, als viele andere Bittsteller. Und sie hatte dem Priester einige Münzen für eine Prophezeiung gegeben. Normalerweise war es unter der Würde eines Brahmane, die Zukunft zu weissagen, aber es gab einen im Tempel, der eine große Familie unterhalten mußte und es deshalb tun würde. Es war auch unter Aditis Würde, Wahrsager aufzusuchen. Aber nachdem sie tagelang im Haus ihrer Wohltäter versteckt gewesen war, fühlte sie sich jetzt verloren wie in einer trügerischen Wüste ohne Sterne am Nachthimmel, die sie leiteten.

Bevor Aditi den Tempel betrat, ging sie noch die Stufen zum Mandovi hinunter und watete bis zu den Knien ins Wasser. Sie war dankbar, daß der Fluß um diese Jahreszeit langsam floß und warm war. Sie führte die rituelle Waschung ihrer Hände, Arme und ihres Gesichts durch und achtete darauf, daß niemand sie ohne *orhni* sah. Sie nahm eine Lotusblüte aus der Schärpe an ihrer Hüfte, setzte sie aufs Wasser und ließ sie mit der Strömung treiben. Sie verbeugte sich vor dem Flußgott und stieg wieder die Stufen hinauf.

Aditi trocknete sich die Füße ab und betrat den Bogengang des Tempels in banger Erwartung, was sie zu sehen bekäme. Das Götzenbild der Mahadevi bestand eigentlich aus zwei Statuen, die Rücken an Rücken standen. Eine der vierarmigen Gestalten war eine wunderschöne, anmutig lächelnde Frau, die Reishalme, einen Kochtopf, eine Blume und einen Wasserkrug in ihren vier Händen hielt. Bei der anderen handelte es sich um einen wilden, schnaubenden weiblichen Dämon, dessen Hände ein Schwert, eine Trommel, einen Weinkrug und einen abgetrennten Kopf trugen. Beide Gestalten stellten die Mahadevi dar, in ihren Verkörperungen als Lebensspender und als Todesbringer.

Die Priester drehten die Statuen gemäß ihrer Einschätzung, welcher Aspekt der Göttin gerade überwog. Erleichtert sah Aditi bei ihrem Eintritt, daß ihr die gütige Seite des Götzenbilds zugewandt war. Die Frauengestalt trug eine bunte Girlande aus scharlachroten *asoka*-Blüten, die allerdings schon zu welken begonnen hatten.

Aditi kniete am Fuß der Götzen nieder und entnahm ihrer Schärpe an der Hüfte eine kleine, mit einem Deckel versehene Schüssel Reis, ein Fläschchen Duftöl und mehrere in ein Palmblatt eingewickelte Safranfäden. Sie reichte das alles der Mahadevi dar und legte sich unterwürfig vor sie auf den kühlen Stein des Tempelbodens.

Ihr Gebet war ganz einfach. *Bringe denen, die mir geholfen haben, höhere Gewinne. Vergib mir meinen Mißerfolg. Führe mich bei dem, was ich nun tun muß. Hilf mir, sicher zu Dir zurückzukehren.*

Aditi gehörte keiner Brahmanefamilie an und kümmerte sich deshalb nicht weiter um die theologischen Feinheiten.

Sie stellte die Göttlichkeit der Mahadevi nicht in Frage und sann auch nicht darüber nach, in welchem Ausmaß die geopferte Ziege Sie besänftigte oder ob die Göttin durch Ihr Abbild im Tempel sehen und hören konnte. Was zählte, war allein *dharma,* das richtige Handeln. Alles andere folgte daraus. Außerdem war die Mahadevi für Aditi auf eine Weise real, wie andere Gläubige es gar nicht kannten.

Aditis Familie hatte ihr ganzes Leben in Karawanen zugebracht. Ihre Heimat war Rajasthan gewesen, aber sie waren kreuz und quer durch Indien gezogen. Mit fünf Jahren konnte Aditi schon auf einem Kamel reiten. Im Alter von sechs sprach sie bereits fließend vier Sprachen: ihr heimatliches Sindhi, Kaschmiri, Persisch und Urdu. Als sie sieben war, unternahm ihre Familie eine lange Reise nach Süden, mit einer großen Menge Waren, die für Kalkutta bestimmt waren. Um Störungen durch die Portugiesen zu vermeiden, hatten sie nicht die Küstenroute gewählt, sondern statt dessen das Risiko auf sich genommen, über das kahle und weitgehend noch nicht kartografierte Dekkan-Plateau zu reisen.

Zwei Nächte vor Bijapur wurden sie von Räubern überfallen. Diese raubten ihre Kamele und scheuchten sie davon. Aditis Familie wurde erschlagen, während sie sich in einer Senke zwischen den Felsen versteckte. Sie war zu entsetzt und verängstigt gewesen, um zu weinen, und blieb, von den Dieben unentdeckt, zurück.

Am folgenden Morgen sah sie eines der Kamele westwärts trotten, weg von ihr. Ihr Vater hatte ihr eingeschärft, daß sie, wenn sie sich jemals in der Wildnis verirrte, einem

Kamel folgen sollte – es werde Wasser finden. Also ging sie, ohne noch einmal einen Blick auf die Leichen ihrer Eltern und Brüder zu werfen, benommen hinter dem Kamel her. Sie ging den ganzen Tag, sog an Steinen, um Durst zu vermeiden, kaute auf Holz, um ihren knurrenden Magen zu beruhigen. Und das Kamel führte sie zu einem braunen Fluß mit einem kleinen Dorf daneben.

Die Dorfbewohner konnten es kaum fassen, ein junges Mädchen allein aus der Wildnis kommen zu sehen, und staunten über ihre blauen Augen, die in Rajasthan zwar nicht ungewöhnlich, im Dekkan aber unbekannt waren. Sie nannten sie Aditi nach der Himmelsgöttin und brachten sie sofort zu ihrem heiligen Berg Bhagavati.

Es gab eine Stadt in einer Höhle oben auf dem Berg, herausgeschnitten aus dem lebenden Fels und der Sicht verborgen. Ein Tempelpalast beherrschte die Stadt, und darin lebte die Mahadevi. Aditi wurde der Göttin als Geschenk überreicht, das vom Himmel gefallen war. Und die Göttin nahm sie an, fast als wäre sie eine Tochter.

Doch Aditi sah niemals die körperliche Gestalt der Mahadevi, nur Schatten hinter Trennwänden, denn jeder wußte, daß Ihr Anblick den Tod brachte. Statt dessen wurde Aditi von zwei alten Frauen aufgezogen, eine klein und reizend, aber willensschwach, die andere groß und ernst, aber weise. Sie waren schon immer alt gewesen, sagten sie ihr, und Aditi glaubte ihnen.

Und Aditi lernte eine weitere Sprache, hellenisch, deren die Mahadevi und die alten Frauen sich bedienten. Und man brachte ihr Lesen und Schreiben bei, und sie lernte

Geschichte, Geographie und Mathematik. Als sie alt genug war, schickte die Mahadevi sie wieder in die Welt hinaus, als Ihre Augen und Ihren Sendboten.

Aditi verdankte der Mahadevi ihr Leben, genau wie Gandharva, und diente Ihr daher mit nahezu bedingungsloser Hingabe.

Aditi hörte vor sich ein Knarren, und sie blickte vom Boden auf. Das Götzenbild wurde gedreht. Es hielt auf halbem Weg an, so daß man jeweils eine Stelle beider Aspekte sehen konnte. Die Blumengirlande war abgenommen und durch eine Girlande aus Rattenschädeln ersetzt worden.

Der Priester, der Weissagungen vornahm, spähte hinter den Statuen hervor. Er begegnete Aditis Blick und schüttelte traurig den Kopf, bevor er wieder verschwand.

Ai. Ihre Laune verändert sich zum Schlechten. Es wird mir nicht gut ergehen. Sie setzte sich auf und verbeugte sich einmal vor dem Götzen. *Sei gnädig, Große Mutter. Ich habe getan, was ich konnte.*

Bruder Timóteo stieg die Treppe zum Verlies hinab, und seine Füße traten hart auf dem Stein auf. Er war nicht mit dem Herzen bei der Aufgabe, die vor ihm lag. *Weshalb habe ich dem* inglês *nur das Betelblatt gegeben? Der Domine tat gut daran, mich zu schelten; jetzt braucht der* inglês *noch länger, um seine Seele zu erforschen und den Willen zum Bekenntnis zu finden. Es ist gerecht vom Domine, mich zu bestrafen. Aber weshalb mußte es ausgerechnet das hier sein? Santa Maria, hättest du ihn nicht veranlassen können, etwas barmherziger zu sein? Nein, vergib mir. Ich werde geprüft. Laß mich beweisen, daß ich würdig bin.*

Am Fuß der Treppe zog er den Eisenriegel der Tür heraus. Als sie aufging, schlug ihm das Wimmern der verlorenen Seelen entgegen. *Herr, sie rufen Dich um Vergebung an. Hörst Du sie?*

Timóteo nahm zwei lange Schlüssel aus einem Gestell an der Wand und schleppte sich durch den Hauptgang. Vor jeder Zelle, an der er vorbeikam, wisperte er einen Segenswunsch, und es zerriß ihm schier das Herz bei jedem gepeinigten Sünder, der ihn erblickte und um Erlösung anflehte.

An der Tür zur siebten Zelle links blieb Timóteo stehen. »Erfahre, was dabei herauskommt, wenn man sich mit Zauberei einläßt«, hatte Domine Sadrinho ihm gesagt. Timóteo schluckte schwer und steckte den Schlüssel ins Schloß. Er drehte ihn, und die Tür schwang lautlos auf.

Übler Gestank brandete auf ihn ein, und er hustete und rümpfte die Nase. Das war nicht der Geruch der Lebenden. Timóteo drückte das Gebetbuch fest an seine Brust und trat ein. *»Deus lhe dê bom dia, Senhor De Cartago.«*

Das Ding auf dem Stuhl rollte den Kopf nach oben und starrte ihn an. Timóteo bekreuzigte sich. Er versuchte, nicht zu vergessen, daß das, was hier vor ihm saß, einmal ein Mensch und Geschöpf Gottes gewesen war. Die Arme, Beine und Finger des Zauberers waren vielerorts unnatürlich verkrümmt, und es schien, als dienten die Seile, die ihn auf dem Stuhl festbanden, eher dazu, den Mann aufrecht zu halten, statt ihn zu fesseln.

»Bisher hat Er das noch nicht«, sagte De Cartago so

undeutlich, daß es eine Weile dauerte, bis er ihn verstand.
»Wer seid Ihr?«
»Ich bin Bruder Timóteo, Senhor. Ich soll Euer Anwalt sein.« Timóteo wünschte, er klänge nicht so kleinmütig und ängstlich.
Der Zauberer lachte, ein schreckliches, blubberndes, kläffendes Geräusch. »Was habt Ihr getan, Kind, daß man Euch auferlegte, den *Toten* beizustehen?« Bei dem Wort ›Toten‹ ruckte De Cartagos Kopf nach vorn, und Timóteo sprang erschreckt zurück.
Zorn überwältigte seine Furcht. »Ihr seid nicht tot, Senhor. Ihr solltet dankbar sein, daß die Santa Casa Euch noch einmal Gelegenheit gibt, vor Gott Eure Sünden zu erkennen und zu beichten. Inzwischen dürftet Ihr wissen, welche Gefahr für Eure Seele besteht. Ihr solltet unsere Hilfe willkommen heißen.«
»Hilfe? Die Santa Casa ist nur darauf aus, sich selbst zu helfen. Sich von allem zu bedienen, was sie rauben kann. Oder zerstören.«
»Das ist eine Lüge!« Sogleich bereute Timóteo seinen Ausbruch wieder und versuchte sich zu beruhigen. Ein Anwalt muß freundlich sein, um dem Gast den Nutzen der Barmherzigkeit vor Augen zu führen. Was würde Domine Sadrinho sagen? »Man hat Euch falsch informiert, Senhor.« Er blickte zu Boden und sah, daß die Reisschüssel des Zauberers noch voll war. Fliegen und Käfer krabbelten dort herum und labten sich daran, im Gegensatz zu ihrem Gast. »Ihr habt nichts gegessen.«
»Ich habe kein Verlangen danach.«
»Wenn Ihr nichts eßt, werdet Ihr hungern und sterben.«

»Ja.«
»Aber Eure Seele wird in die Hölle zurückkehren, wenn Ihr sterbt, ohne gestanden zu haben.«
Die Lippen des Zauberers verzogen sich zu einem irren Lächeln. »Ihr glaubt also, daß ich dort gewesen bin?« Er beugte sich so weit vor, wie die Seile es zuließen. »Ich kenne ein Geheimnis«, sagte er mit Grabesstimme. »Möchtet Ihr es erfahren?«
Timóteo zögerte. »Vielleicht.«
»Ich weiß, was nach dem Tod kommt.«
»Natürlich. Ihr wißt, daß Ihr um Eure Seele fürchten müßt.«
De Cartago legte seinen grinsenden Kopf schräg, bewegte ihn hin und her. »Es ist nicht so, wie Ihr denkt. Alles, was man Euch erzählte, ist falsch.«
Timóteos Gedanken gerieten in wilden Aufruhr. *Er lügt, um mich zu verwirren und zu ängstigen. Aber was hat er gesehen? Zu wissen, was nach dem Tod kommt – doch er wird mir nicht die Wahrheit sagen. Der Teufel führt seine Zunge, und ich darf nicht auf seine Worte achten.* Einen Moment lang fragte sich Timóteo, ob er überhaupt De Cartagos Seele vor sich hatte oder ob nicht vielmehr ein Dämon in den Leichnam gefahren war. »Ich will Eure Lügen nicht hören, Senhor. Wenn Ihr eine Seele habt, werden wir sie zu retten versuchen, auch wenn ihr Schicksal Euch jetzt gleich ist. Von dem Pulver ist noch etwas übrig. Wenn Ihr ohne Bekenntnis sterbt, wird der Domine Euch wieder zurückholen.«
»O höchst begnadeter Peiniger«, seufzte De Cartago. »Doch was macht das schon. Das *Rasa Mahadevi* wird Euch ausgehen, und dann? Versucht es nur, solange Ihr wollt,

aber der Tod ist die eine Macht, deren Willen die Santa Casa nicht brechen kann.«

»Ich wünschte, Ihr könntet uns anders sehen, Senhor – als die barmherzigen Helfer, die wir sind. Der Domine sagte, ich sollte Euch mitteilen, daß er schon nach der Herkunft Eures Zauberpulvers suchen läßt. Es wäre besser für Euch, wenn Ihr ihm gleich gesteht, woher es stammt.«

Wieder lachte De Cartago düster auf. »Ah, wenn Euer Domine Sadrinho Ihr begegnete – das wäre ein Anblick.«

»Ihr? Glaubt Ihr noch immer, Euer Pulver stammt von einer heidnischen Göttin?«

»Glaube ist nicht nötig, mein Junge. Ich weiß es.«

Nicht zum ersten Mal, seit Padre Gonsção in die Santa Casa gekommen war, hatte Timóteo das Gefühl, als wohnten zwei Seelen in seiner Brust. Ein Teil von ihm war ganz versessen darauf, den Zauberer alles über das Wesen, das er eine Göttin nannte, zu fragen. Zu erfahren, ob es sie wirklich gab, ob sie genauso war wie in den Legenden beschrieben. Doch seine Pflicht bestand darin, De Cartagos Seele zu retten, und nicht, seinen fehlgeleiteten Glauben zu ermutigen. *Ist der alte* governador *so zur Sünde verlockt worden? Santa Maria, steh mir bei.* »Aber dieses Wesen, das Ihr verehrt, sie ist keine Göttin. Sie ist ein Ungeheuer, nicht wahr?«

Der Ausdruck auf De Cartagos eingefallenem Gesicht war in der Dunkelheit schwer zu erkennen. »Ein Ungeheuer? Manche Menschen sehen Sie vielleicht so. Aber jene, die Sie so sehen, haben kein langes Leben.«

»Aha. Dieses Wesen ist also nicht so barmherzig wie unser Herr.«

Dem Zauberer begann der Kopf auf die Brust zu sinken.
»Ich will nicht mit Euch philosophieren, mein Junge«, sagte er leise. »Ihr seid noch zu jung und wißt nichts vom Leben.«
»Ich weiß, was die Wahrheit ist, Senhor. Und darauf solltet Ihr Eure Gedanken richten.«
»Ihr Name ist Kraft«, wisperte De Cartago. Er schloß die Augen, und sein Körper sackte auf dem Stuhl zusammen.
»Senhor?«
Der Zauberer gab keinen Laut von sich. Timóteo wagte es nicht, ihn anzurühren, um zu sehen, ob er noch lebte. Er zog sich aus der Zelle zurück und schloß schnell die Tür hinter sich. Zitternd lehnte er sich an die kalte Wand des Korridors. *Was wird der Domine sagen? Habe ich versagt? War ich zu stolz, daß ich meinte, gegen einen Dämon gewinnen zu können? Was, wenn der Zauberer die Wahrheit gesagt hatte? Nein, ich darf nicht daran denken.*
Er rief sich in Erinnerung, daß noch eine unangenehme Aufgabe vor ihm lag. Eine, die vielleicht in mancher Hinsicht schlimmer war als das, was er gerade erlebt hatte. Mit einem schweren Seufzer verriegelte er De Cartagos Zelle wieder und schleppte sich erneut durch den Gang der verlorenen Seelen.

19

KLEE:

Diese kleine Wiesenpflanze wird in vielen Geschichten erwähnt. Es heißt, daß Kleeblätter sich aufstellen und zittern, wenn ein Unwetter naht. Die Bedeutung des Klees wechselt je nach Anzahl seiner Blätter. Ein Kleestengel mit zwei Blättern bedeutet, daß man bald seinen Liebsten wiedersieht. Ein dreiblättriges Kleeblatt ist ein Symbol der Dreifaltigkeit und beschützt einen vor dem Bösen – obwohl es für die Alten ein Symbol der drei Schicksalsgöttinnen war. Vierblättriger Klee, das Symbol des Kreuzes, ist selten und bringt große Macht, die einen Illusionen durchschauen, Kranke heilen und unangenehmen Umständen entkommen läßt. Ein Stengel mit fünf Blättern verheißt Unglück und Krankheit, doch wenn man ihn verschenkt, kehrt das Glück zurück …

An der Tür des ersten Befragungsraums wappnete Timóteo sich für seine nächste Aufgabe. Er murmelte ein Gebet und steckte den eisernen Schlüssel ins Schloß. Auch diese Tür öffnete sich lautlos. Die Angeln in den Verliesen der Santa Casa wurden gut geölt, um jene, die ihre Seelen erforschen mußten, nicht abzulenken. Timóteo schloß die Tür hinter sich und blickte auf. *»Bom dia,* Senhor.«

Dem *inglês* ging es gar nicht gut. Er ließ nun schon viele Stunden das Strappado über sich ergehen, und sein Gesicht war weiß, seine Glieder waren steif und zitterten. Seine Augen waren geschlossen.

»Senhor?«

»Ahh!« Jäh erwachte der *inglês* und schrie vor neugefundener Pein auf.

»Verzeiht mir, Senhor«, sagte Timóteo. »Ich bin hier, um Euch eine Erfrischung zu bringen.« Er nahm eine lange, spitze Stange von der Wand. Aus seinem Lederbeutel holte er einen Schwamm, den man mit Wein getränkt hatte, und steckte ihn vorne auf die Stange. Das Ganze hielt er dem *inglês* vor den Mund. »Trinkt, Senhor. Bitte.«

Die Ähnlichkeit dieser Handlung mit einer anderen entging Timóteo nicht. *So half man unserem Herrn, als er am Kreuz hing. So wurden die Sünden der Menschen abgegolten. Wird dieser Mann verstehen und sich der Gnade Gottes unterwerfen?*

Unter Mühen gelang es dem *inglês,* am Schwamm zu saugen und zu schlucken. Nach einer Weile nahm Timóteo den Schwamm wieder weg.

»Mehr, ich bitte Euch, kleiner Bruder«, keuchte der *inglês.*

»Mir ist nicht erlaubt, lange zu bleiben, Senhor.« Traurig hängte Timóteo die Stange wieder an die Wand und steckte den Schwamm in seinen Beutel zurück.

»Wartet. Bleibt. Könnt Ihr zufällig ... Träume deuten, kleiner Bruder?«

Eine weitere Bibelgeschichte kam ihm in den Sinn. *Vielleicht sind es Symbole der Hoffnung.* »Ich weiß nicht. Was habt Ihr denn geträumt, Senhor?«

Er flüsterte hastig und versuchte, möglichst flach zu atmen. »Es ist oft derselbe Traum, nur die Form ändert sich ab und zu. Gerade hatte ich ihn wieder. Drei Frauen, manchmal auf Pferden, manchmal nicht. Sie jagen mich, und ich bin die Beute. Sie schimpfen mich einen Mörder und geben mir andere hassenswerte Namen. Kurz bevor sie mich fangen, erwache ich immer. Diesmal war ich jedoch schon gefangen und gebunden. Ich hing über einem Kessel, während sie tanzten und mich verhöhnten. Ich wehrte mich, konnte aber nicht fliehen. Dann habt Ihr mich geweckt.«

Timóteo dachte einen Moment nach. »Vielleicht sind diese Frauen Dämonen, Senhor. Sie jagen Eure Seele in der Hoffnung, daß Ihr vom rechten Pfad abkommt. Nun, da dies geschehen ist, haben sie Euch gefangen, und Eure Seele wird ins Höllenfeuer hinabfahren.«

»Aber ich habe diese Träume seit meiner Kindheit. Jagen die Dämonen mich schon so lange?«

»Wir schweben immer in Gefahr, Senhor, den Mächten der Hölle zu erliegen. Aber es gibt auch Hoffnung in diesem Traum.«

»Hoffnung?«

»Noch schmort Ihr nicht in der Hölle. Ihr könnt Euch retten. Ich muß jetzt gehen. Gibt es etwas, was ich dem Domine in Eurem Auftrag sagen soll?«

Der *inglês* schluckte. »Ja«, flüsterte er.

Timóteo trat einen Schritt näher. »Ich höre, Senhor.«

»Ich … ich unterschreibe das Bekenntnis.«

Timóteos Herz hüpfte vor Freude. »Wirklich? Und Ihr erbittet Gottes Gnade?«

»Ja«, keuchte er laut.

»Dann ist heute für uns beide ein gesegneter Tag, Senhor!«

»Sagt dem Domine … bitte sagt ihm, daß ich bereit bin, ihm mitzuteilen, was er am sehnlichsten zu hören wünscht.«

»Mit dem größten Vergnügen, Senhor! Gott segne Euch und erhalte Eure Gesundheit. Ich werde es dem Domine sofort sagen!« Timóteo riß die Tür auf und sauste hinaus, ohne sich die Mühe zu machen, sie wieder hinter sich zu schließen. Mit Riesensprüngen lief er die Treppe hinauf, als hätten seine Füße auf einmal Engelsflügel.

Kurz darauf kamen die Wachen, um Thomas loszuschneiden. Die frische Luft, die in seine Lungen strömte, machte jede Bewegung schier unerträglich. Er war schwach und konnte von sich aus nicht stehen. Seine Arme baumelten nutzlos an den Seiten herunter, die Schultern ausgerenkt. Wieder verband man ihm die Augen, und eine Wache führte ihn in einen Raum, in dem zwei Mönche Thomas badeten und ihm mit warmen Duftölen Rücken und Brust einrieben. Thomas hätte fast geweint, so herrlich fühlte sich das nach der Folter an.

Er wurde in seine Zelle zurückgebracht, wo ihn eine Mahlzeit erwartete: Der Tisch war reichlich mit Brathähnchen, Reis, Orangen und Wein beladen. Auch Bruder Timóteo war da und lächelte, als wäre Weihnachten. Der Knabe half Thomas freudig beim Essen, hielt Hähnchenteile für ihn hoch, damit er hineinbeißen konnte, zerteilte die Orangen, führte ihm den Weinbecher an die Lippen und wischte alles ab, wenn etwas danebenlief oder bröselte.

»Gesegnet sei dieser Tag!« sagte Timóteo. »Ich wußte ja, daß Ihr erlöst werdet, Senhor. Gepriesen sei unser himmlischer Vater!«

Thomas' Gedanken waren jedoch nicht so erfreut. *Herr vergib mir. Mir fehlt es an Kraft, für meinen Glauben zu leiden. Wenn ich jetzt noch nicht gesündigt habe, so wird es heute abend sicher geschehen. So manche Lüge wird noch über meine Zunge kommen müssen, damit ich eine Gelegenheit zur Flucht erhalte. Also hab Mitleid, Herr, und laß mich sagen, daß es nicht meinem erbärmlichen Leben zuliebe geschieht, sondern um der noch nicht erbrachten Hilfe willen, die ich anderen schuldig bin.*

Thomas schüttelte den Kopf, als ihm der nächste Becher Wein angeboten wurde. »Ich habe genug, kleiner Bruder, ich danke Euch.« *Ich muß aufpassen, daß mir das Trinken nicht den Geist benebelt.*

Bruder Timóteo räumte einen Teil des Tisches frei und

stellte ein elegantes silbernes Tintenfaß mit einem Federkiel dort ab. Dann rollte der Knabe wie ein Kaufmann, der seinen kostbarsten Teppich zum Verkauf anbietet, das Bekenntnis auseinander und hielt es ihm hin.

»Unterschreibt, Senhor, und Ihr seid frei.«

Thomas starrte das Pergament an und las bewußt nicht die Worte, die darauf standen. Er versuchte seine rechte Hand zu heben, doch sein Arm war zu schwach. Er empfand so etwas wie Stolz auf seine rebellischen Gliedmaßen. »Verzeiht mir. Mein Arm …«

»Ich werde Euch helfen, Senhor.« Der Knabe streifte die Spitze des Federkiels am Tintenfaß ab und drückte Thomas sanft die Feder in die rechte Hand. Dicht neben ihm stehend, hob Bruder Timóteo Thomas' Arm über das Dokument und führte ihn zum unteren Rand.

Mit einem schweren Seufzer kritzelte Thomas die Initialen *T. C.* auf das Pergament.

»Gut gemacht, Senhor!« Der Knabe ergriff das Dokument und blies vorsichtig auf die Tinte, damit sie trocknete. Thomas ließ seinen Arm wieder in den Schoß fallen, und dabei spritzten Tintentropfen vom Federkiel auf seine Hose.

Bruder Timóteo schien es nicht zu bemerken; er nahm Thomas die Feder aus der Hand und steckte sie wieder in das Tintenfaß.

Inquisitor Sadrinho erschien in der offenen Zellentür, still und ernst in seiner schwarzen Robe.

»Domine!« sagte Bruder Timóteo. »Er hat unterschrieben!«

Der Inquisitor breitete seine Arme zum Himmel aus und sprach ein *Deo gratias*. An Timóteo gewandt, erklärte er:

»Das habt Ihr sehr gut gemacht, mein Sohn, Eure Sünden sind abgebüßt. Ihr wißt, wohin Ihr das bringen müßt.«
»Ja, Domine.« Der Knabe rollte behutsam das Pergament auf und sauste zur Tür hinaus.
Der Inquisitor nickte der Zellenwache zu, die sich verbeugte und ebenfalls hinausging, wobei sie die Tür hinter sich schloß.
Thomas war mit Inquisitor Sadrinho allein. Ihm kam in den Sinn, daß das eine weitere großartige Gelegenheit war, der Person des Inquisitors Gewalt anzutun. Doch schwach und unbewaffnet, wie er war, wußte Thomas natürlich, daß er dem Inquisitor nur geringen Schaden zufügen würde und desto größeren Schaden sich selbst. Er versuchte zu lächeln, mußte aber feststellen, daß er es nicht über sich brachte.
»Man sagte mir, Ihr wünscht mir etwas mitzuteilen«, sagte der Inquisitor.
Thomas holte tief Luft. »Ihr wolltet doch erfahren, woher das Pulver stammt, das Tote wieder zum Leben erweckt.«
Der Inquisitor schaute kurz über seine Schulter, dann trat er mit schmalen Augen auf Thomas zu. »Von was für einer Substanz redet Ihr?«
Herr, laß ihn nicht wütend werden, nicht jetzt. »Von dem Pulver, das *Rasa Mahadevi* genannt wird oder Blut der Göttin. Von dem Pulver, das der Mönch namens Bruder Andrew benutzte, um De Cartago wieder ins Leben zurückzuholen.«
»Hmmm«, machte Sadrinho und täuschte Interesselosigkeit vor, doch seine Augen straften ihn Lügen. »Was ist das für eine Göttin, von der Ihr da sprecht?«

Thomas dachte angestrengt nach. Man hatte ihm nie einen anderen Namen als Mahadevi genannt, außer … »Ihr Name ist Kraft.«
Ein scharfer Blick vom Inquisitor verriet Thomas, daß er etwas Wichtiges gesagt hatte. Er konnte nur hoffen, daß es auch das Richtige gewesen war.
»Aber gewiß«, sagte Sadrinho, »hängt Ihr doch keinen heidnischen Irrlehren mehr an? Immerhin habt Ihr unser Bekenntnis unterschrieben.«
»Nein, Domine. Deshalb liegt mir ja daran, mit Euch zu sprechen.«
»Und weshalb sollte die Santa Casa an dieser Substanz ein Interesse haben?«
»Ich kann mir viele Gründe vorstellen. Wenn die Feinde der Mutter Kirche sie in ihre Gewalt bekommen, nicht auszudenken, welchen Schaden sie dann anrichten könnten.«
»Mhmm. Und Ihr seid also der Ansicht, daß Ihr uns sagen könnt, wo die Feinde der Mutter Kirche dieses Pulver vielleicht finden?«
Jetzt ist es soweit. »Mehr noch. Ich werde Euch die Stelle zeigen.«
Der Inquisitor runzelte die Stirn. »Wie meint Ihr das? Auf der Karte, die wir in Eurer Kleidung gefunden haben?«
»Nein. Ich werde Euch oder jemanden aus der Santa Casa hinführen, an den Ort, an dem man es finden kann.«
Sadrinho kicherte. »Ich hoffe doch, Ihr wollt mich nicht zum Narren halten, Senhor.«
Herr, laß mich überzeugend klingen. »Es gibt Gründe, aus denen ich es Euch nicht einfach sagen kann, Domine. Die

Stelle ist gut verborgen und geschützt. Soviel kann ich Euch allerdings verraten: Der Fundort liegt im Südosten von Bijapur.«

Der Blick des Inquisitors wurde eindringlicher. »Das wissen wir bereits. Was habt Ihr uns noch zu bieten?«

Ah. Er hat beschlossen, es mir abzukaufen. Thomas schüttelte den Kopf. »Ich war noch nicht an diesem Ort, Domine. Ich besitze nur das Wissen, das De Cartago mir gab. Er sagte, daß man unterwegs Zeichen deuten und Rätsel lösen müßte. Er sagte nicht, worum es sich dabei handeln würde oder wo man auf sie stieße. Aber daß ich jetzt das Wissen hätte, sie zu erkennen und sie zu entschlüsseln, wann immer sie mir begegneten.«

Sadrinho richtete sich stolz empor und sprach lange Zeit nicht. »Mir geht durch den Sinn, daß Ihr vielleicht einfach nur sehr klug seid und auf eine Gelegenheit zur Flucht hofft. Doch wenn das, was Ihr sagt, der Wahrheit entspricht, dann wäre Eure Führung wahrhaftig ein Gottesgeschenk. Ich muß mich in dieser Sache mit anderen beraten. Ruht Euch fürs erste aus, Senhor Chinnery. Ihr habt eine schreckliche Prozedur durchgemacht, obwohl Ihr die heilsame Wirkung auf Eure Seele nicht leugnen könnt. Vorerst haben wir Euer Bekenntnis, und das macht vieles möglich. Gebe Gott, daß Ihr einen schönen Abend habt, Senhor.« Sadrinho klopfte an die Tür und ging, als sie geöffnet wurde.

War letzteres eine Drohung oder ein Versprechen? Doch die Habgier leuchtete so ziemlich aus jeder Pockenpore seines Gesichts. Herr, mach, daß sie ihn beherrscht, damit ich dieses Tollhaus verlassen kann.

20

KORALLE:

Diese Substanz hat die Form einer Pflanze und die Härte von Stein. Angeblich soll sie im Meer wachsen und kann in vielen Farben gefunden werden. Für den Gebrauch als Arznei muß die Koralle in einer Marmorschale zermahlen werden, weil sie sonst schädlich ist. Als Pulver oder in einer Tinktur heilt sie viele körperliche Leiden. In einem Amulett getragen, beschützt sie vor allen Arten des Wahnsinns und der Verzauberung. An eine Mastspitze gebunden, hält sie alle Stürme fern. Korallen aus reinstem Rot wehren Dämonen und Furien ab, doch braune Korallen ziehen sie an. Eine gelbe Koralle ist im Osten ein Juwel des ewigen Lebens …

Padre Gonsção stand vor den massiven Eichentüren von Domine Sadrinhos Studierzimmer. In die oberen Paneele der Türen war ein tiefes Relief eingeschnitzt: die an den Pfahl gebundene heilige Katharina auf der linken Tür, der heilige Dominikus mit dem Schwert auf der rechten. Die beiden unteren Paneele zeigten Seelen, die im Höllenfeuer schmorten, die Arme flehentlich nach oben gestreckt. Gonsção berührte den Kopf der heiligen Katharina und erbat sich ihren Segen. Dann klopfte er an, und ein einheimischer Page verbeugte sich vor ihm.

Domine Sadrinho saß hinter einem gewaltigen schwarzen Schreibtisch, die zu einem Dreieck aufgestellten Finger ruhten an seinen Lippen. Er sah von der Tür fort zum Fenster hinaus, dessen Läden offenstanden. Der Duft nach Jasmin wehte von einem der Hofgärten ins Zimmer herein. Das kupferfarbene Licht der untergehenden Sonne verlieh dem Gesicht des Inquisitors ein beinahe seliges Leuchten.

Gonsção überquerte eine dicke Lage Perserteppiche und setzte sich in einen mit rotem Samt ausgeschlagenen Rosenholzsessel. Da er nicht als erster das Wort ergreifen wollte, wartete er, bis man Notiz von ihm nahm.

Nach einer Weile legte Sadrinho den Kopf schräg und musterte den Padre. »Habt Ihr ein Schweigegelübde abgelegt, Antonio? Das wäre schrecklich.«

»Nein, Domine. Ich sprach nicht, weil ich Euch nicht beim Nachdenken stören wollte.«

»Ihr seid allzu freundlich, Antonio. Ich habe dieses Treffen in eben der Absicht anberaumt, meine Gedanken mit Euch zu teilen. Soll ich nach einer Erfrischung schicken? Wie ich sehe, habt Ihr es Euch bereits bequem gemacht.«

»Danke, nein, Domine.« In dem starren Sessel mit der hohen Lehne, ihm gegenüber der schweigsame Sadrinho, war es Gonsção gar nicht möglich, es sich bequem zu machen.

Sadrinho nickte dem einheimischen Pagen zu, der sich verbeugte und hinausging.

»Also, ich bin begierig zu hören, was Ihr mir zu sagen habt«, begann Gonsção. »Hat unser Bruder Andrew sich zu einer vernünftigeren Geschichte entschlossen?«

»Er hat sich auf seine Weise als hilfreich erwiesen. Wißt Ihr, ich bedaure es, Euch nicht vom Moment Eures Eintreffens an ins Vertrauen gezogen zu haben. Wenn Ihr so gütig sein wollt, möchte ich das in Anbetracht unserer Arbeit der Notwendigkeit zuschreiben, daß die Santa Casa Fremden gegenüber vorsichtig ist.«

»Natürlich«, sagte Gonsção und kämpfte mit seiner Ungeduld.

»Hätte ich mehr Eile an den Tag gelegt, die Mitschriften von Governador Coutinhos Prozeß für Euch herauszusuchen, wäre Euch früher klargeworden, wie wichtig das ist, was die Jesuiten uns gestern gebracht haben.«

»Fürwahr, das wäre nützlich gewesen.« Gonsção glaubte nicht, daß dem Inquisitor die Ironie auffiel.

»Doch wie auch immer. Letzten Endes ist alles gutgegangen. Wißt Ihr, eben dieses Pulver, das Bruder Andrew verwendete, war der Schlüssel zu der Intrige, über die wir

Untersuchungen anstellten. Ich bin der Ansicht, daß De Cartago und seine Kollaborateure Zalambur, Senhora Resgate und die rätselhafte Aditi durch den Gebrauch dieses Pulvers den früheren Gouverneur und Vizekönig korrumpiert haben. Man erzählte ihnen, es handele sich bei dem Pulver um das Blut einer heidnischen Göttin, um Blut, das die Toten wieder zum Leben erwecke. Und wie Ihr gesehen habt, hat die Substanz tatsächlich diese Macht. Kein Wunder, daß sie überzeugt wurden, nicht wahr?«

»Ich sehe, wie überzeugend es ist«, sagte Gonsção, der nichts gehört hatte, was ihm nicht selbst schon klargeworden war. »Ich nehme also an, daß es Euch gelungen ist, De Cartago einer Befragung zu unterziehen, und er hat Eure Mutmaßungen bestätigt.«

Sadrinho seufzte. »Leider war der Zauberer bereits so verwest, daß er von unseren hochnotpeinlichen Bemühungen nichts spürte und uns daher auch nichts sagte. Er hat weder gegessen noch getrunken und ist wieder gestorben. Mit dem bißchen, das von Bruder Andrews Pulver übriggeblieben war, habe ich ihn wiederbelebt.«

»Ihr … Ihr habt das Pulver selbst verwendet?« Gonsção begann Domine Pintos Bestürzung zu verstehen. »Wir haben keine Ahnung, woher es stammt. Kümmert Euch der Zustand Eurer eigenen Seele denn gar nicht?«

»Unsinn, Antonio. Gott hätte mir diese Substanz nicht in die Hände gelegt, wenn ich sie nicht hätte verwenden sollen. Und schließlich war es Sein Werk. Ah, zu sehen, wie der Atem in diesen kalten Leichnam zurückkehrt, Antonio! Eine Erfahrung, die ich nie mehr vergessen werde. Doch es hat nichts genützt. De Cartago ist rasch wieder gestorben. Da wir nun kein Pulver mehr haben, ist De Cartago für uns verloren.«

»Ein Jammer, gewiß. Aber seine Seele ist für Gott verloren, nicht für uns.«

Sadrinho breitete die Hände aus, als wollte er zu verstehen geben, daß das wohl ungefähr aufs gleiche hinausliefe.

»Mich peinigt die Vorstellung, Domine, daß Ihr vielleicht in dieselbe Grube abgleitet, die schon Coutinho und die anderen verschlungen hat.«

Sadrinho lächelte. »Antonio, das kann nicht Euer Ernst sein. Fürchtet Ihr, ich könnte glauben, das getrocknete Blut einer heidnischen Göttin hätte das bewirkt? Schenkt mir etwas mehr Vertrauen, ich bitte Euch. Meiner Ansicht nach hat man Coutinho und de Albuquerque getäuscht.«

»Und was haltet Ihr für die Wahrheit?«

»Es gibt eindeutig eine fremde Macht, die diese Substanz einführt, um die Regierung von Goa zu korrumpieren. Vielen ist die Anwesenheit Portugals auf diesem Kontinent ein Dorn im Auge. Das Sultanat Bijapur ist noch immer aufgebracht über den Verlust Goas.«

Gonsção nickte. »Das klingt vernünftig. Und beunruhigend. Wißt Ihr, welche fremde Macht vielleicht dahintersteckt?«

»Noch nicht.«

»Und wo könnte diese fremde Macht eine so mächtige Substanz gefunden haben?«

Sadrinho beugte sich über den Tisch nach vorne. »Indien ist ein großer Kontinent, Antonio. Ihr habt keine Ahnung, welche Wunder man hier finden kann. Doch ich lebe schon viele Jahre hier, habe viele Geschichten gehört und viele erstaunliche Dinge gesehen. Es gibt Tiere im Inland, die man nirgendwo sonst antrifft. Gewürze und Minerale, die von unbekannten Eigenschaften strotzen. Könnte es nicht sein, daß dieses Blut von einem seltenen Tier stammt? Bedenkt, daß die Verschwörer oft Schlangen erwähnen. Die Hindu sprechen von einem Volk, das teils Mensch, teils Schlange ist und in der Wildnis lebt.«

»Aber das könnte bloße Folklore sein, Domine. Unser Volk kennt doch auch Geschichten von El Cuélebre, einer geflügelten Schlange, die gewaltige Schätze bewacht und mächtige Zauberkräfte besitzt.«

Sadrinhos Augen blitzten auf. »Ja, interessant, nicht wahr? Andererseits ist das Pulver vielleicht gar kein Blut, sondern getrockneter Saft von einem seltenen Baum oder ein Eisenerz, das von Aussehen und Geruch her Blut ähnelt.«

»Ja, ich nehme an, das ist möglich«, gab Gonsção zu. »Doch die Macht der Auferstehung darf keinem außer Gott gehören. Deshalb müssen wir diese Substanz, um was auch immer es sich handelt, weiter als böse betrachten. Die Santa Casa muß ihren Gebrauch verbieten.«

Sadrinho schnalzte mit der Zunge. »Ihr verblüfft mich, Antonio, mit derart provinziellem Denken. Ist ein Schwert böse? Vielleicht, wenn ein Dieb oder Mörder es trägt, aber doch nicht an sich. Euer heiliger Dominikus hat sicher keinen Gegenstand getragen, der seiner inneren Natur nach böse ist. Waren die Schwerter derer, die die ketzerischen Mauren aus unserem Heimatland vertrieben, böse? Meint Ihr, die Schlacht, die wir von der Santa Casa gegen die Ketzerei führen, sollte eine *mourisca* sein, mit

Papierpferden und Holzschwertern getanzt? Hier, Antonio, liegt in greifbarer Nähe die *wahre* Waffe für unseren heiligen Krieg.«

Gonsção umklammerte fest die Lehnen seines Sessels. »Wozu bedarf die Santa Casa einer solchen ... Waffe?«

Sadrinho schlug mit der Handfläche auf den Tisch. »Ich kann nicht glauben, daß Ihr so blind seid, Antonio. Wo wir dieses Pulver doch schon verwendet haben! Mit seiner Hilfe können wir gewiß eines unserer obersten Gebote befolgen: vor allem soll die Santa Casa nicht töten.«

»Lieber Gott ... Ihr denkt doch nicht daran, dieses Pulver als Teil der *Befragungen* zu verwenden?«

»Und warum nicht?« Sadrinho erhob sich und begann, vor dem Fenster auf und ab zu gehen. »So viele sterben, bevor unsere Arbeit getan ist. Selbst wenn ihr Geist willig ist und kurz vor dem Bekenntnis steht, erweist sich das Fleisch als schwach. Das Schweigen des Todes verurteilt sie allzuoft zu ewiger Verdammnis.«

»Und Ihr glaubt, diese Substanz gibt uns die Zeit, die wir zur Rettung ihrer Seelen benötigen? Verlieren wir statt dessen nicht vielmehr die unseren im Tausch gegen jene, die wir retten? Könnte die Santa Casa jenen, die zu uns zurückkehren, nicht wie ein weiterer Kreis der Hölle vorkommen? Oder könnte die harte Selbstprüfung, die wir von unseren Gästen verlangen, nicht bewirken, daß ihnen die ewige Verdammnis erträglicher erscheint und somit vorzuziehen ist? Wenn eine verlorene Seele erst einmal Dämonen der Unterwelt begegnet ist, kann sie dann in einem unnatürlichen zweiten oder dritten Leben überhaupt noch erlöst werden?«

»Es gibt welche, die glauben, Padre, daß der Verlorene sogar noch in der Hölle Erlösung finden kann. Denkt doch nur!« sagte Sadrinho mit leuchtenden Augen. »Wir könnten so vieles lernen. Vielleicht entdecken wir, wie das Nachleben aufgebaut ist. Bedenkt, welchen Nutzen die Welt aus einem solchen Wissen ziehen würde.«

Aha, du siehst dich wohl schon Papst Klemens' Ring küssen, nicht wahr, Sadrinho? Und daß du für deine außerordentlichen ›Entdeckungen‹ von der ganzen Christenheit gerühmt wirst. Daß dein Name unsterblich wird. Und vielleicht auch deine eigene irdische Hülle? Stattdessen solltest du dir lieber den Scheiterhaufen und den Geruch von Schwefel ausmalen. »Wenn Gott gewollt hätte, daß der Mensch dieses Wissen besitzt, hätte Sein Sohn es dann bei Seiner Wiederauferstehung nicht offenbart?«

»Die Bibel lehrt uns, daß es für alles die richtige Zeit und den richtigen Ort gibt, Antonio. Vielleicht ist die Zeit jetzt gekommen und hier ist der Ort, an dem er der Menschheit dieses Wissen offenbart.«

Gonsção lehnte sich in seinem Sessel zurück und fragte sich, was er nur tun konnte, um Sadrinho seinen aufgeblasenen Stolz zu nehmen. »Also, vielleicht ist an dem, was Ihr sagt, etwas dran. Aber der Punkt ist strittig. Senhor De Cartago ist wieder tot, und Ihr habt sonst keine Informanten, die Euch verraten könnten, wo die Substanz zu finden ist.«

Ein siegessicheres Lächeln umspielte Sadrinhos Lippen. »Ah, haben wir durchaus, Antonio. Weshalb, glaubt Ihr wohl, ist Bruder Andrew das Wagnis eingegangen, mein

Mißfallen auf sich zu ziehen, indem er das Pulver in die Santa Casa brachte?«

»Das habe ich mich auch schon gefragt.«

»Für den jungen *inglês,* wie er sagte. Bruder Andrew wußte, daß Senhor Chinnery Informationen hat, die nicht verlorengehen durften. Deshalb hat er sein Seelenheil aufs Spiel gesetzt, um uns den *inglês* zu entreißen.«

»Ah ja.« Gonsção fielen die Worte des *inglês* an De Cartago wieder ein: »Ich habe ihnen nichts verraten …«

»Dank der Ermunterungen durch Bruder Andrew hat der junge *inglês* ein volles Bekenntnis abgelegt.«

Gonsção merkte, wie er allmählich den Mut verlor. »Hatte er etwas Interessantes zu gestehen?«

»O ja. Er war nicht so unschuldig, wie es den Anschein hatte. Offenbar hatte De Cartago damit begonnen, ihn in die Geheimnisse der Intrige einzuweihen.«

»Wahrhaftig? Und Senhor Chinnery war bereit, Euch zu verraten, woher das Pulver stammt?«

»Er sagt, er will noch mehr tun. Er will uns dorthin führen.«

Gonsção ließ pfeifend den Atem entweichen. »Und Ihr glaubt ihm?«

Sadrinho lächelte unvermindert weiter. »Ich habe Grund dazu. Hat der junge Mann nicht zugegeben, ein Händler von Heilmitteln und Giften zu sein? Zweifellos sucht er zu eigenen Zwecken nach dem Pulver. Die Pergamentrolle, die wir in seiner Kleidung gefunden haben, scheint eine grobe Karte mit alchimistischen Symbolen und dem Sanskritwort ›Krsna‹ zu sein. Man sagte mir, daß es weiter drinnen im Land einen Fluß dieses Namens gebe. Von De Cartagos Spießgesellen Zalambur weiß man, daß er Reisen bis zum fernen Mogulhof von Kaiser Akbar unternommen hat, desgleichen Lady Aditi. O ja. Ich glaube, der junge *inglês* weiß Bescheid.«

»Selbst wenn, was könnte ihn davon abhalten, zu fliehen oder andere in eine Falle zu locken? Diese Kultbegeisterten scheinen bereit zu sein, für ihren Irrglauben zu sterben.«

»Senhor Chinnery hat das Strappado erlitten, also wird es vorerst über seine Kräfte gehen, zu fliehen. Was eine Falle angeht« – Sadrinho zuckte mit den Achseln – »so wird es Sache seiner Begleiter sein, ihn von einem derartigen Verrat abzuhalten.«

»Ihr habt doch wohl nicht die Absicht, selbst diesem Mann zu folgen, Domine? Das wäre für jemanden in Eurer Position höchst unziemlich. Ihr dürft nicht Eure Pflichten vernachlässigen, um heidnischen Rätseln nachzujagen.«

Sadrinho beugte sich wieder vor. »Natürlich. Ich wußte, daß Ihr so weise seid, die Lage klar zu erkennen. Ich kann meine Arbeit nicht verlassen. Deshalb müßt Ihr derjenige sein, der geht, Antonio.«

»Ich?« Gonsção spürte, wie die Falle hinter ihm zuschnappte. »Das ist unmöglich.«

»Und weshalb? Kardinal Albrecht hat Euch den weiten Weg von Lissabon zu uns geschickt, um die Wahrheit über den Sturz Coutinhos und de Albuquerques herauszufinden. Ihr könnt dieses letzte und wichtigste Puzzlestück nicht einfach ignorieren.«

»Ich kann, wenn es mir unpraktisch und gefährlich erscheint. Meine Befehle gestatten mir nicht, daß ich mich weit von Goa entferne ...«

»Doch sie verbieten es Euch auch nicht, Antonio. Ich habe

das Sendschreiben Seiner Eminenz noch einmal gelesen, und er bittet mich darin lediglich darum, Euch jede Unterstützung zuteil werden zu lassen, um das Übel an der Wurzel zu packen. Also. Wir wissen jetzt, wie diese Wurzel aussieht, und brauchen nur noch hinzugehen und sie auszugraben. Euer Superior in Lissabon konnte nicht alle Möglichkeiten voraussehen. Und ich glaube nicht, daß Seine Eminenz Eure enge Auslegung seiner Wünsche billigen würde.«

Du durchtriebener Hund, dachte Gonsção. *Du glaubst, einen Weg gefunden zu haben, meiner störenden Anwesenheit ein Ende zu setzen. Wenn ich bei dem Versuch sterbe, bist du mich für immer los. Wenn ich Erfolg habe und zurückkehre, bringe ich dir den Samen für deine künftige Größe. Würde Kardinal Albrecht es verstehen, wenn ich mich weigere? Oder würden ihn, wenn er erst von der Macht dieser Substanz erfährt, die Möglichkeiten ebenso trunken machen wie dich?*

»Wie auch immer«, fuhr Sadrinho fort, »für den Fall, daß Ihr Euch dieser Aufgabe wahrlich nicht gewachsen fühlen solltet, habe ich bereits Vorkehrungen getroffen, einen anderen zu schicken.«

»Einen anderen?«

»Ja, ich hatte gehofft, Ihr könntet einen reifen, bestimmenden Einfluß auf ihn haben. Ich werde Bruder Timóteo schicken.«

Gonsção starrte den Inquisitor an. »Das kann nicht Euer Ernst sein. Er ist noch ein Kind.«

»Kinder müssen irgendwann in ihrem Leben erwachsen werden, Antonio. Und Timóteo hat das Alter erreicht, in dem er eigene Erfahrungen in der Welt sammeln und die Menschen kennenlernen sollte, denen er eines Tages vielleicht Beistand leistet. Ich fürchte, wir haben ihn hier in der Santa Casa zu isoliert gehalten. Er geht ganz in seinen Büchern und Kindheitsträumen auf. Außerdem, wer weiß schon mehr über diese Intrige, über die wir hier ermitteln? Timóteo hat schließlich die Protokolle studiert.«

Ah. Ist das endlich die Strafe für sein Vergehen? »Was soll den *inglês* davon abhalten, den Jungen in die Irre zu führen oder ihm Schaden zuzufügen?«

»Ich bin kein Narr, Antonio. Ich habe Governador da Gama gebeten, uns eine Anzahl *soldados* als Eskorte zur Verfügung zu stellen. Timóteo wird beschützt werden.«

Und wie soll ein unschuldiger grüner Junge mit rüden, aufsässigen Soldaten fertig werden? Wer wird ihn vor ihnen beschützen? »Ich verstehe.«

»Außerdem habe ich auf den Märkten der Stadt verbreiten lassen, daß unsere Expedition sich einer Handelskarawane anzuschließen wünscht, die sie bis nach Bijapur begleitet. Wir bieten Schutz an, wenn sie uns im Gegenzug am Hof Sultan Ibrahim 'Adilshahs einführt.«

»Aha. Timóteo soll also mit heidnischen Kaufleuten reisen und einem muslimischen Mogulhof seinen Respekt erweisen?«

»Antonio, habt Ihr so wenig Vertrauen in den Jungen? Ich zweifle nicht daran, daß er sie alle im Nu zu Christen machen wird.«

»Was, wenn sie seinen Bekehrungseifer mißbilligen? Was, wenn sie Timóteo zur Sünde verlocken oder ihn abtrünnig werden lassen? Wird es jemanden geben, der ihn unterweist?«

»Zufällig habe ich den guten Bruder Andrew gebeten, ihn zu begleiten, und er hat nur zu gern eingewilligt. Er scheint ebenso erpicht darauf zu sein, das Pulver zu finden, wie wir, wenngleich seine Beweggründe mir etwas obskur erscheinen. Allerdings spricht er fließend Persisch und Portugiesisch, so daß ich fand, seine Hilfe könnte uns recht nützlich sein.«

Gonsção konnte sich gerade noch davon abhalten, ungläubig aufzulachen und »Ihr seid ja verrückt« zu sagen. »Domine, Ihr habt doch gesehen, daß dieser angebliche gute Bruder mit dem *inglês* bekannt ist. Nach allem, was wir wissen, haben sie sich verschworen, gemeinsam eine Möglichkeit zur Flucht aus Goa zu finden. Wie könnt Ihr diesen Männern trauen? Ich muß protestieren, Domine. Ihr setzt Timóteo vielleicht einer großen Gefahr aus.«

Sadrinho klappte seine Hände auseinander wie ein Schmetterling seine Flügel. »Deshalb hatte ich ja gehofft, Ihr würdet ihn begleiten.«

Gonsçãos Augen wurden ganz schmal. »Gewiß gibt es andere, die Ihr schicken könnt.«

Der Inquisitor erhob den Blick zum Himmel. »Antonio, Ihr erlaubt Euren Gefühlen, Euer Urteil zu trüben. Wie vielen Personen können wir dieses Wissen anvertrauen? Je weniger in der Santa Casa davon wissen, desto besser, nicht wahr? Wollt Ihr dieses Geheimnis in der ganzen Stadt verbreiten? Was, wenn die falschen Personen davon erfahren? Der 'Adilshah oder der Großmogul Akbar? Oder

der Holländer? Oder, Gott behüte, die Jesuiten. Stellt Euch vor, was geschehen könnte, wenn jemand die unverwesliche Leiche von Franz Xaver wieder zum Leben erweckt.«

Gonsção unterdrückte ein Schaudern. »Wenn Euer Verdacht zutrifft, weiß einer von ihnen vielleicht schon davon. Was ist mit Domine Pinto? Könnt Ihr ihn nicht schicken?«

Sadrinho seufzte. »Er will mit diesem Fall nichts zu tun haben. Er weigert sich, seine Bedeutung zu sehen. Außerdem hat er alle Hände voll zu tun mit der Ketzerei in Diu und Pernem. Es wäre für ihn ebenso unschicklich, seine Arbeit zu verlassen, wie für mich Goa. Nein, die Wahl fällt auf Euch, oder Timóteo leitet die Expedition als alleiniger Abgesandter der Santa Casa.«

Timóteo ist ein guter und gehorsamer Junge. Wenn seine Suche Erfolg hat, hätte er nicht die Willenskraft, das zu tun, was – wie mir nun klar wird – getan werden muß.

»Ich beginne Euch zu verstehen, Domine. Es steht mehr auf dem Spiel als ein Außenposten der Santa Casa, als eine Gruppe Abtrünniger oder Heiden. Wenn die Muslime von diesem Pulver erfahren sollten, könnten sie höllische Armeen wiederauferstandener Toter gegen unsere Kolonie oder sogar die ganze christliche Welt ins Feld schicken. Und wer weiß, welches Unheil die heidnischen Zauberer anrichten würden. Dieses Problem ist zu groß, als daß ein einzelner Junge damit betraut werden dürfte.«

Sadrinho beugte sich vor und nickte. »Ich wußte, Ihr würdet verstehen, Antonio.«

»Ja. Ihr habt mich überzeugt. Ich werde gehen.« *Aber nicht,*

um dir noch mehr von dem Pulver zu bringen, sondern um seine weitere Herstellung unmöglich zu machen.
Sadrinho verschränkte die Hände und hob sie zum Himmel. »Gepriesen sei Gott. Er hat Euch erleuchtet, auf daß Ihr das Licht seht.«
»Ja«, murmelte Gonsção. »Ich glaube, das hat Er.«
Der Inquisitor erhob sich, ging zu den Türen des Studierzimmers und öffnete die rechte. Bruder Timóteo trat ein.
Wie gut vorbereitet diese Veranstaltung ist. Sadrinho wußte, daß ich schließlich einwilligen würde.
»Gott sei mit Euch, Domine«, sagte Timóteo. »Und mit Euch, Padre. Ich habe Senhor Chinnerys Bekenntnis an seinen rechtmäßigen Platz gebracht und Bruder Marco gesagt, er möge den Brief an den *governador* schreiben, um den Ihr gebeten habt.«
»Sehr gut, Timóteo. Nun, Antonio, muß ich gehen und dafür sorgen, daß die nötigen Vorkehrungen getroffen werden. Dieses Projekt muß so bald wie möglich auf den Weg gebracht werden. Bitte bleibt, Timóteo. Es steht Euch frei, Euch in meiner Abwesenheit zu unterhalten. Es gibt Dinge, die Ihr und der Padre miteinander besprechen solltet.« Sadrinho ging hinaus und schloß die Tür hinter sich. Timóteo blinzelte und sah unbehaglich drein. »Ihr wünscht, mit mir zu sprechen, Padre?«
Gonsção war selbst nicht ganz wohl in seiner Haut. »Wie ich höre, hat der *inglês* sein Bekenntnis abgelegt.«
Der Knabe lächelte hell wie die Sonne. »Ist das nicht wunderbar, Padre? Wie herrlich ist Gottes Werk.«
»Fürwahr, seine Wege sind wunderbar. Hat Domine Sadrinho Euch gesagt, was er mit Euch vorhat?«

Timóteo legte den Kopf schräg. »Eine weitere Aufgabe, Padre? Soll ich einem neuen Gast als Anwalt beistehen?«

Gonsção seufzte. *Der Domine überläßt es sogar mir, ihm die Neuigkeit mitzuteilen.* »Nein, Timóteo. Wir gehen auf eine weite Reise, Ihr und ich.«

Der Knabe bekam große Augen. »Eine Reise, Padre? Übers Meer? Nach Lissabon oder Rom?«

Mit traurigem Lachen antwortete Gonsção: »Leider nein, mein Sohn. Nicht übers Meer und zu nichts, was so imposant wäre. Wir reisen in die Wildnis Indiens. Die Reise wird gefährlich, und das, wonach wir suchen, ist vielleicht überaus böse.«

»Böse, Padre?«

»Der *inglês,* dem Ihr beigestanden habt, hat gesagt, er will uns dorthin führen, woher das Pulver stammt, das die Toten zum Leben erweckt. Domine Sadrinho glaubt, daß es für die Santa Casa von unschätzbarem Nutzen ist. Ich bin mir da nicht so sicher. Und der *inglês* könnte versuchen, uns in die Irre zu führen.«

»Nein, nein, Padre! Senhor Chinnery ist ein guter Mensch. Das weiß ich. Wenn er sagt, daß er uns dorthin führen wird, dann glaube ich ihm.«

»Ich hoffe, Euer Glaube ist angebracht, Timóteo. Jedenfalls werden wir vielen Gefahren trotzen müssen. Außerhalb Goas gibt es nur wenige Menschen, die der Santa Casa Ehre erweisen oder auch nur unseren Herrn kennen.«

»Ich verstehe, Padre.«

»Wollt Ihr auf eine solche Reise gehen, mein Sohn? Domine Sadrinho ist entschlossen, Euch zu schicken, doch wenn Ihr es vorzieht, nicht zu gehen, werde ich versuchen, Euch zu beschützen.«

Der Knabe schaute lange auf seine Sandalen hinunter. Er sah wieder auf und sagte: »Wenn ich damit Gott und der Santa Casa einen Dienst erweise, dann muß ich gehen. Wir werden wie die Kreuzritter sein oder jene, die nach dem Heiligen Gral gesucht haben, nicht wahr?«

Gonsção lächelte und legte seine Hand auf Timóteos Schulter. »Wie die Kreuzritter, mein Sohn. Ich bewundere Euren Mut und Euer gutes Herz. Möge beides die Reise heil überstehen.«

EISENHUT:

Diese Pflanze hat nur einen Stiel, der aus einer Wurzelknolle herauswächst. Ihre Blätter sind oben dunkel, aber unten hell, und an der Spitze trägt sie violette Blüten, die die Form einer Mönchskapuze haben. Man nennt sie auch Sturmhut oder Aconitum. Beim Gebrauch dieses Krauts muß man sehr vorsichtig sein, weil daraus ein äußerst starkes Gift gewonnen wird, das eine tödliche Lähmung hervorruft. Das einzige Gegenmittel wird aus mit Theriak gefütterten Schnecken hergestellt. Der Legende nach wuchs Eisenhut ursprünglich aus dem Geifer, der vom Rachen des Zerberus tropfte, des dreiköpfigen Hundes, der das Tor zur Unterwelt bewacht. Hekate, die Göttin der Zauberei, verwendete es, um ihren Vater zu vergiften. Es heißt, daß Hexen Eisenhutblätter kauen, um sich benommen zu machen und Visionen von Reisen in ferne Länder hervorzubringen …

Thomas saß auf einer kühlen Steinbank in einem Hof der Santa Casa. Er lehnte mit dem Rücken an einer der Mauern, die Augen geschlossen. Die Morgenbrise wehte über ihn hinweg, exotische Vögel zwitscherten und sangen droben in den Zweigen eines Baums. Thomas versuchte, nicht an die Schmerzen zu denken.

Seine Arme hingen nutzlos herab, die Hände ruhten in seinem Schoß. *Wenn Seile etwas empfinden könnten wie Gliedmaßen, würden sie sich dann so fühlen? Gebunden, verdreht und an beiden Enden verbrannt?* Seine Hände waren mit Bandagen umwickelt, die man mit einer seltsam riechenden Salbe getränkt hatte. *Ich sollte mich bei Bruder Timóteo erkundigen, was verwendet wurde, denn es scheint Wirkung zu zeigen. Die Verbrennungen vom Seil tun weh, aber nicht so sehr, wie man meinen sollte.*

Überall um ihn herum traf man lärmend Vorbereitungen für die Reise: Mulis wurden gesattelt, Karren beladen, Männer riefen Befehle. Wieder einmal dankte Thomas Gott für seine bevorstehende Flucht aus der Santa Casa. Und dann fragte er sich voller Trauer, ob der Herr ihm wohl zuhörte. Wenn sein erzwungenes Bekenntnis und die Taufe wirklich eine Einführung in den wahren Glauben gewesen waren, dann hörte Gott ihn jetzt vielleicht zum ersten Mal. Wenn Thomas jedoch dem wahren Glauben entsagt hatte, dann blieben die Ohren des Himmels ihm jetzt vielleicht für immer verschlossen.

Ein Schatten fiel auf ihn, und Thomas öffnete die Augen. Ein Mönch, dessen Gesicht unter der braunen Jesuitenkapuze nur undeutlich zu erkennen war, stand vor ihm. *»Bom dia,* Bruder«, sagte Thomas, ohne darauf zu achten, daß er die Sprachen durcheinanderbrachte.
Der Mönch nickte. »So sehen wir uns wieder, mein Junge, und unter besseren Umständen. Es scheint, als wäre mein Vertrauen in Euch gerechtfertigt gewesen.«
Thomas runzelte die Stirn. »Soviel besser sind die Umstände nicht, Andrew.«
»Aber Ihr seid am Leben und werdet irgendwann freigelassen, was nicht viele von sich behaupten können, die sich jemals in diesen Mauern befunden haben.«
»Bevor Ihr weitersprecht, Andrew, vergeßt nicht, ich erwarte noch Antwort auf meine Frage.«
Lockheart zögerte. »Und die sollt Ihr zur rechten Zeit auch bekommen. Doch nicht hier. Der Dominikaner da drüben interessiert sich für uns. Wir müssen noch etwas warten.«
Beim Geräusch sich nähernder Schritte wandte Thomas den Kopf. Es war Padre Gonsção, dessen schwarzer Umhang um seine weiße Kutte wehte. *»Boa manhã, Irmão, Senhor Chinnery.«* Der Dominikaner nickte ihnen zu und segnete Thomas auf lateinisch, indem er das Kreuzzeichen machte. Padre Gonsção schien über Dreißig zu sein und hatte feine Linien im Gesicht, von der Erfahrung, nicht vom Wetter. Seine haselnußbraunen Augen zeugten von Intelligenz und Redlichkeit, doch Thomas fragte sich, welche Grausamkeiten sie bei den Werken des Padres wohl schon geschaut hatten. Der finstere Blick, mit dem Gonsção die Vorbereitungen zur Expedition bedachte, ließ

Thomas vermuten, daß der gute Padre nicht gerade gern daran teilnahm.

»Wie fühlt Ihr Euch, mein Sohn?« sagte Padre Gonsção auf portugiesisch mit lateinischem Akzent. Er streckte eine Hand aus, als wollte er Thomas an der Schulter fassen, ließ es dann jedoch bleiben.

»Schon wieder besser, Padre«, antwortete Thomas.

»Ich werde darum beten, daß Gott der Herr Eure Arme so gut heilen läßt, wie er Eure Seele heilte.«

»Habt Dank. Euer Bruder Timóteo versteht sich prächtig auf die Kunst des Heilens. Wie ich hörte, wird er uns begleiten, doch ich habe ihn noch nicht gesehen.« Tatsächlich hatte der Knabe von nichts anderem gesprochen, als er am Abend zuvor Thomas' Hände bandagierte; in einem fort hatte er von den Kreuzrittern, Artus und dem Heiligen Gral, Odysseus, Herakles und Perseus geplappert. *Als wäre diese verrückte Reise eine Suche aus den Legenden. Ein Jammer, daß ich ihn enttäuschen muß. Wenn es nach mir geht, endet diese Expedition nämlich in Bijapur.*

»Das tut er«, sagte Padre Gonsção und runzelte mißbilligend die Stirn. »Doch heute morgen verabschiedet er sich von seiner Familie. Er wird später draußen vor der Stadt zu uns stoßen, wo wir die Karawane treffen, die uns begleiten soll.«

Lockheart begann auf portugiesisch auf den Padre einzureden. Thomas bekam nicht viel davon mit, nahm jedoch an, daß der Schotte devot und überschwenglich seinen Dank abstattete und versicherte, sich künftig gut zu benehmen.

Padre Gonsção nahm das mit einem beiläufigen Nicken zur Kenntnis, entschuldigte sich rasch und strebte dorthin zurück, wo sich aus dem Chaos der beladenen Mulis und Karren allmählich eine Kolonne bildete.

»Er ist kein Narr, der da«, meinte Lockheart. »Er traut uns nicht. Wir müssen viel Vorsicht walten lassen, damit er unsere Absichten nicht erahnt.« Er sah wieder zu Thomas. »Welche das auch immer sein mögen.«

»Unsere Absichten? Ich hatte einfach nur vor, bei der ersten sich bietenden Gelegenheit zu fliehen.«

Lockheart ließ sich neben Thomas auf ein Knie nieder. »Wirklich?« sagte er leise. »Wollt Ihr in Wahrheit nicht herausfinden, woher dieses kostbare Pulver stammt?«

Thomas seufzte. »Als ich zum erstenmal davon hörte, Andrew, glaubte ich, es in meinen Besitz bringen zu müssen, damit aus diesem Unheil noch etwas Gutes erwächst. Jetzt« – er blickte auf seine Arme – »habe ich jedes Interesse daran verloren.«

»Körper und Geist können heilen, mein Junge. Eure Chancen stehen besser, als Ihr denkt. Verriet Euch der Zauberer, wo man es finden kann?«

Thomas musterte Lockheart einen Moment lang. »Aye, doch nicht detailliert. Allerdings gibt es eine Karte.«

Lockheart hob eine Braue. »Eine Karte! Habt Ihr sie noch?«

Thomas lächelte über die sichtliche Gier des Schotten. »Der Domine hat sie mir abgenommen, noch bevor ich sie lesen konnte. Zweifellos hat unser guter Padre sie jetzt.«

»Ach ja? Wozu … braucht er uns dann noch?«

»Die Karte ist wenig wert, wenn man nicht weiß, wie man sie halten muß und was die darauf abgebildeten Symbole bedeuten. De Cartago mußte sie mir erst erklären. Ich spann für den Inquisitor ein Garn, daß es Fallen und Rätsel gebe, die man unterwegs lösen müsse, und daß ich zwar nicht vorhersagen könne, was uns bevorsteht, ich aber das Wissen hätte, sie zu meistern.«

»Cleverer Junge. Also könnt nur Ihr die Karte deuten?«

Wieder zögerte Thomas. »Vielleicht. Obwohl ich eine Menge von dem, was De Cartago mir erzählte, vergessen habe. Ich weiß noch, daß Bijapur eine große Rolle spielte. Und von da an ist vieles möglich.«

Lockheart verengte einen Moment lang die Augen, dann grinste er breit. »Tja, also enden unsere Pläne vorerst dort.« Er tätschelte Thomas' Knie. »Bis auf weiteres ist Bijapur unser Ziel. Danach werden wir schon sehen, wohin das Schicksal uns führt. Kommt, mir scheint, Euer Reittier erwartet Euch.«

Thomas erhob sich mit Lockhearts Hilfe und ließ sich zu einem großen braunen Muli führen, das ein junger Dominikaner an den Zügeln hielt. Plump und unter Schmerzen gelang es Thomas, sich auf den Sattel zu wuchten und in sitzende Position zu wälzen. Er streckte die Hand nach den Zügeln aus, doch der Mönch schüttelte den Kopf.

»Jesus«, knurrte Thomas Lockheart zu, »machen mich meine nutzlosen Arme denn noch nicht vertrauenswürdig genug? Muß ich auch noch wie ein Kind geführt werden?«

»Es liegt nicht in der Natur der Santa Casa, ein Übermaß an Vertrauen zu zeigen. Wir müssen erst unsere Demut unter Beweis stellen. Habt Geduld. Ah, dort kommen ja die Leute des Gouverneurs.«

Die Tore zum Hof öffneten sich, und zwölf goanische

Soldaten ritten herein. Ihre schnabelförmigen Bronzehelme und polierten Brustplatten glänzten ebenso wie die Rapiere an ihren Seiten.
»Nur ein Dutzend«, murmelte Lockheart. »Der Gouverneur war nicht gerade in Geberlaune. Noch mehr gute Neuigkeiten für uns, eh?« Er tätschelte Thomas' Bein und ging die Kolonne entlang zu den schwer beladenen Karren.
Thomas' Muli schnaubte und bewegte sich unruhig unter ihm. Thomas sah zu, wie die Soldaten auf ihren schwer bestimmbaren Pferden vorüberritten. Thomas war kein Pferdekenner, doch diese schienen nicht gerade aus der besten Zucht zu stammen und hatten wohl auch nicht die beste Pflege gehabt. Die Soldaten selbst, fiel ihm auf, waren alle so mager und sehnig wie der Mann im Aljouvar, Joaquim. Tatsächlich ähnelte einer der Soldaten ihm sogar. Und wirklich bemerkte dieser Mann Thomas und rief: *»Ay, inglês!«*
»Joaquim, bei meiner Seele!« schrie Thomas auf. »Was ist das für ein Wunder?«
Joaquim achtete nicht auf die Blicke der anderen Soldaten und lenkte sein Pferd zu Thomas herüber. »Von welchem Wunder sprecht Ihr, Senhor? Daß ich hier bin oder daß Ihr diese Stätte als Lebender verlaßt?«
»Von ersterem, mein Freund. Ich würde Euch zur Begrüßung ja gern umarmen, aber meine Arme ... sind nicht mehr, was sie einmal waren.«
Joaquim nickte wissend. »Mir recht, mein Freund, denn meine Gefährten wären baß erstaunt, mich einen schrecklichen fremdländischen Ketzer wie Euch umarmen zu sehen.«

»Der Ketzer war einmal, Joaquim. Ich habe in der Santa Casa ein Bekenntnis abgelegt.«

»Ah, barmherzige Santa Maria. Kein Wunder, daß sie Euch am Leben ließen. Also seid Ihr jetzt bloß noch ein dreckiger *inglês* und es beinahe wert, mein Freund zu sein«, sagte Joaquim mit einem Grinsen.

»Ich hoffe, ich werde meinen Wert noch unter Beweis stellen«, bemerkte Thomas. »Doch Ihr habt mir nicht geantwortet.«

»Es ist kein Wunder, Senhor. Wenn die Santa Casa für eine lange Reise aus Goa hinaus um *soldados* bittet, schickt unser *sargento* dann seine besten Leute? Nein, er wendet sich an die Armenhäuser und Gefängnisse, um dort unliebsame, verzweifelte Männer zu finden. Also kamen sie zu mir ins Aljouvar und sagten: ›Joaquim, wollt Ihr lieber für die Santa Casa auf eine Mission gehen oder als Dieb hängen?‹ Die Wahl fiel mir schwer, Senhor. Doch da ich ein tapferer Mensch bin, habe ich mich für die schwierige Reise und gegen einen leichten Tod entschieden.«

Thomas lachte. »Ich bin Eurem Mut dankbar, Joaquim.« Er bemerkte, daß Padre Gonsção sie von der anderen Hofseite aus beobachtete. *Nun, diese Begegnung wird seinem Vertrauen sicher nicht förderlich sein.*

Joaquim sah zu Gonsção hinüber. »Der Padre wirkt nicht gerade erfreut, Tomás. Wir reden später weiter, ja?« Joaquim blinzelte ihm zu und ritt dorthin, wo die anderen Soldaten warteten. Sie warfen Joaquim seltsame Blicke zu, schienen aber nicht verärgert zu sein.

Froheren Mutes seufzte Thomas auf und entspannte

sich im Sattel. *Noch besteht Hoffnung, wenn die Vorsehung mich wieder in die Gesellschaft solcher Männer führt.*

Als das Tagesgestirn sich über die Hofmauern erhob, wurden letzte Vorbereitungen für den Aufbruch getroffen; Treiber rissen am Joch ihrer Ochsen, Fuhrleute überprüften Räder und Achsen. Endlich bestieg auch Padre Gonsção sein Pferd, einen stämmigen Grauen. Lockheart saß bereits auf einem schwarzen Muli und ritt jetzt neben dem Padre zur Spitze der Kolonne.

Wem dient der gute Bruder Andrew denn nun? fragte sich Thomas. *Sich selbst, Gott oder der Santa Casa?*

Die Soldaten bezogen ihre Positionen: vier vorn bei Padre Gonsção und Lockheart, vier hinten im Anschluß an die Träger und Karren und vier in der Mitte, wo auch Thomas ritt. Irgendwie war es Joaquim gelungen, einer der letzteren zu sein, und dreist trabte er zu Thomas und nahm dem Dominikaner die Zügel seines Mulis aus der Hand.

»Wie kommt's, daß man mich Eurer Obhut anvertraut, Joaquim?«

»Wir *soldados* wissen, welche Wirkung das Aljouvar auf einen Mann haben kann, Senhor. Ich sagte ihnen, daß ich alle Eure Schliche kenne, daß Ihr sie mir in der Grube gestanden habt und ich deshalb am besten geeignet bin, Euch zu führen.«

Thomas lachte. »Ich wünschte, ich wäre mit Eurer flinken Zunge gesegnet, Sir.«

»Wollt Ihr mich einen Lügner schimpfen, Senhor?«

»Nie würde ich einen gefühlvollen Ehrenmann wie Euch so kränken. Doch ich bewundere Euer Geschick beim

Erklären, wie es sich mit den Dingen verhält. Sagt, habt Ihr Nachricht von den anderen? Ist Sabdajnana frei?«

Joaquim schnaubte verächtlich. »Er wurde entlassen, kurz nachdem man Euch abholte, Senhor. Seine Familie hat ihn für eine sehr große Summe freigekauft.«

»Das freut mich. Und van der Groot? Ist er noch im Gefängnis?«

Joaquim zögerte, dann sagte er leise: »Er ist dem Aljouvar entronnen.«

»Ausgezeichnete Neuigkeiten«, sagte Thomas und dämpfte ebenfalls seine Stimme. »Also hat er sich auf den Heimweg gemacht?«

»So könnte man es ausdrücken, Senhor. Es könnte sein, daß Ihr ihn beim Verlassen der Stadt noch seht.«

»Wirklich? Dann kann ich ihn ja wissen lassen, daß wir uns wohl befinden.«

Joaquim warf ihm einen eigenartigen Blick zu, sagte jedoch nichts weiter.

Auf einem Balkon über ihnen tauchte Inquisitor Sadrinho auf, seine schwarze Robe flatterte in der Morgenbrise. Er hob die Arme und segnete die Expedition und schloß mit Ermunterungen zu Ruhm und dem Wunsch für eine glückliche Reise. Thomas fragte sich, wieviel man den anderen in der Expedition, den Soldaten, Fuhrleuten und Helfern, wohl über ihren Zweck erzählt hatte, was sie glaubten, daß am Ende dieser Reise stände. *Wie seltsam, daß meine List zu dieser Wendung ihres Schicksals geführt hat. Wie viele Leben habe ich nur dadurch in Mitleidenschaft gezogen, daß ich freikommen wollte? Möge ihnen kein Leid geschehen, wenn ich sie verlasse.*

Schließlich rief Padre Gonsção: *»Adiante!«* Der Ruf wurde von der Kolonne weitergetragen wie eine Woge auf der See. Peitschen knallten, Männer schlugen auf ihre Ochsen und Pferde ein, Wagenräder knarrten, und langsam setzte sich die Prozession in Bewegung.

Joaquim schnalzte zu Thomas' Muli hinüber. Es spitzte die Ohren und begann munter zu gehen, um mit dem größeren Pferd neben sich Schritt zu halten. Haltsuchend umklammerte Thomas mit beiden Händen den vorderen Wulst seines Sattels und zuckte vor Schmerz zusammen. Erst als sie das Tor in den Mauern der Santa Casa passierten, spürte Thomas, wie sich seine Muskeln entkrampften und er freier atmen konnte. Er hatte es bis zuletzt nicht gewagt, an diese Flucht zu glauben. »Gott sei für diesen glorreichen Morgen gedankt«, murmelte er.

Ihre Prozession zog durch stille Gassen, die ganz anders als die dicht bevölkerten Straßen waren, die Thomas an seinem ersten Tag in Goa gesehen hatte und die voller Menschen und Tiere gewesen waren. Viele Türen und Fensterläden waren sogar verschlossen.

»Joaquim, sind heute Ferien oder haben wir einen Festtag? Wirkt die Stadt deshalb so leer?«

Der *soldado* schnaubte verächtlich. »Seht noch einmal genauer hin, Tomás. Die Goaner sind keine Narren. Man hat sie gewarnt, sich der Wallfahrt der geliebten Santa Casa nicht in den Weg zu stellen.«

Thomas beobachtete sorgfältig die Häuser, an denen sie vorüberritten, und bemerkte wachsame Gesichter, die hinter Vorhängen und Fensterläden hervorlugten. Kleine Kinder wurden von ihren Müttern ins Haus gezogen.

Andere Kinder, im Schatten verborgen, hoben bei Padre Gonsçãos Anblick den Mittelfinger.

»Sie wissen, daß wir die Stadt verlassen«, sagte Joaquim, »sonst wären sie nicht so kühn.«

Ein vertrauter, großer Baum kam in Sicht, unter dem Männer saßen. Als die Prozession vorüberzog, blickten sie schweigend auf, und Thomas erkannte ein Gesicht mit weißem Bart. Er wagte es nicht, Pater Stevens etwas zuzurufen, und konnte auch nicht die Hand heben, um ihm zu winken. Thomas nickte dem alten Mönch nur düster zu. Pater Stevens erwiderte mit einem ernsten Nicken, und sein Mund schien die Worte »Gott sei mit Euch« zu formen.

Aus den Stadthäusern wohlhabender Portugiesen entlang der Straße wurden allmählich von Mauern umgebene Anwesen reicher hinduistischer und arabischer Kaufleute und dann einfache strohgedeckte Hinduhütten, die stark nach Viehmist stanken. Anhand der Sonne schätzte Thomas, daß sie nach Nordosten ritten. Sie passierten eine Lücke in der zerfallenden Stadtmauer und kamen auf eine weitläufige Ostweststraße. Im Norden befand sich ein Fluß, der so breit war, daß man das gegenüberliegende Ufer nur als undeutliche schwarze Linie am Horizont ausmachen konnte.

Kleine Tempel sprenkelten das diesseitige Ufer, und gleich dahinter stakten Bootsführer lange, schmale Kähne auf dem ruhigen Wasser umher, die mit Fischen, Blumen und Obst in hellen Farben beladen waren.

»Ah!« sagte Joaquim, »da ist Pedro. Seht Ihr ihn?«

»Nein. Wo ist er?« Thomas blickte die Straße hinauf und

hinunter, sah aber nur kleine Hindufrauen, die Körbe trugen.

»Hinter uns an der Mauer.«

Thomas schaute zur zerfallenen Mauer zurück, und der Anblick ließ sein Herz zu Eis erstarren. Drei Leichen hingen von Eisenspitzen, die Gesichter dem Fluß zugewandt. Eine war nicht mehr viel mehr als ein mit Haut bedecktes Skelett. Eine andere trug Lumpen über dem verdorrenden braunen Fleisch. Die dritte war blond und in van der Groots Wams und Hose gekleidet. Vögel pickten heraus, was von seinen Augen noch übrig war.

»Großer Gott«, flüsterte Thomas und wandte den Blick ab. Zwei der Soldaten bekreuzigten sich. Andere kicherten und rissen derbe Witze. »Weshalb habt Ihr mir nicht gesagt, daß er tot ist?«

»Ich sagte Euch, er sei dem Aljouvar entronnen, Tomás. Keine Flucht ist sicherer als der Tod.«

22

OLIVENBAUM:

Dieser hochgeschätzte immergrüne Baum hat gelbliches Holz und bringt eine grüne oder schwarze ölhaltige Frucht hervor. Es heißt, er soll überaus alt werden. Ein Aufguß aus seinen Blättern besänftigt den Geist. Ein Sud aus der Rinde senkt das Fieber. Das Öl der Frucht heilt Verbrennungen und wirkt, wenn man es schluckt, verdauungsfördernd. Bei den Alten war er Athena geweiht, und die Römer flochten aus Olivenblättern Kränze, um Sieg und friedliche Herrschaft zu symbolisieren. Im Osten ist der Olivenbaum ein Symbol für Frieden, Vollkommenheit, Wachstum und sichere Reise …

Padre Gonsção hörte Tumult hinter sich und wandte sich im Sattel um. Einige der *soldados* schienen über die Verbrecher, die an der Stadtmauer hingen, ihre Possen zu reißen. Seufzend schaute Gonsção wieder nach vorn. *Und solche Männer führt Timóteo an. Wie konnte Sadrinho nur je auf so einen Gedanken kommen?*

Er wünschte, er könnte Bruder Timóteos Begeisterung für diese Reise teilen. Oder auch nur die von Bruder Andrew, der neben ihm unablässig von den seltsamen Tempeln und merkwürdigen Pflanzen und Tieren schwatzte. Je weiter sie sich von dem vertrauten Anblick entfernten, desto schwerer wurde es Gonsção ums Herz. *Wie konnte ich mich nur zu so etwas überreden lassen?* Dann fiel ihm die Gier in Sadrinhos Gesicht wieder ein, das Grauen des wiederauferstandenen Zauberers. *Wie albern von mir. Mein Unbehagen ist nichts im Vergleich dazu, welchen Nutzen es bringen wird, wenn wir das Böse aufspüren und vernichten.*

Zwei Meilen die Straße hinunter kamen sie auf eine weite Fläche aus ebener roter Erde, gesäumt von hohen Kokospalmen und Bananenstauden. Kamele knieten im Schatten, kauten träge Gras und beobachteten die sich nähernde Expedition aus großen dunklen Augen. Neben ihnen saßen ihre turbantragenden Treiber mit dunklen, verwitterten Gesichtern, kauten Betel oder sprachen leise miteinander. Die Angehörigen der Karawane erhoben sich nicht, als Gonsção auf die Lichtung ritt, und riefen ihm nichts zu oder nahmen auch nur Notiz von ihm.

Bruder Andrew sah sich um. »Sieht so aus, als wäre unsere Karawane schon hier. Warten wir noch auf Bruder Timóteo?«

»Nein«, sagte Gonsção und stieg aus dem Sattel. »Wir treffen uns mit dem Karawanenführer.«

»Ist das nicht einer von denen?«

»Sie«, berichtigte Gonsção, »ist eine Witwe des Marathas-Klans. Sie hat das Geschäft von ihrem Mann geerbt. Aber ich sehe nirgends den Palankin einer Frau.«

»Was?« meinte Bruder Andrew und glitt von seinem Muli. »Hatte sie nicht einmal den Anstand, sich zu ihrem Mann auf den Scheiterhaufen zu schwingen?«

Gonsção runzelte die Stirn. »Ihr habt einen seltsamen Sinn für Humor, Bruder. Diese barbarische Praxis ist, wie man mir sagte, in Goa verpönt.«

»Dann hat sie die kluge Wahl von Heim und Herd getroffen. Vergebt mir, Padre. Ich bin heute in eigenartiger Stimmung.«

»Wir müssen dieser Witwe mit Respekt begegnen«, sagte Gonsção und führte sein Pferd zum Stamm einer Palme, um es dort festzubinden, »denn teilweise kommt der Reichtum ihrer Familie für diese Expedition auf, und es sind ihre erlauchten Beziehungen, die uns eine Audienz beim Sultan von Bijapur verschaffen.«

»Ich werde meine Zunge in ihrer Gegenwart im Zaum halten.«

»Ihr werdet nicht in den Genuß ihrer Gegenwart kommen, Bruder«, erklärte Gonsção, während er zusah, wie der Rest

der Expedition auf der Lichtung eintraf. »Man sagte mir, daß brahmanische Frauen sich fast so strikt von Fremden fernhalten wie muslimische. Wahrscheinlich wird sie überhaupt nicht mit uns sprechen, außer durch ihre Diener. Ich erwarte, daß Ihr und der Rest unserer Gruppe sich an diese Sitte halten.«
»Ihr könnt Euch auf mich verlassen, Padre.«
»Das hoffe ich. Ah. Kümmert Euch besser um unseren jungen Senhor Chinnery. Anscheinend fällt es ihm schwer, von seinem Muli herunterzukommen.«

Thomas lag bäuchlings auf dem Sattel, sein Gesicht brannte vor Anstrengung und Scham. Er wagte es nicht, sich zu rühren, aus Furcht, auf den Kopf zu fallen. Er schlug hilflos mit den Armen wie ein gerade geschlüpftes Küken.
»Ho, halt, mein Junge! Einen Moment. Ich komme schon.« Thomas spürte, wie Lockheart ihn hinten am Hemd und am Hosenbund packte. Mit einem mächtigen Ruck wurde Thomas vom Sattel in Lockhearts dicke Arme gewuchtet.
»Weshalb habt Ihr nicht jemanden gerufen, mein Junge? Wo ist Euer goanischer Reiter?«
»Pinkeln gegangen, glaube ich«, keuchte Thomas und versuchte zu stehen. »Das ist doch Irrsinn, Andrew! So bin ich völlig nutzlos.«
Lockheart warf einen kurzen Blick über seine Schulter. »Also kommt, ich vollbringe die Tat, bevor der gute Padre auch nur einmal mit den Augen zwinkert.«
»Tat?« Thomas wurde von Lockheart um das Muli herum

gestoßen, zu einem großen Felsen außer Sichtweite von Padre Gonsção. »Von welcher Tat sprecht Ihr?«

»Kniet euch besser hin, mein Junge. Es dauert nicht lange, ich versprech's.« Lockheart hakte einen Fuß um Thomas' Knöchel und riß sie unter ihm weg. Als Thomas nach vorn fiel, fing Lockheart ihn mit einer Hand vor der Brust ab. Sein rechter Unterarm wurde von Lockhearts rechter Pranke eingeklemmt. Mit einer mächtigen Drehung renkte Lockheart die Schulter unter bedenklichem Knirschen wieder ein.

Thomas schrie auf. Der Schmerz war so intensiv wie das Strappado.

»Mut, mein Junge. Noch einmal.«

»Nein ...«

Doch Lockheart ergriff schon geschickt Thomas' linken Arm. Wieder kam die Drehung und das Knirschen der Knochen. Thomas konnte nur aufkeuchen, während ihm Tränen in die Augen schossen. Er lehnte sich gegen die Felsen zurück, die Augen geschlossen, die Schultern und Arme von pochenden Schmerzen erfüllt.

Er hörte Schritte herbeieilen, und als er das nächste Mal die Augen aufschlug, waren er und Lockheart von Soldaten umgeben, die ihre Schwerter gezückt hatten.

Padre Gonsção drängte sich durch die Soldaten hindurch und starrte ihn und Lockheart an. »Was treibt Ihr da?«

»Ihr habt mich gebeten, ihm von seinem Muli zu helfen, Padre. Die einzige Hilfe konnte jedoch nur darin bestehen, seine Schultern wieder einzurenken. Andernfalls hätte er die ganze Reise über immer wieder Hilfe benötigt.«

Thomas spürte, daß die Schmerzen in seinen Schultern

einem dumpfen Brennen wichen. Ohne nachzudenken hob er die Hände, um sie zu berühren, und staunte, als er seine Arme wieder bewegen konnte.

Der Padre bekam vor Mißtrauen ganz schmale Augen und kauerte sich neben Thomas. »Weshalb habt Ihr geschrien?«

»Ich mußte ihm weh tun, um ihm zu helfen, Padre. Wie wenn man ein gebrochenes Bein schient oder ein verfaultes abtrennt. Oder wenn man sichergehen will, daß jemand ein Bekenntnis abgibt. Wie Ihr seht, erholt er sich wieder. Etwas Leid tut dem Körper manchmal ebenso gut wie der Seele.«

Thomas erklärte: »Es ist alles in Ordnung, Padre. Er hat mich lediglich … überrascht. Ich habe von der Methode gehört, doch dies ist das erste Mal, daß ich gesehen habe, wie sie jemand anwendet. Es wird mir helfen, gesund zu werden.«

»Seht Ihr? Ich habe Euch sogar in Eurem Gewerbe geholfen und Euch eine weitere Kunst des Heilens beigebracht.«

»Eine, die ich selbst nicht gern anwenden möchte«, meinte Thomas, verzog das Gesicht und rieb sich die Oberarme.

»Na schön«, sagte Padre Gonsção. »Seht Euch vor, mein Sohn. Wir sind auf Euch angewiesen.« Mit einem mißmutigen Blick auf Lockheart erhob Gonsção sich und ging davon.

Die Soldaten zogen sich ebenfalls wieder zurück; einige starrten Thomas amüsiert an, andere wirkten verärgert, weil sie umsonst aufgeschreckt worden waren.

Joaquim blieb noch eine Weile und mustere Lockheart nachdenklich. »Ihr wart auch Soldat, Irmão, nicht wahr?«

»Unter anderem«, sagte Lockheart.

Joaquim grinste Thomas an und schlenderte davon, um sich seinen Kumpanen anzuschließen.
Thomas lehnte sich mit dem Rücken wieder an den Felsen. Lockheart ließ sich neben ihm auf den Boden plumpsen.
»Ich sollte Euch wohl danken, Andrew«, sagte Thomas.
»Dank ist nicht nötig, mein Junge. Obwohl ich glaube, daß der Padre wollte, daß Ihr schwach bleibt. Er wird mir nicht danken, da bin ich sicher.«
»So. Ihr wart also Soldat. Und Wollhändler. Und jetzt auch noch Arzt. Ganz zu schweigen von einem falschen Mönch.«
»Und obendrein noch vieles andere, wenn diese Robe auch angemessener ist als so manches, was ich schon getragen habe.«
»Und welche Kluft trägt der Mann, der Euch hinter mir hergeschickt hat?«
Lockheart seufzte und lehnte seinen Hinterkopf an den kalten Stein. »Eine Kluft, die Euch wohlvertraut ist, mein Junge. Euer eigener Vater hat mich geschickt, damit ich auf Euch aufpasse.«
Thomas starrte ihn fassungslos an. »Nun erweist Ihr Euch doch als Lügner, Andrew. Wie ich schon sagte, schert mein Vater sich keinen Deut um mich.«
»Und wie ich schon sagte, ist die Sorge eines Vaters oft nicht sichtbar. Als er erfuhr, daß Ihr Euch auf eine so lange Reise machen wollt, wurde ich angeworben, um Euch zu folgen und zu beschützen.«
»Weshalb habt Ihr mir das nicht früher erzählt? Hätte mein Vater uns nicht vor der Reise miteinander bekannt machen können?«

»Nun hört aber auf, was hättet Ihr bei einem solchen Treffen wohl gesagt? Ihr habt doch sicher gehofft, auf dieser Reise Eure Männlichkeit zu beweisen. Wie hättet Ihr das Geschenk eines Kindermädchens von Eurem Vater also aufgenommen? Hättet Ihr nicht Zeter und Mordio geschrien? Hättet Ihr meine Gegenwart nicht gemieden, als wäre ich ein Aussätziger?«
»Stimmt. Da habt Ihr recht. Es ärgert mich jetzt, daß mein Vater so wenig Vertrauen in mich haben soll.«
»Es ist nicht Mangel an Vertrauen, sondern ein Übermaß an Sorge. Ihr bedeutet ihm viel, Tom. Mehr, als Ihr wißt.«
»Was ist das für ein Kindermädchen, das seinen Schutzbefohlenen den Piraten in die Arme treibt und dem Inquisitor ans Herz legt?«
Lockheart starrte zu Boden. »Ein sehr übler und feiger Aufpasser, das gebe ich zu, doch selbst diese Preisgabe könnte als Gnadenakt erscheinen, wenn die ganze Wahrheit bekannt wäre. Unsere Reise schien an ihrem Ende angelangt zu sein, ich schien versagt zu haben. In einem Augenblick der Schwäche beschloß ich, meinem Schicksal zu entrinnen und Euch dem Euren zu überlassen, verdammt sei ich dafür. Doch die Göttlichen Mächte vereitelten das, und Ihr folgtet mir, eine angemessene Strafe. Doch Ihr müßt mir zugestehen, daß ich seither Abbitte geleistet habe. Ohne mich hättet Ihr die Santa Casa niemals verlassen können.«
»Ohne Euch wäre ich überhaupt nicht erst dorthin gelangt.«
»Alles hat seinen Sinn, Tom, auch wenn es vielleicht unseren Horizont übersteigt. Vielleicht seid Ihr dazu be-

stimmt, das sagenhafte Elixier des Lebens und des Todes zu finden. Vielleicht sickert es aus dem sagenhaften Stein des Weisen selbst. Müssen nicht alle legendären Helden erst Prüfungen ablegen, die ihre Stärke und ihren Mut beweisen, bevor man ihnen erlaubt, ihr angestrebtes Ziel zu erreichen?«

»Ihr beginnt schon wie Bruder Timóteo zu sprechen. Lenkt mich nicht mit solchen Geschichten ab, Andrew. Könnt Ihr beweisen, daß mein Vater Euch anwarb?«

»Nur hierdurch.« Lockheart zog ein silbernes Medaillon an einer Kette aus dem Ausschnitt seiner braunen Kutte. Thomas hielt es zärtlich und musterte es. Auf der einen Seite waren ein wütender Eber und ein Halbmond eingeprägt. Auf der anderen war eine Frauengestalt in griechischer Kleidung zu sehen, die zwischen zwei mageren Hunden stand.

»Wahrhaftig, mein Vater hatte ein solches Medaillon.« Die Bilder riefen Erinnerungsfetzen in ihm wach, an seine Kindheit oder an Träume, die wie Seetang schemenhaft unter der Oberfläche des Meeres wogten. An den Geschmack von süßem Wein und Honig, an Stimmen, deren Singsang zu leise war, um verständlich zu sein, an einen Halbmond, der über Baumwipfeln leuchtete, an bellende Hunde auf der Jagd.

»Ein Zeichen seines Vertrauens in mich.«

»Oder Ihr habt es gestohlen. Weiß Master Coulter von Euch und der Euch zugewiesenen Aufgabe?«

»Nein, es scheint, als ständen er und Euer Vater … nicht auf gutem Fuß miteinander. Also hat man ihm nichts gesagt.«

»Hm. Ich habe meinen Herrn nie schlecht über ihn reden hören. Seine liebe Frau, Dame Coulter, hat sich zuweilen mißbilligend geäußert.«

»Vielleicht hat Euer Vater dann ihre Einmischung befürchtet.«

»Ich weiß nicht, weshalb sie sich einmischen sollte, wo sie es doch war, die mich auf unsere verhängnisvolle Reise schickte. Sie sagte, es würde mich von meinen Alpträumen heilen, und so war es auch, bis wir Indien erreichten.«

Lockheart musterte ihn neugierig, sagte aber nichts.

Thomas gab ihm das Medaillon zurück. »Ich bin mir noch immer nicht sicher, ob Ihr ein Freund seid oder nur der beste gottverdammte Lügner, der jemals Schottland verlassen hat.«

Lockheart nahm mit einem Achselzucken die Hände von seinen Knien. »Dann bleibt es der Zeit und den Vorkommnissen überlassen, Euch eine Antwort zu geben.«

Weit hinten auf der Straße erklang das Geschmetter von Hörnern. Die Kamele auf der Lichtung hoben ihre langen Schnauzen und witterten in der Luft herum. Die Treiber standen auf und strichen sich den Staub von den langen Gewändern. Die *soldados* beendeten ihre Spiele und Gespräche und erhoben sich ebenfalls.

»Mir scheint, der Karawanenführer trifft ein«, sagte Lockheart.

Thomas spähte die Straße hinab und sah zwei dunkelhäutige Hindu mit den Trompeten, die eben ertönt waren, sowie zwei Kamele, die unter der schweren Last von Truhen und Kisten torkelten. Hinter ihnen trugen acht Männer einen großen Palankin mit einem Zelt aus pur-

purnem Stoff, von dem goldene Schleifen und Troddeln hingen. Ihm folgten vier Dienerinnen in scharlachfarbenen Saris und mit goldenen Ringen in der Nase, die beim Schwatzen so wild gestikulierten, daß ihre zinnoberroten Fingernägel flirrten.

»Eine wohlhabende Person«, bemerkte Thomas.

»Fürwahr, und sie kommt für unsere Expedition auf. Deshalb wünscht der Padre, daß wir uns von ihr fernhalten, damit ihre erlauchten Gefühle nicht verletzt werden.«

Thomas nickte, dann sah er kurz Sonnenlicht auf Silber aufblitzen und eine Bewegung – ein schlanker Arm wurde aus dem Palankin gestreckt und warf etwas weg. Die Geste kam ihm bekannt vor. Fast hätte ihn der Schlag getroffen. *Konnte das sein?*

Nachdem sie den halb gegessenen Betelkeks weggeworfen hatte, wischte Aditi sich die Hand am Kleid ab. *Ich muß mit diesem Kauen aufhören. Das ist eine schlechte Angewohnheit. Meine Zähne sind schon ganz fleckig.*

Doch seit dem *puja* im Tempel der Mahadevi hatte ihr Geist nach Entspannung verlangt. Ihre Unruhe war noch schlimmer geworden, als der Diener, den sie zu Padre Stevens geschickt hatte, mit der Nachricht zurückgekehrt war, daß man den jungen Tamas in das Orlem Gor eingeliefert hatte. Da Aditi nicht wußte, was De Cartago ihm erzählt hatte, war sie vor Sorge und Ohnmacht schier wahnsinnig geworden.

Dann hatte sie die Nachricht erhalten, daß die Mönche des Orlem Gor eine Karawane suchten, die nach Bijapur aufbrach, sowie jemanden, der eine Zuwendung für eine kleinere Expedition in den Dekkan leistete. Tief in ihrem Herzen kannte Aditi den Grund. Sie überzeugte ihre Wohltäter trotz deren Haß auf das Orlem Gor, diese Zuwendung zu leisten und sie als Karawanenführer zu schicken. Das war die Aufgabe, hatte sie erkannt, derentwegen sie in Goa geblieben war, als hätte Gandharva das irgendwie gewußt. Es war *dharma;* was immer auch geschah, die Mönche der Inquisition durften die Mahadevi auf keinen Fall finden.

Das Palankin hörte auf zu schaukeln, und Aditi lugte durch den Vorhang an der Seite hinaus. Die Kameltreiber im Schatten der Palmen rüttelten ihre murrenden Tiere wach. Diese Männer verstanden ihr Geschäft, und sie machte sich keine Sorgen um sie.

Leise rief sie eine ihrer Dienerinnen herbei.

»Was wünscht Ihr, Sri Aditi?«

»Ihr sollt meinen Namen nicht aussprechen. Ich bin jetzt Sri Agnihotra. Blick dich um und sag mir, wie viele Soldaten du siehst.«

»Vergebt mir … Sri Agnihotra.« Das Mädchen schaute sich um, ging für einen Moment davon und kam dann zurück. »Nicht viele. Ich sehe nur zwölf.«

»Mehr als mir lieb sind, aber das kriege ich schon hin. Wie viele Mönche?«

Das Mädchen eilte wieder davon. Bei ihrer Rückkehr sagte sie: »Einer in schwarzweißer Kutte, einer in brauner.«

»Nur zwei. Das Glück ist uns hold. Und hast du auch einen blassen jungen Mann mit gelbem Haar gesehen?«

»Ja, Sri Agnihotra. Er ist da drüben, bei dem Felsen.«

»Ah.« Aditi spähte in die Richtung hinaus, in die das

Mädchen deutete. Sie sah ihn und spürte ein seltsames Reißen in ihrem Innern. *Er ist dünner und blasser geworden. Aber was habe ich erwartet? Das Orlem Gor ist zu niemandem freundlich, und sie haben sicher getan, was sie konnten, um ihm seine Geheimnisse zu entlocken. Ich muß herausfinden, was er ihnen gesagt hat, und dafür sorgen, daß sie nicht noch mehr erfahren.*

Außer Tamas erkannte sie noch den keineswegs vertrauenswürdigen Lockheart in der Verkleidung eines Mönchs. *Das wird ja immer interessanter. Sucht er ebenfalls nach dem* Rasa Mahadevi?

Die Dienerin kam zurück. »Sri, der Priester aus dem Orlem Gor, Padre Antonio Gonsção, entbietet seine Grüße und läßt bitten, daß wir unseren Aufbruch noch ein Weilchen hinausschieben. Er sagt, sie warten auf jemanden aus ihrer Gruppe. Auf einen weiteren Mönch.«

»Ein weiterer Mönch«, seufzte Aditi. »Schon wieder, als könnten wir nicht auf sie verzichten.« Sie warf einen erneuten Blick zu Tamas. »Wenn wir sowieso warten müssen, bitte doch den Gelbhaarigen, zum Palankin zu kommen. Wenn er dich nach dem Grund fragt, sag, ich hätte noch nie jemanden mit seinem Äußeren gesehen und sei neugierig.«

Die Dienerin verbeugte sich. »Wie Ihr wünscht, Sri Agnihotra.« Aditi zog den Vorhang zu und ließ sich auf die Kissen zurücksinken. Sie konnte keine bequeme Lage finden, und ihre Hände schienen entschlossen zu sein, zu zittern. Dieses eine Mal war sie froh über ihren Ruf, eine erlauchte Dame zu sein, die zurückgezogen lebte. *Was treibt dieses Mädchen nur so lange?*

Endlich hörte sie die Stimme der Dienerin vor dem Palankin. »Ich habe ihn gebracht.«
Aditi wagte es nicht, den Vorhang zu öffnen, um hinauszuschauen. »Ist sonst niemand in der Nähe?«
»Nein, obgleich der Padre uns von fern beobachtet. Er wollte es nicht erlauben.«
Tamas murmelte etwas, was sich wie ein Versuch in Portugiesisch anhörte.
»Dreh ihn so, daß der Padre sein Gesicht nicht sehen kann.«
Sie hörte das Mädchen kichern und schmeichlerisch mit ihm reden. »Es ist geschehen, Sri Agnihotra.«
Leise sagte Aditi auf griechisch: »Tamas, ich bin's, eine, der du schon einmal begegnet bist.«
»Nai«, erwiderte er mit rauher Stimme, ganz dicht am Vorhang. »Ich dachte mir, daß Ihr es seid.«
Aditi hob ihre Hand und ließ sie dann wieder fallen. »Geht es Euch gut?«
»Ich lebe, und mein Körper heilt.«
»Ah. Wir dürfen nicht lange sprechen, aber ich wollte, daß Ihr es wißt. Ich bin hier, um Euch zu helfen. Was auch immer Ihr vorhabt. Wieder wandeln wir auf demselben Pfad, Tamas.«
Eine Zeitlang herrschte Stille. »Meine Hoffnung ist es, zu fliehen, Despoina. Wenn wir Bijapur erreichen. Jede Hilfe, die Ihr mir geben könnt, wird mir äußerst willkommen sein.«
Aditi spürte, wie ihr leichter ums Herz wurde. »Ich werde alles tun, was ich kann. Aber die Mönche, werden sie womöglich ohne Euch weiterziehen?«

Erneutes Zögern. »Ohne mich wissen sie nicht, wohin. Wir müssen aufhören zu sprechen. Der Padre kommt.«

»Also gut.« Aditi begann laut zu lachen und in gebrochenem Latein zu reden. »Was bist du doch für ein seltsames Geschöpf, Gelbhaar! Du amüsierst mich. Du machst einer gelangweilten alten Frau wie mir Freude.«

»Domina«, sagte eine neue Stimme, von der sie annahm, daß es die des Padre war. »Vergebt mir dieses unschickliche Eindringen in Eure Privatsphäre, aber ich habe gehört, daß das letzte Mitglied unserer Gruppe bald hier sein wird. Ich muß Euch diesen Mann entführen und ihm bei den Vorkehrungen für die Reise behilflich sein.«

»Alles vergeben und vergessen, Padre. Wo habt Ihr dieses seltsame Wesen gefunden?«

»Er ist Brite, Domina. Bitte entschuldigt uns jetzt. Wir müssen uns fertigmachen.«

»Geht nur, geht. Ich freue mich schon darauf, in Zukunft viel über ihn zu lachen.«

Aditi hörte, wie die beiden Männer davongingen und dabei murmelnd miteinander sprachen. Sie lehnte sich wieder in ihre Kissen zurück und seufzte. *»Ohne mich wissen sie nicht, wohin«, hatte er gesagt. Das ist nicht gut. Er ist ihr einziger Führer. Der Priester wird ihn scharf im Auge behalten. Und es bedeutet, daß er ihnen noch etwas zu sagen hat. Er hat keinen Schwur getan, zu schweigen. Solange er lebt, wird die Möglichkeit bestehen, daß das Orlem Gor sich seiner bedient. Ai, Mahadevi, weshalb hast du mir nur diese Aufgabe zugewiesen?*

Sie berührte leicht das Elfenbeinheft des Messers im Bund ihres *ghagra.* Sie fragte sich, wie es sich wohl anfühlen mochte, wenn sie es benutzte, wie es sich anfühlen mochte, wenn sein heißes Blut im selben Moment aus der Wunde an seinem Hals auf sie herabspritzte, in dem sein männliches Organ eine andere Wärme zwischen ihren Lenden verbreitete. Der Gedanke erregte sie und brachte sie ganz durcheinander. *Leben und Tod zugleich. Ich bin wahrhaftig die Tochter meiner Pflegemutter.*

Als Thomas an Padre Gonsçãos Arm fortgeführt wurde, verspürte er eine seltsame Hochstimmung. Einfach nur, weil er erfahren hatte, daß Aditi in der Nähe war. Er rechtfertigte das vor sich, indem er an ihr Angebot, ihm zu helfen, dachte. Ein unerwarteter Verbündeter wie sie war ein Geschenk des Himmels. *Und unter solchen Gefahren für sich selbst. Ich habe mich nicht getäuscht, als ich auf ihre Barmherzigkeit vertraute.*

»Was hat sie zu Euch gesagt?« fragte Padre Gonsção.

»Ehm, größtenteils Unsinn, Padre. Sie … sie fand, daß ich sehr seltsam aussehe, und wollte wissen, was ich bin.«

»Höchst unschicklich«, grummelte Gonsção und führte Thomas zu seinem Muli.

»Ihr werdet sie nicht belästigen.«

»Nein, Padre, doch wenn sie wieder mit mir zu sprechen wünscht, soll ich sie dann durch meine Weigerung kränken?«

Der Padre zögerte, sichtlich unglücklich mit beiden Aussichten. »Wir werden sehen. Auf geht's.«

Thomas ließ zu, daß Gonsção ihm auf das Muli half, obwohl seine eigenen Arme nach Lockhearts Behandlung

viel leistungsfähiger geworden waren. Mit einem Nicken ging der Padre zu seinem Pferd.
Thomas setzte sich, die warme Sonne im Rücken, und sah zu, wie die Karawane sich um ihn herum von neuem versammelte: widerspenstige Kamele, die man auf die Straße führte, Männer, die sich mit Rufen und Gesten aneinander und an ihre Tiere wandten. So gut wie jetzt hatte er sich schon seit langem nicht mehr gefühlt. Das Leben war nicht ohne Hoffnung. Er konnte seine Arme wieder gebrauchen, auch wenn sie noch schwach waren und schmerzten. Er hatte unerwartet alte Freunde wiedergefunden. *Sogar Lockheart ist, wenn er mir nicht einen Bären aufgebunden hat, eher ein widerwilliger Schutzengel als ein kompletter Schurke.*
Wenn die Vorsehung ihm zufällig den Weg zur Stätte des wundertätigen Pulvers wies, schön und gut. Doch vor ihm lag jetzt Bijapur, eine Stadt, über die er nichts wußte, außer daß sein Leben dort eine Wende nehmen sollte. Und alle Anzeichen sprachen dafür, daß es eine Wende zum Besseren sein würde.

Bruder Timóteo schlug mit einem Bambusstock gegen die Flanke seines Esels, in der Hoffnung, die Prozession der Maratha-Lady einzuholen. Er wollte nicht, daß Padre Gonsção und die ganze Expedition nur seinetwegen warteten. In der Tat wäre er jetzt nicht so spät dran, wenn er nicht noch zum Leilao-Basar hätte gehen müssen.
Seine Mutter schickte ihm regelmäßig kleinere Geldbeträge, die er nie ausgab, weil die Santa Casa für alle seine Bedürfnisse aufkam. Er begriff nun, daß seine Sparsamkeit

eine andere Zielsetzung gehabt hatte, die ihm vorher verborgen gewesen war.
Heute war er nämlich nach tränenreichem Abschied von seiner Mutter und seiner Schwester zum Frühmarkt gegangen, wo es neben den Gewürz- und Pferdehändlern auch Metallschmiede gab. Und dort hatte er das gekauft, was jetzt in einem Jutesack neben ihm hing.
Es war ein Spiegel mit silberner Rückseite, in einem breiten Messingrahmen. Der Metallschmied war Christ, so daß in alle Ecken des Rahmens Kreuze und die beiden Seiten hinunter Rosen und Lilien eingehämmert waren.
Timóteo wußte nicht, wie er Padre Gonsção diese extravagante Anschaffung erklären sollte. Er wollte nicht, daß der Padre dachte, es wäre aus Eitelkeit geschehen; Timóteo war sein Äußeres gleichgültig, er mochte es nicht einmal besonders. Vielleicht sagte er auch nichts, bis man den Spiegel benötigte.
Der Spiegel diente immerhin dem Schutz. Timóteo hatte die Gerichtsprotokolle gelesen. Sein Großvater hatte Timóteo viel beigebracht. Und einen Spiegel brauchte man doch schließlich, wenn man sich einer Gorgo gegenübersah, oder nicht?
Timóteo trieb seinen Esel zum Trab an, begierig darauf, die Reise seines Lebens anzutreten.

EXCALIBUR – zeitlose Klassiker mit den besten Romanen der modernen Fantasy vereint.

(70102)

(70103)

(70104)

(70106)

(70107)

(70147)